MARIA DRIES

DER KOMMISSAR UND DER ORDEN VON MONT-SAINT-MICHEL

atb aufbau taschenbuch

MARIA DRIES wurde in Erlangen geboren und hat Sozialpädagogik und Betriebswirtschaftslehre studiert. Sie lebt mit ihrer Familie in einem Bauernhaus in der Fränkischen Schweiz und hat bereits einige Regionalkrimis geschrieben.
Im Aufbau Taschenbuch sind bisher zwei Normandie-Krimis erschienen: »Der Kommissar von Barfleur« und »Die schöne Tote von Barfleur«.

Philippe Lagarde könnte sein Leben genießen. Als pensionierter Kommissar liebt er das Meer, guten Rotwein und seine Freundin Odette. Doch immer wieder erwachen seine Instinkte als Ermittler. Als ein wohlhabender Student im Ferienhaus seiner Familie grausam ermordet wird, ruft man ihn zu Hilfe. Leandro de La Fontaine wurde mit einem Templerdolch ermordet – offensichtlich von einem Mönch, wie auf einer Überwachungskamera zu sehen ist. Doch wo ist das Motiv? Bald findet Lagarde heraus, dass Leandros' Leumund nicht der beste ist. Er war skrupellos und neigte zu Gewaltausbrüchen. Doch wie passt da ein Mönch ins Spiel?

17

MARIA DRIES

DER KOMMISSAR UND DER ORDEN VON MONT-SAINT-MICHEL

EIN KRIMINALROMAN AUS DER NORMANDIE

atb aufbau taschenbuch

FSC
www.fsc.org
MIX
Papier aus verantwortungsvollen Quellen
FSC® C083411

ISBN 978-3-7466-3179-0

Aufbau Taschenbuch ist eine Marke der Aufbau Verlag GmbH & Co. KG

1. Auflage 2015

Umschlaggestaltung Mediabureau Di Stefano, Berlin
unter Verwendung der Motive RHPL Guy Thouvenin/vario images
und Diana Walters/E+/Getty Images
Gesetzt in der Caslon und der Rosewood durch Greiner & Reichel, Köln
Druck und Binden CPI books GmbH, Leck, Germany
Printed in Germany

www.aufbau-verlag.de

Für Nic

Rosslare - Poole
Portsmouth
Manch
Auderville
CHERBOURG-
OCTEVILLE
Jobourg
Barfleur
Maupertus-
sur-Mer
Heauville
Martinvast
Dielette
Saint-Vaast-
la-Hougue
Plage
[GB]
Valognes
Sainte-Mère-
Église
Sainte-Marie-
du-Mont
Barneville-
Carteret
Portbail
Grandcamp-
Maisy
Carentan
Lison
Jersey
[GB]
MANCHE
Gouville-
sur-Mer
SAINT-L
Agon-
Coutainville
Coutances
Bréhal
Villedieu-
les-Poêles
Îles Chausey
[F]
Granville
Vire
Mont-
Saint-Michel
Avranches
Saint-Malo

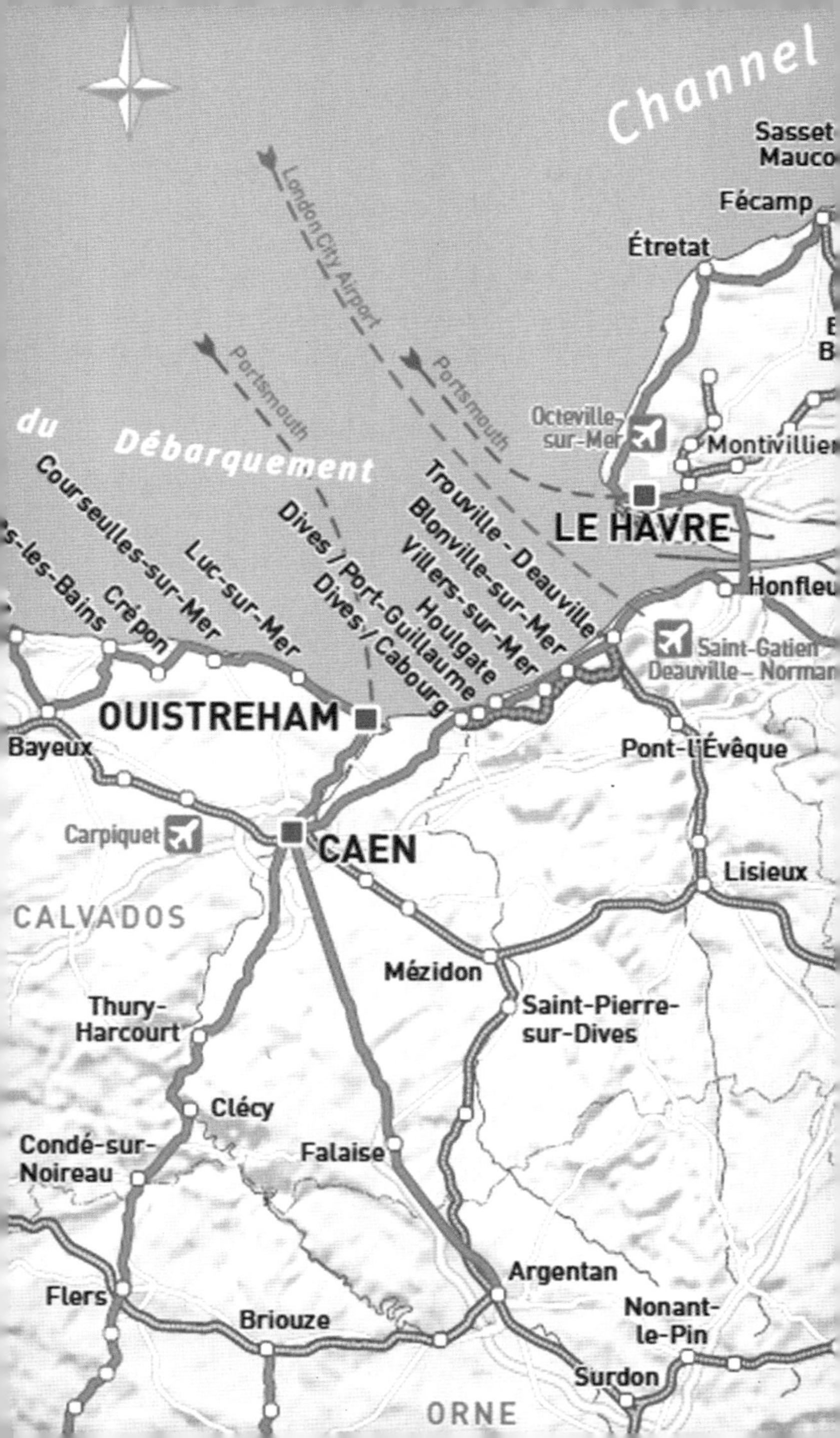

Channel
du Débarquement
Sasset
Mauco
Fécamp
Étretat
Octeville-sur-Mer
Montivillie
LE HAVRE
Honfleu
Saint-Gatien Deauville-Norman
London City Airport
Portsmouth
Portsmouth
Trouville - Deauville
Blonville-sur-Mer
Villers-sur-Mer
Houlgate
Dives / Port-Guillaume
Dives / Cabourg
Luc-sur-Mer
Courseulles-sur-Mer
Crépon
s-les-Bains
OUISTREHAM
Bayeux
Pont-l'Évêque
Carpiquet
CAEN
Lisieux
CALVADOS
Mézidon
Saint-Pierre-sur-Dives
Thury-Harcourt
Clécy
Condé-sur-Noireau
Falaise
Argentan
Nonant-le-Pin
Flers
Briouze
Surdon
ORNE

Engel voll Güte, kennst du das lautlose Hassen,
Fäuste im Dunkeln geballt und die Tränen der Wut,
Wenn Rachsucht und Wildheit den Weckruf erschallen lassen,
Zu Herren sich machen über den Geist und das Blut?
Engel voll Güte, kennst du das lautlose Hassen?

Charles Baudelaire,
»Die Blumen des Bösen«
(»Les Fleurs du Mal«)

CAROLLES, BASSE-NORMANDIE

Die Nacht hatte sich über die Bucht von Mont-Saint-Michel, ihre Polder, Salzwiesen und den erhabenen Klosterberg des heiligen Michael gelegt. Aus den hohen schmalen Fenstern des spätgotischen Chores der Abtei drang goldenes Licht. Die leuchtenden Punkte schienen über dem Wattenmeer zu schweben. Wer mit den Ritualen der Mönche vertraut war, wusste, dass die Ordensleute der Gemeinschaft von Jerusalem die eucharistische Anbetung zelebrierten. Die Brüder und Schwestern in ihren cremefarbenen Kutten verehrten anbetend den Leib Christi, der durch die Hostie symbolisiert wurde. Nach der Andacht empfing die monastische Gemeinschaft als Höhepunkt der Liturgie den sakramentalen Segen.

Ein leises Brausen war aus der Ferne zu vernehmen. Es kam vom Ärmelkanal und näherte sich mit hoher Geschwindigkeit der Südwestküste der Halbinsel Cotentin.

Der schwarze Schatten kauerte verborgen hinter dem mächtigen Stamm einer Silberzeder und beobachtete das Haus, das in der Dunkelheit lag. Vom Meer zog ein Sturm auf und zerrte an den Ästen des Baumes. Schwarzviolette Wolkengebirge jagten über den Himmel und verdeckten die weiße Mondsichel. Die Außenmauern des Erdgeschosses waren mit hellen Holzplanken verschalt. Darauf saß ein gläserner Würfel, der von einem leicht abgeschrägten Dach bedeckt wurde. Die Lichter im ersten Stock waren schon vor einer Stunde erloschen. Im Schutz der Finsternis glitt die Gestalt geräuschlos auf das Haus zu. Sie wusste, dass die Kellertür von innen verriegelt war, und näherte sich dem Haupteingang. Eine Ligusterhecke, an der die Windböen rüttelten, verhinderte den Blick auf die schmale Stichstraße oberhalb des Strandes. Das Zylinderschloss der Eingangstür ließ sich problemlos mit einem Dietrich öffnen.

Das dunkle Wesen betrat den Korridor und schritt entschlossen auf die Treppe zu. Durch ein Oberlicht drang für Sekunden der Lichtstrahl des Mondes und tauchte den Eingangsbereich in milchigen Glanz. Auf leisen Sohlen erklomm die Gestalt die Stufen. Im ersten Stock näherte sie sich zielstrebig der letzten Tür auf der rechten Seite. Der Eindringling wusste, wo das Schlafzimmer des Bewohners lag. Vorsichtig öffnete er die Tür und trat vor das breite Bett. Der junge Mann lag nackt zwischen zerknüllten Laken auf dem Rücken, schnarchte leise und schlief tief und fest. Der schwarze Dämon hielt einen Augenblick inne und betrachtete hasserfüllt dessen Gesicht. Während zackenförmige gelbe Blitze über den Himmel tanzten, beugte er sich über den Schlafenden und hob die Faust.

»Für dich, Mathilde«, flüsterte er.

Kurz blitzte die zweischneidige Klinge eines Dolches

bronzefarben auf, dann rammte der Schatten die Waffe mit ganzer Kraft in die Brust des Mannes. Sie durchdrang sein Herz, so dass er augenblicklich tot war.

Behutsam holte der Mörder die Blüte einer Christrose unter dem Umhang hervor und platzierte sie auf dem Leib des Opfers. Dann trat er auf den Balkon, schwang sich über das Geländer und rutschte am Fallrohr der Regenrinne hinab. Sekunden später verschmolz das Phantom mit der Nacht.

BARFLEUR, EINE WOCHE SPÄTER

Die goldene Makrele

ERSTER TAG

Über dem malerischen Fischerhafen von Barfleur lag eine dicke Wolkenschicht. Der Vierungsturm der Pfarrkirche Saint-Nicolas nahe am Hafenausgang erhob sich schemenhaft im morgendlichen Dunst. Entlang der Mole reihten sich dicht gedrängt mittelalterliche Granitfassaden, deren Schieferdächer durch die feuchte Luft bleiern glänzten. Die kleine Fischereiflotte legte nach der Ernte der Miesmuscheln »Blonde de Barfleur« im Hafen an. Bunte Wimpel an den Booten flatterten im rauen Herbstwind.

Barfleur lag an der Nordostspitze der Halbinsel Cotentin in der Normandie. Die Küste entlang nach Süden zogen sich endlos erscheinende Muschelbänke. Nördlich des Ortes, auf der Pointe de Barfleur, erhob sich der Leuchtturm von Gatteville, von dessen oberster Plattform aus sich ein spektakulärer Ausblick über die Baie de Veys bis zu den Klippen von Grandcamps bot.

Das alte Granitsteinhaus von Philippe Lagarde mit seinen schmalen roten Kaminen lag etwas außerhalb von Barfleur inmitten einer sanften Dünenlandschaft. Unterhalb des Grundstückes schmiegte sich eine kleine henkelförmige Sandbucht an die Klippen. Vom Garten führte ein gewundener Pfad an den Strand. Im Sommer war dort sein liebster Badeplatz. Jetzt, Ende Oktober, stemmten sich die Seekiefern gegen den Wind. Die stürmische Brandung warf sich donnernd gegen graue senkrechte Felsnadeln und höhlte sie aus. Meerwasser strömte gurgelnd in die Grotten und schoss in hohen Fontänen durch Löcher und Ritzen im Gestein. Gischt bildete einen feinen Nebelschleier, der sich über die Klippen senkte.

Der Kommissar stand, nur mit schwarzen Boxershorts aus Seide bekleidet, in seinem Schlafzimmer. Die Shorts waren ein Geschenk von Odette, seiner Lebensgefährtin, und er trug sie immer, wenn er sie verlassen musste. Und sei es nur für einen Tag. Lagarde war mittelgroß und von kräftiger, muskulöser Statur. Sein dichtes schwarzes Haar war kurz geschnitten. Die saphirblauen Augen im gebräunten Gesicht leuchteten unternehmungslustig. Er trank einen Schluck von seinem Milchkaffee aus einer sonnengelben Bol und betrachtete seine Anzüge, die ordentlich aufgereiht auf Kleiderbügeln im Schrank hingen. Er entschied sich für den eleganten anthrazitfarbenen Anzug und legte ihn auf das französische Bett. Dazu würde er ein weißes Hemd und die dunkelrote Krawatte mit den grauen Streifen tragen. Die Wahl schien ihm für den Anlass angemessen. Er packte Unterwäsche, Socken und zwei Ersatzhemden in den kleinen Reisekoffer und schloss ihn. Ein Blick auf die Uhr sagte ihm, dass er sich auf den Weg machen musste.

Nachdem er Fenster und Türen verschlossen hatte, startete er seinen zerbeulten himmelblauen Renault Express und steuerte ihn in Richtung Nationalstraße. Sein Ziel war Avranches, eine alte Bischofsstadt an der Baie du Mont-Saint-Michel. Wenn er sich Zeit ließe, würde er knapp zwei Stunden brauchen. Die Tagung sollte um zehn Uhr bei einem Stehkaffee und einem Imbiss mit der Begrüßung durch den Polizeipräsidenten beginnen. Das Thema der Veranstaltung, die sich an Polizisten der Gendarmerie Nationale im Arrondissement Avranches richtete, lautete: »Mediation und Kriminalprävention«. Lagarde würde ein Referat mit dem Inhalt »Gewaltbereitschaft und Deeskalationsstrategien« vortragen. Anschließend stand eine Diskussion auf dem Programm. Nach den verschiedenen Vorträgen war am späten Nachmittag ein Plenum vorgesehen, bei dem die Ergebnisse der Arbeitsgruppen präsentiert und ein zukunftsweisendes Resümee gezogen werden sollte. Nach der Veranstaltung waren die Referenten zu einem exquisiten Abendessen in ein Feinschmeckerrestaurant eingeladen. Deshalb hatte Lagarde in der Innenstadt von Avranches ein Hotelzimmer reserviert.

Am nächsten Tag plante er, den Mont-Saint-Michel zu besuchen, der etwa fünfundzwanzig Kilometer von Avranches in westlicher Richtung lag. Der spirituelle Klosterberg faszinierte ihn. Bei jedem seiner Besuche entdeckte er neue architektonische Besonderheiten und wundersame Spielereien. Er liebte es, durch den stillen Kreuzgang zu spazieren und die wunderschönen

Skulpturen aus Kalkstein auf den Eckverblendungen zu betrachten, die florale und figürliche Motive aus der Natur darstellten.

Der Kommissar war bis vor eineinhalb Jahren Mitglied einer Spezialeinheit der französischen Polizei gewesen, die unter anderem für Terrorismusbekämpfung, Geiselnahmen, Bombendrohungen und die Sicherheit bei politischen Großveranstaltungen zuständig war. Nach einer Schussverletzung der linken Schulter durch einen Attentäter hatte er sich entschlossen, in den Ruhestand zu gehen. Da ihn jedoch seine privaten Vorlieben und Interessen nicht gänzlich ausfüllten, unterrichtete er Polizeianwärter an der Polizeiakademie von Rennes und hielt gelegentlich Gastvorträge und Referate. Manchmal wurde er als Berater bei komplizierten Kriminalfällen und Gewaltverbrechen hinzugezogen. Er erhielt regelmäßig Einladungen aus verschiedenen Regionen Frankreichs und verreiste gerne für einige Tage. Am liebsten jedoch fuhr er mit seinem Boot aufs Meer hinaus und ließ sich die salzige, nach Tang riechende Luft um die Nase wehen. Auf diese Weise fand er innere Ruhe.

Als er Valognes, das normannische Versailles im Herzen des Cotentin, hinter sich gelassen hatte, setzte ein feiner Nieselregen ein. Die hügelige, von Hecken umsäumte Weidelandschaft war dunstverhüllt. In Buchenhainen, die beidseitig der Straße lagen, hingen Nebelschleier in den Baumwipfeln.

In Saint-Sauveur-le-Vicomte, einem mittelalterlichen

Festungsort am Ufer der Douve, erhob sich dunkel das Château aus dem 11. Jahrhundert. Die massigen Befestigungswälle, die Flankentürme sowie der quadratische Bergfried hatten den Wirren des Hundertjährigen Krieges getrotzt.

Der Himmel klarte auf, und Philippe Lagarde schaltete die Scheibenwischer aus. Die Landschaft wurde flacher. Gemüsefelder breiteten sich aus, je weiter er sich der Westküste näherte. Er suchte im Radio einen Sender, der klassische Musik spielte, und summte zum Gesang von Montserrat Caballés Habanera aus der Oper »Carmen«.

Lächelnd dachte er an die letzte Nacht, die er mit Odette verbracht hatte. Sie war Eigentümerin eines Nobelrestaurants in der ländlichen Gegend westlich von Barfleur. »La Mirabelle«, ausgezeichnet mit einer Kochhaube des Gault Millau, war ein bevorzugtes Ziel von kulinarisch anspruchsvollen Genießern. Eine große ausgelassene Gesellschaft hatte die silberne Hochzeit eines hochrangigen Politikers der französischen Regierung und seiner Gattin gefeiert. Als Odette zu später Stunde, leise gähnend, unter die Bettdecke glitt, war ihr Liebster eingeschlafen. Mit zärtlichen Küssen hatte sie ihn geweckt. Dann liebte sie ihn mit einer erotischen Vehemenz, als würde er am Morgen zu einer monatelangen Expedition in die Antarktis aufbrechen.

Auf einem sanften Hügel gelegen, tauchte vor Lagarde Coutances auf. Dort bildete der Fluss Sienne die südlichste gewaltige Trichtermündung an der Côte des

Îles. Auf dem höchsten Punkt war die Kathedrale Notre Dame errichtet worden, die die Stadt dominierte. Die Kirche mit den Spitztürmen und Steinbögen galt als eindrucksvolles Bauwerk normannischer Gotik.

Die Bucht des Mont-Saint-Michel begann bei Granville, dessen befestigte Oberstadt auf einem ins Meer hinausragenden Felssporn aus Schiefergestein lag. Südlich des bewehrten Ortes bog Philippe Lagarde auf den Parkplatz eines Aussichtsplatzes ab, der auf den Klippen oberhalb des Strandes von Carolles lag. Als er gemächlich auf den Felsenrand zulief, wurde er von einer Windböe gepackt und durchgeschüttelt. Seine Krawatte flatterte im Sturm. Die Hände in den Hosentaschen vergraben, betrachtete er fasziniert den Ausblick, der sich ihm darbot. Liebliche Flusstäler zogen sich durch die fruchtbare Ebene, und vor ihm erhob sich majestätisch das Wunder des Abendlandes, der heilige Klosterberg Mont-Saint-Michel, auf einem kreisrunden Granitkegel in der Baie. Er lag an der Mündung des Flusses Couesnon etwa einen Kilometer vor der Küste im Wattenmeer nahe der Grenze zur Bretagne. Der magische Ort war dem Erzengel Michael geweiht, dem Bezwinger des Satans und Führer der himmlischen Heerscharen, der beim Jüngsten Gericht über die Seelen befand. Als goldene Statue die Turmspitze der Abtei bekrönend, wachte er über die Gottesburg, die mächtigen Flügel ausgebreitet, das Schwert entschlossen erhoben, um den Lindwurm zu töten, in dessen Gestalt sich ihm der Teufel entgegenstellte.

Die dunkle Silhouette des Benediktinerklosters dominierte die Bucht. Die schlanke Turmspitze ragte in den Himmel. Das romanische Kirchenschiff und der spätgotische Chor zeichneten sich in scharfen Umrissen gegen einen schwefelgelben Himmel ab. Dunkelgraue Wolkengebilde jagten gen Osten. Das eisengraue Meer hatte sich zehn Kilometer zurückgezogen, um nun, brodelnd, schäumend, gurgelnd und tosend, mit der Flut zurückzukehren, schneller, als jedes Pferd galoppieren konnte. Der Tidenhub betrug bei Springflut bis zu fünfzehn Meter, und innerhalb von sechs Stunden wurden 40 000 Hektar überflutet. Drei Flüsse ergossenen sich in die Bucht. Es gab zahlreiche Nebenflüsse mit teils unterirdischen Läufen. Das unaufhörlich sprudelnde Wasser bedeckte den Grund mit einer glitschigen Schicht aus Tang und Algen, die Abgründe verbarg. Mönche und Pilger hatten zu früheren Zeiten große Angst vor dem Treibsand gehabt, der sie hinab in ein feuchtes Grab ziehen konnte. Selbst kundige Ortsansässige hatten es durch den sich ständig verändernden Untergrund schwer, sich zu orientieren, und plötzlich aufziehender Nebel konnte Wallfahrer ins Verderben führen. Seit 1877 gelangte man über einen Deich auf die Insel.

Das Schattenspiel der Wolken, plötzlich durchdringende Sonnenstrahlen sowie deren Reflexion durch die Wasserfläche tauchten die sakrale Pyramide in ein lavendelfarbenes magisches Licht. Ein Möwenschwarm erhob sich kreischend über den Klippen und drehte nach Süden ab. Die Vögel wirkten aus dieser Perspektive wie schwarze Drachen, die sich auf die Gottesburg und ihren Beschützer stürzen wollten.

Philippe Lagarde konnte seinen Blick nicht von dem Schauspiel losreißen. Erst als der Regen wieder einsetzte, lief er zu seinem Wagen zurück und setzte die Fahrt fort.

Nach knapp zwanzig Kilometern erreichte er den Bischofssitz Avranches. Die kleine Stadt lag auf einer felsigen Anhöhe. Sie war das landwirtschaftliche Zentrum des südlichen Départements Manche mit dem Schwerpunkt der Milcherzeugung und der Schafzucht. Die Tiere, die auf den Salzmarschen der Baie weideten, zeichneten sich durch ein besonders würziges Fleisch aus.

Philippe Lagarde fuhr die Rue Général de Gaulle entlang. Links erhob sich der Bischofspalast, der als einstiger Wohnsitz für die Bischöfe von Avranches im Mittelalter errichtet worden war. Schon im 4. Jahrhundert war Avranches unter gallorömischer Verwaltung Bischofssitz geworden. Dort war der Legende nach im Jahr 708 der Erzengel Michael dem Bischof Aubert in einem Traum erschienen. Er hatte den Diener Gottes beauftragt, auf dem Felsen in der Bucht eine Abteiburg zu bauen und sie ihm zu widmen.

Der Kommissar bog rechts ab in die Rue Louis Millet und näherte sich dem »Jardin des Plantes«, dem botanischen Garten gegenüber der Kirche Notre Dame des Champs. Von dessen Westseite konnte man auf den Mont-Saint-Michel blicken An der Place Carnot erreichte er das Kongresszentrum, in dem die Tagung stattfinden sollte. Der moderne gläserne Bau verfügte über ausreichend Stellplätze. Er parkte seinen Renault Express, griff nach seiner Aktentasche und schlenderte zum Eingang.

Philippe Lagarde erreichte den Portikus, bevor der nächste Regenschauer niederging. Die gläsernen Flügeltüren des Kongresszentrums standen einladend offen. Flankiert wurden sie von zwei riesigen Tontöpfen, die mit veredelten weißen Hortensien üppig bepflanzt waren. Zwei junge Polizistinnen begrüßten ihn mit einem strahlenden Lächeln. Sie trugen dunkelblaue Hosen, hellblaue Hemden mit der Aufschrift »Gendarmerie« auf der Rückseite, ein Koppel, in dessen Halfter eine Pistole steckte, und schwarze Stiefel. Auf ihren Köpfen saßen kleine blaue Hüte, die langen Haare waren zu einem Knoten gesteckt.

Die Polizistin mit den blonden Haaren hielt ein Klemmbrett mit einer Gästeliste in der Hand. Freundlich fragte sie nach seinem Namen. Bevor er ihn nennen konnte, stieß ihre Kollegin sie mit dem Ellbogen in die Seite.

»Das ist Philippe Lagarde«, raunte sie. »Er hat das grausame Verbrechen an einer Frau aufgeklärt, die man in einem Kiefernwäldchen in der Nähe von Barfleur gefunden hat. Das muss so Anfang Juli gewesen sein.«

Die blonde Gendarmin reichte Lagarde sein Namensschild, das er sich an das Revers seines Jacketts heftete. »Herzlich willkommen zur Tagung, Monsieur le

Commissaire«, sagte sie mit ihrem schönsten Lächeln. »Ich werde mir Ihren Vortrag auf keinen Fall entgehen lassen.«

»Ich freue mich, wenn Sie mir zuhören«, erwiderte er charmant.

Er nickte ihnen zu und machte sich auf den Weg. Die blonde Polizistin starrte ihm hinterher.

»Mensch, der ist ja in Wirklichkeit noch viel attraktiver als im Fernsehen. Hast du seine Hände gesehen? So kraftvoll und doch so feingliedrig. Und dieses charmante Lächeln. Seine Augen haben die Farbe des Meeres in großer Tiefe.«

»Jetzt krieg dich mal wieder ein, Minou«, entgegnete ihre Kollegin. »Wie man so hört, ist er in festen Händen.«

»Schade.« Die Polizistin fixierte seinen breiten Rücken, als eine kräftige ungeduldige Stimme in ihr Bewusstsein drang.

»Wenn Sie Kommissar Lagarde lange genug angehimmelt haben, kann ich dann bitte mein Namenskärtchen haben. In zehn Minuten muss ich die Begrüßungsrede halten.«

Vor ihr stand Frank Lanoux, der Polizeipräsident.

Amüsiert über das aufgeregte Getuschel der beiden attraktiven Polizistinnen, hielt Lagarde nach dem Café Ausschau. Er betrat den angenehm warmen Raum, in dem sich bereits Dutzende von Menschen in Zivil und in Uniformen versammelt hatten. Sie bedienten sich am Büfett, saßen in bequemen kaffeebraunen Ledersesseln oder drängten sich um runde Bistrotische. Lebhafte Unterhaltungen waren im Gange, und ab und zu erklang ein Lachen aus einem der Grüppchen. An der karamellfarbenen Rückwand des Cafés hing ein riesiges Willkommensplakat mit dem Thema der Tagung. Daneben war an einer goldenen Stange die französische Flagge drapiert. Staatspräsident François Hollande lächelte huldvoll aus einem Bilderrahmen. Die raffinierte indirekte Beleuchtung tauchte den Raum in ein warmes gelbes Licht. Jenseits der geschlossenen breiten Glasschiebetüren lag eine gepflasterte Terrasse inmitten eines weitläufigen Gartens. Raucher hatten sich um einige Stehtische versammelt, bunte Sonnenschirme schützten sie vor dem Nieselregen.

Der Kommissar nahm das Büfett in Augenschein. Auf weißen Papiertischdecken standen silberne Tabletts, auf denen Kuchen, glasierte Obsttörtchen, Croissants und Schnittchen mit Käse, Schinken und Lachs angerichtet waren. Zu seiner Freude entdeckte er auf einer der Platten Eclairs, sein Lieblingsgebäck. Mit Hilfe einer Kuchenzange legte er zwei Stück auf einen Teller und bediente sich an der Kaffeetheke. Er goss reichlich Milch in das dampfende Getränk und steuerte auf einen Stehtisch zu, an dem noch Platz war. Er genoss den ersten Bissen des süßen Teilchens und kostete die Füllung, indem er sie auf der Zunge zergehen ließ. Die Creme schmeckte himmlisch. Mit halbem Ohr lauschte er dem Gespräch seiner Tischnachbarn. Es ging um einen Banküberfall in Avranches vor einigen Tagen, der einen unglücklichen Ausgang genommen hatte. Der Chef der kleinen Filiale, der einer Mitarbeiterin zu Hilfe kommen wollte, war vom Bankräuber kaltblütig erschossen worden. Daraufhin hatte das Einsatzteam den Schalterraum gestürmt und den Geiselnehmer lebensgefährlich verletzt.

»Der Kollege hätte den Mistkerl abknallen sollen«, empörte sich ein Mann neben Lagarde.

Als der Kommissar sich in das Gespräch einmischen wollte, versetzte ihm jemand einen freundschaftlichen Schlag auf die Schulter, und eine tiefe Stimme rief: »Philippe, ich wusste, dass ich dich in der Nähe des Kuchenbüfetts finden würde.« Ein dröhnendes Lachen folgte.

Lagarde drehte sich um und sah sich seinem alten Freund Henri Dugardin gegenüber. Die Männer umarmten sich und tauschten angedeutete Wangenküsschen aus.

»Das ist ja eine Überraschung«, meinte Lagarde lächelnd. »Was machst du denn hier, Henri?«

»Ich arbeite hier. Hast du das vergessen? Vor genau achtzehn Jahren habe ich mich von Paris in meine Heimat versetzen lassen.«

»Und hier bist du immer noch als Kommissar tätig?«

»So ist es, mein Freund.«

Philippe Lagarde und Henri Dugardin hatten in Paris in den neunziger Jahren einige Male zusammengearbeitet. Sie waren Weggefährten gewesen, die sich vertraut hatten. Nach ihrem letzten gemeinsamen Fall hatte Henri genug gehabt von der Großstadt, von Drogenhandel, Menschenschmuggel und Messerstechereien zwischen ethnischen Gruppen. Paris besaß jenseits der weltmännischen Eleganz und des schillernden Glamours eine Schattenwelt, die gefährlich war.

Damals hatte eine Bestie im Künstlerviertel von Montmartre gewütet, genauer gesagt zwischen dem Hügel, auf dem die Basilika Sacré-Cœur thronte, und dem Gewirr von Eisenbahnschienen im Osten. Die gesuchte Person, von der aufgeschreckten Pariser Bevölkerung »Das Monster von Montmartre« getauft, hatte zwei Prostituierte mit einem scharfen Messer, möglicherweise einem Skalpell, regelrecht abgeschlachtet. Es hatte keine Spur vom Täter gegeben. Er schien wie ein Phantom durch die nächtlichen Gassen des Viertels zu streifen. Nach langen aufreibenden Diskussionen entschloss sich das Team, einen Lockvogel einzusetzen. Chantal, eine junge Polizistin, erklärte sich bereit, ihn zu spielen. Lagarde war von Anfang an dagegen, er hielt das Risiko für viel zu hoch.

Es war bereits die dritte Nacht, in der Chantal in eisiger Kälte in einer schmalen Straße unter einer Laterne stand. Sie zitterte in ihrem kurzen Kleid und den dünnen Nylonstrümpfen. Das Kunstfelljäckchen wärmte sie kaum. Die Gasse war bei Nachtschwärmern beliebt, die auf dem Weg von der Kneipe zu ihrer Wohnung weibliche Gesellschaft suchten.

Henri Dugardin und Philippe Lagarde befanden sich auf der gegenüberliegenden Straßenseite in einer leeren Wohnung im Erdgeschoss und ließen die Kollegin nicht aus den Augen. Polizisten in Zivil, getarnt als Liebespaare, schlenderten durch das Viertel, und auf dem Dach des verlassenen Hauses postierten Scharfschützen in höchster Alarmbereitschaft.

Ein leichter Schneefall setzte ein und puderte das Kopfsteinpflaster. Plötzlich trat eine Gestalt zu Chantal in den gelben Lichtkegel der Laterne, sie war aus dem Nichts erschienen, niemand hatte sie kommen sehen. Lagardes Muskeln spannten sich an, er war zum Sprung bereit, ebenso Henri. Als sie bemerkten, dass es sich um eine Frau handelte, entspannten sie sich. Eine Prostituierte sprach Chantal an, die sie sicherlich für eine Kollegin hielt. Sie trug einen kurzen getigerten Rock und hohe Stöckelschuhe im gleichen Muster. Die blonden Haare fielen wellenförmig über ihren breiten Rücken. Lagarde stutzte. Er musterte die Beine der Frau. Sie bildeten ein dünnes unförmiges Oval.

»Das ist keine Frau«, flüsterte er Henri zu und versuchte gleichzeitig, das Fenster hochzuschieben. Es hatte sich in der Kälte verzogen und klemmte. Als die blonde Prostituierte das Skalpell aus der Handtasche hervorholte und Chantal bei den Haaren packte, um ihr die Kehle durchzuschneiden, sprang Lagarde durch die Glasscheibe. Er stürzte sich auf den verkleideten Mann, riss ihn um und schlug mit ihm auf die Gasse. Chantal schrie gellend auf. Der Kommissar rang mit dem Mann, der über Bärenkräfte zu verfügen schien. Und er ließ das Skalpell nicht los. Die scharfe Waffe näherte sich dem Brustkorb von Lagarde, Millimeter um Millimeter. Sie keuchten. Henri wollte das Handgelenk des Angreifers packen, der mit einer blitzschnellen Bewegung reagierte und ihm dabei die Kuppe des rechten kleinen Fingers teilweise abtrennte. Diese kurze Unachtsamkeit nutzte Lagarde, zertrümmerte mit der Stirn das Nasenbein des Angreifers, sprang auf und trat so lange auf dessen Handgelenk, bis er das Messer losließ.

Gedankenverloren tranken die beiden Kommissare von ihrem Kaffee. Der Raum hatte sich ziemlich geleert. Die meisten Tagungsgäste lauschten der launigen Begrüßungsrede von Frank Lanoux im großen Saal.

»Ich freue mich, dass wir uns zufällig hier begegnet sind«, bemerkte Lagarde.

Henri blickte ihn an. Er sah schlecht aus. Seine Haut spannte sich wie brüchiges Pergamentpapier und war gelblich fahl. Die wässrig blauen Augen, die früher unternehmungslustig geblitzt hatten, lagen tief in den Höhlen und waren rot geädert. Die stattliche Figur wirkte gebückt, und der Bauchansatz hatte sich in eine unnatürlich wirkende Trommel verwandelt. Nur das borstige Haar stand wie immer unzähmbar vom runden Kopf ab. Inzwischen war es weiß. Hoffentlich ist er nicht krank, dachte Lagarde.

»Wir haben uns nicht zufällig hier getroffen, Philippe«, erwiderte Henri. »Ich habe dich auf der Referentenliste entdeckt und bin gekommen, um mit dir zu reden. Dein Vortrag beginnt in wenigen Minuten. Darf ich dich heute Abend zum Essen einladen?«

Lagarde überlegte. »Die Veranstalter erwarten mich und die anderen Referenten zum Abendessen in einem Restaurant.«

»Ich lade dich in die beste Brasserie von Avranches ein, in die Goldene Makrele. Das Restaurant ist traumhaft gelegen, direkt an der Flussmündung der Sée. Dort gibt es die besten Kutteln der Welt.«

Er zwinkerte seinem alten Kollegen zu.

Lagarde grinste. »Du weißt genau, dass ich Kutteln nicht mag.«

»Das war ein Scherz. Natürlich weiß ich das noch. Also, kommst du?«

Lagarde war kein Freund von Großveranstaltungen. Lieber wollte er mit Henri essen gehen und gemütlich plaudern. Außerdem hatte er das sichere Gefühl, dass sein Freund etwas auf dem Herzen hatte.

»Ich komme gerne, Henri, sagen wir um zwanzig Uhr? Ich möchte mich vorher auf meinem Hotelzimmer etwas frisch machen.«

»Einverstanden, um zwanzig Uhr in der Goldenen Makrele.« Henri kritzelte die Adresse und die Anfahrtsskizze auf eine Serviette.

Es wurde Zeit, den Raum aufzusuchen, in dem er seinen Vortrag halten sollte. Lagarde griff nach seiner Aktentasche und verließ das Café. Er folgte einem Gang und suchte nach der Zimmernummer, die auf dem Veranstaltungsprogramm vermerkt war. Als er den Raum betrat, stellte er fest, dass die Stuhlreihen gut besetzt waren.

Er schätzte die Anzahl der Zuhörer auf etwa vierzig Personen. Auf dem Rednerpult standen ein Mikrofon, eine schmale Vase mit einer gelben Rose, eine Flasche Mineralwasser und ein Glas. Er schaltete das Mikro ein, begrüßte die Kolleginnen und Kollegen und stellte sich vor. Er stellte verschiedene Methoden der Deeskalation vor und untermauerte sie mit Beispielen aus seiner beruflichen Vergangenheit, um den Vortrag aufzulockern. Ein Schwerpunkt seiner Ausführungen betraf die Frage, wann ein Zugriff erfolgen sollte. Die Entscheidung traf der Einsatzleiter, und alle mussten ihm Folge leisten. Diskussionen waren ausgeschlossen. Hinterher folgte jedoch immer eine Manöverkritik, bei der jeder seine Meinung äußern konnte.

Die Polizistin mit dem blonden Haarknoten, die ihn am Eingang begrüßt hatte, meldete sich zu Wort.

»Ich habe eine Frage, Monsieur le Commissaire. Wie hält derjenige, der die Verhandlungen führt, den Druck aus? Ich meine, es geht ja immer um Menschenleben. Was ist, wenn er die falsche Entscheidung trifft?«

Lagarde lächelte. »Das ist eine gute Frage. Etliche Faktoren spielen eine Rolle. Der Verhandlungsführer muss psychologisch geschult sein und über Berufserfahrung verfügen. Er muss ein Gespür für den Täter entwickeln und versuchen, seine nächsten Schritte vorherzusehen. Letztendlich ist so ein Einsatz immer eine Gratwanderung. Entscheidungen müssen getroffen werden, auch wenn sie sich im Nachhinein als nicht optimal oder sogar als falsch herausstellen. Der Verhandlungsführer muss seine Entscheidung verantworten und auch mit den Konsequenzen fertigwerden. Sonst hat er den falschen Job.«

Die Polizistin nickte nachdenklich.

Jetzt meldete sich der Mann, der vorhin im Café neben ihm am Tisch gestanden hatte, als von dem Banküberfall in Avranches die Rede gewesen war.

»Warum erschießt man einen Geiselnehmer nicht einfach, bevor er anderes Leben auslöschen kann?« Der Tonfall klang aggressiv.

»Weil wir in einer Demokratie leben und nicht im wilden Westen«, antwortete Lagarde.

Die Polizistin mit dem kaffeebraunen Dutt hob den Zeigefinger in die Luft.

»Ja, bitte«, ermunterte Lagarde sie.

Sie zögerte, dann fasste sie sich ein Herz. »Wenn es auf einem Fest zu einer Schlägerei kommt und es gelingt mir nicht, die Streithähne durch ein Gespräch zur Vernunft zu bringen, habe ich dann die falsche Deeskalationsmethode gewählt?«

Lagarde grinste. »Nein, es gibt Situationen, da greift keine Deeskalationsmethode. Sie ziehen Ihre Pistole, legen den Rabauken Handschellen an und schaffen sie in die Ausnüchterungszelle.«

Vereinzeltes Lachen erklang.

Als keine Wortmeldungen mehr gab, beendete Lagarde die Veranstaltung und dankte den Zuhörern für ihre Aufmerksamkeit. Es war Mittagszeit, und die Tagungsgäste strebten dem Kongressrestaurant zu. Er hatte jedoch keinen großen Hunger, organisierte sich ein Sandwich und machte einen Spaziergang durch den Pflanzengarten. Es regnete nicht mehr. Eine blassgelbe Sonne, die kaum wärmte, zeigte sich am Himmel. Hinter Dunstschleiern ragte erhaben die Ostfassade des Klosterberges auf. Die kühle frische Luft tat ihm gut.

Während er den Hauptweg entlangging, dachte er über seinen alten Freund Henri nach. Was hatte er wohl auf dem Herzen? Nun, heute Abend würde er es erfahren.

Lagarde wollte an keiner Arbeitsgruppe teilnehmen. Der Workshop einer Kollegin, einer Kommissarin aus Coutances, schien ihm viel interessanter. Als er den Raum betrat, stand sie bereits am Rednerpult. Rasch setzte er sich auf einen Stuhl in den hinteren Reihen. Er schätzte die Frau auf ungefähr vierzig. Sie war attraktiv und groß gewachsen. Das dunkelblonde Haar trug sie kurz und modisch geschnitten. An ihren Ohren funkelten winzige Brillanten. Der schwarze elegante Hosenanzug saß perfekt. Sie machte einen energischen, durchsetzungsfähigen Eindruck, und gerade deshalb war sie für das Thema, über das sie referierte, genau die richtige Person. Es ging darum, dass Polizistinnen, manchmal aufgrund von Vorurteilen, manchmal aus ethnischen Gründen, als Gesprächspartner nicht akzeptiert und ernst genommen wurden. Schwerpunkt des Vortrages waren Strategien, um mit solchen Situationen adäquat umzugehen. Anhand von Rollenspielen stellte sie das Thema anschaulich dar. Die Polizistin mit dem kaffeebraunen Haarknoten erklärte sich bereit, in einer gestellten Szene die Befragung eines algerischen Familienoberhauptes durchzuführen. Ein älterer, gemütlich wirkender Gendarm, der wahrscheinlich hauptsächlich Strafzettel verteilte, sollte diese Rolle übernehmen. Da er mit dem abweisenden überheblichen Verhalten enorme Schwierigkeiten hatte, coachte ihn die Kommissarin, und so verwandelte er sich in einen maghrebinischen Patriarchen, dass einem Hören und Sehen verging. Die Verwandlung schien ihm enormen Spaß zu machen. Er ließ die junge Polizistin komplett auflaufen.

Lagarde amüsierte sich großartig über sein schauspielerisches Talent. Der Kollege sollte sich einer Laienspielgruppe anschließen.

Dann übernahm die Kommissarin die Rolle der Frau, die das Gespräch führen sollte, und demonstrierte, wie es zu gestalten war. Sie folgte einer klaren Linie und ließ sich nicht beirren, sie agierte höflich, aber konsequent und mit einer unerschütterlichen Autorität. Schließlich warf sie der Polizistin den Ball zurück, die die Befragung fortsetzte und der demonstrierten Strategie eisern folgte. Der Gendarm meinte hinterher, sie hätte ihn so eingeschüchtert, dass er schon Straftaten gestehen wollte, die er gar nicht begangen hatte. Nach dem Nachmittagsimbiss versammelten sich die Tagungsgäste zum Plenum im großen Saal. Die Arbeitsgruppen präsentierten ihre respektablen Ergebnisse und ernteten anerkennendes Tischklopfen. Der Polizeipräsident Frank Lanoux zog ein zufriedenes Resümee und dankte den

Gästen für die engagierte Teilnahme an der Veranstaltung. Er wünschte den Polizisten viel Erfolg bei ihrer weiteren Arbeit und kündigte eine Veranstaltung an, die im Januar in Saint-Lô stattfinden sollte. Dann erinnerte er an das gemeinsame Abendessen und verabschiedete sich.

Als der Kommissar das Kongresszentrum verließ, begegnete er Lanoux unter dem Portikus.

»Bonjour, Lagarde, schön, dass wir uns noch persönlich treffen.«

»Bonjour, Monsieur Lanoux.«

Die Männer schüttelten sich die Hand.

»Wie hat Ihnen die Tagung gefallen?«

»Sehr gut, Monsieur Lanoux. Fachlicher Input und ein kollegialer Austausch zwischen Kollegen außerhalb des Dienstplanes ist ganz wichtig für unsere Arbeit.«

»Sie sagen es, Lagarde. Arbeiten Sie zurzeit an einem Fall?«

»Nein, Monsieur Lanoux, alles läuft in ruhigen Bahnen.«

»Na, in unserer Branche wird es sicher nicht lange so bleiben. Sie entschuldigen mich. Sehen wir uns heute Abend?«

»Leider nicht, ich bin mit einem alten Freund verabredet.«

Lagarde hatte noch reichlich Zeit bis zu seinem Treffen mit Henri. Deshalb beschloss er, die kurze Strecke über die D 43 zum Mont-Saint-Michel zu fahren und das ambitionierte Renaturierungsprojekt zu besichtigen. Der Straßendamm, der den Klosterberg mit dem Festland verband, war 1869 gebaut worden. Die Aufschüttung, die die Wasserzirkulation behinderte, führte zu einer Verlandung der Bucht. Damit der Berg in Zukunft nicht im Schlamm stehen würde, sollte durch das Projekt die Bucht freigespült werden. Die Schleuse wurde bei Flut geöffnet, um gewaltige Mengen Meerwasser in den Unterlauf fließen zu lassen. Dann schlossen sich die Tore für sechs Stunden. Bei Ebbe öffneten sich die Schleusen, und die Sandpartikel wurden durch die enorme Kraft ins Meer zurückgeschwemmt. Die Parkplätze wurden auf das Festland verlegt, so dass die störende Blechlawine vor dem Berg verschwand. Man konnte nun mit einem Pendelbus oder einer Pferdekutsche zum Klosterberg gelangen. Auch ein Spaziergang war möglich, der etwa eine halbe Stunde dauerte.

Die Fahrt führte Lagarde über schmale Landstraßen durch kleine verschlafene Dörfer. Granitsteinhäuser mit spitzen Erkern und weißen Sprossenfenstern drängten sich aneinander, um sich gegen den Seewind zu stellen. Schafe grasten und ließen sich durch nichts aus der Ruhe bringen. Der Anblick des Glaubensberges im Watt war allgegenwärtig.

Zu Beginn des ersten Jahrtausends hatte sich zwischen der Halbinsel Cotentin und Cancale in der Bretagne der Wald von Scissy erstreckt. Die wüste verlassene Gegend hatte die Phantasie der Menschen im Mittelalter beflügelt, für die der Wald ein mythischer Ort war, in dem unvorstellbare Gefahren lauerten. Bevor der Berg im Jahr 708 dem heiligen Michael geweiht wurde, hatte das Meer den Wald von Scissy verschlungen, und der Mont Tombe war die letzte Zufluchtsstätte gegen das Meer.

Philippe Lagarde stellte seinen Renault Express auf dem neuen kostenpflichtigen Parkplatz ab. Der Mont-Saint-Michel wurde jährlich von mehr als zwei Millionen Menschen besucht. Die Hauptsaison war jedoch schon lange vorbei. Die Dämmerung setzte ein. Außerdem blies ein kalter Wind. Der Kommissar tauschte sein Jackett gegen eine warme Jacke, die er immer in seinem Auto liegen hatte. Die Hände in den Taschen vergraben, lief er zu der Aussichtsplattform der Stauanlage, von der man einen schönen Ausblick auf die Südseite des heiligen Berges und das Wattenmeer hatte. Die sich im Bau befindende Stelzenbrücke sollte sich unaufdringlich in die Küstenlandschaft einfügen. Lagarde betrachtete die Brücke, die einem dynamischen Schwung folgte. Die dünnen Stützen aus Stahl erinnerten an einen Bootsanlegesteg. Die Baustelle lag verlassen im Schlick, Stahlrohre ragten aus dem Gebilde. Graublauer Tang bildete einen dicken Teppich, und Salzpflanzen durchzogen die Wasserlandschaft.

Lagarde warf einen letzten Blick auf die Südfassade der Abtei, die im Abendlicht golden schimmerte. Bald würde die Dunkelheit hereinbrechen. Als er beschloss, zum Hotel zu fahren, erreichte eine gutgelaunte japanische Familie die Plattform und zeigte sich begeistert von der Aussicht auf den Berg. Lächelnd und pausenlos auf ihn einredend, reichte der Mann Lagarde eine Digitalkamera und deutete auf den Auslöser. Dann postierte sich das junge Paar vor dem Geländer, ihre kleine Tochter nahmen sie in die Mitte. Das niedliche Mädchen mit dem runden Gesicht und den lackschwarzen Haaren hielt eine Schnur in der Hand, an der ein herzförmiger Heliumluftballon im Wind tanzte.

Lagarde fand das Hotel Avranches mühelos. Es befand sich im Osten des Städtchens in einer Seitenstraße des Boulevards Amiral Gauchet. Hinter dem in einem frischen Hellgelb gestrichenen Gebäude lag ein beleuchteter Innenhof. Dort fand er einen Parkplatz. Das Hauptgebäude war durch einen Wintergarten mit rot gerahmten Glasscheiben mit einem Nebentrakt verbunden, der mit wildem Wein in grünen und herbstlichen Farbtönen überwuchert war. In einem Beet neben den weißen Stufen, die zum Hintereingang führten, blühten weißgelbe, rot-purpurne, rostrote und orangene Garten-Chrysanthemen. Lagarde betrat den Wintergarten, der als gemütlicher Aufenthaltsraum für die Gäste gestaltet war. Mit blauem Stoff bezogene Sofas und Korbstühle mit flaschengrünen Polstern gruppierten sich um runde Glastische. Bananenstauden und Palmen wuchsen aus türkisfarben glasierten Tontöpfen.

An der Rezeption war niemand. Lagarde läutete mit einem Messingglöckchen, das auf dem Tresen stand. Eine junge Frau erschien, die ihn herzlich willkommen hieß. Sie informierte ihn über die Frühstückszeit. Dann reichte sie ihm die Schlüssel für die Zimmertür sowie den ab zweiundzwanzig Uhr verschlossenen Haupteingang und erklärte den Weg. Er trug seinen Koffer eine steile Treppe hoch in den zweiten Stock. Die Decke dort war so niedrig, dass er sich fast den Kopf anstieß. Er trat in das Zimmer und schaute sich neugierig um. Es hatte schräge orangefarbene Wände. Freigelegte braune Holzbalken stützten die Decke. An der rechten Wand stand an einem dunkelbraunen Sockel ein französisches Bett mit einer glänzenden mokkafarbenen Tagesdecke. Ein großes Dachfenster gab den Blick auf die Dächer von Avranches frei. Rechts daneben in einer Nische befand sich ein kleiner Schreibtisch mit einem Lederstuhl, auf der Arbeitsfläche stand eine Tiffany-Lampe. Er knipste sie an, und bernsteinfarbenes Licht erstrahlte. Der Raum gefiel ihm. Er legte seinen Koffer auf eine Holztruhe vor dem Fenster. Links führte die Tür ins Bad, direkt neben dem Kleiderschrank und einer Kommode, auf der ein Fernseher seinen Platz hatte. Der Boden und die Wände des geräumigen Badezimmers waren mit hellen marmorierten Fliesen ausgelegt, die weiß getünchte Decke von Balken durchzogen. Er zog sich aus und betrat die ebenerdige Dusche. Eckige altmodische Seifenstücke in den Farben Rosa, Weiß und Lila lagen auf einer Glaskonsole. Er schnupperte – Rose, Maiglöckchen, Lavendel. Die kräftigen Aromen belebten ihn. Er entschied sich für Maiglöckchen und duschte lange heiß, dann eiskalt. Mit einem flauschigen

Frotteehandtuch trocknete er sich ab. Er streckte sich auf dem weichen Bett aus und genoss die Ruhe. Sein Blick fiel auf ein Aquarell neben der Zimmertür. Es stellte die Kapelle des heiligen Aubert auf dem Mont-Saint-Michel in einem Sturm dar und wurde von einem weißen Passepartout umrahmt. Das Bild war wunderschön. Rechts unten steckte im Rahmen ein Kärtchen, auf dem das Motiv benannt war sowie die Galerie, die es ausstellte, und der Preis. Er würde es für Odette kaufen. Sie hatte bald Geburtstag, am 5. November.

Lächelnd griff er nach seinem Handy, tippte die Nummer des »Mirabelle« und lauschte.

Gérard, der Oberkellner, meldete sich. »Die Chefin ist in der Küche«, erklärte er, »und diskutiert mit Jacques.«

Jacques war der Chefkoch mit ausgeprägten Starallüren.

»Würdest du sie bitte holen, Gérard.«

Ein paar Sekunden später war Odette schon am Hörer.

»Philippe, schön, dass du dich meldest.«

»Bonsoir, mein Engel. Wie geht es dir? Streitet ihr schon wieder, Jacques und du?«

»Seltsamerweise nein. Er ist absolut friedfertig und kompromissbereit. Das ist vielleicht langweilig.«

Lagarde lachte.

»Wie war die Tagung?«

»Sie war interessant. Ich denke, das Konzept von Lanoux geht auf. Die Mitarbeiter fühlen sich ernst genommen und engagieren sich. Auch für kollegialen Austausch bleibt genug Zeit.«

»Schön, und jetzt gehst du mit den Kollegen essen?«

»Nein, mein Plan hat sich geändert. Ich habe einen alten Freund aus Pariser Zeiten getroffen, Henri. Er hat mich zum Essen eingeladen und möchte etwas mit mir besprechen.«

»Dann wünsche ich dir einen schönen Abend.«

»Salut, ma chère.«

Lagarde griff nach der Fernbedienung und zappte durch die Kanäle, bis er einen Nachrichtensender fand. Staatspräsident Hollande hielt eine Rede. Lagarde fand es erstaunlich, dass der Politiker so großen Erfolg bei Frauen hatte, er sah eher durchschnittlich aus.

Ein Blick auf die Uhr sagte ihm, dass es Zeit wurde aufzubrechen. Er würde im Wintergarten noch einen Milchkaffee trinken und dann zur »Goldenen Makrele« fahren.

Die Brasserie »Goldene Makrele« lag etwas außerhalb von Avranches bei La Roche direkt am Mündungsarm der Sée. Lagarde fand einen Parkplatz auf dem geschotterten Vorhof, der von altmodischen Laternen in honiggelbes Licht getaucht wurde. Die Blätter alter Platanen raschelten im Abendwind, von der Rückseite des Restaurants hörte man das Rauschen des vorbeiströmenden Flusses. Lagarde betrat die Brasserie durch ein steinernes Portal und eine zweiflüglige Glastür mit einem geschwungenen Schriftzug in Gold mit dem Namen des

Restaurants. Er lief über einen dunkelroten Teppich durch den Eingangsbereich und wurde im Speiseraum von einem Ober empfangen. Lagarde entdeckte Henri an der Bar, der ihm freudig zuwinkte. Er erklärte dem Kellner, dass er verabredet sei und sein Bekannter sicherlich einen Tisch reserviert habe.

Lagarde blickte sich um und war erleichtert, dass er zum frischen Hemd wieder die Krawatte umgebunden hatte. Das Restaurant war sehr elegant und verspielt im Art-déco-Stil eingerichtet. Er sah stoffbespannte Wände in goldenen geschnitzten Rahmen, Wandbordüren aus meerblauen und türkisen Mosaiksteinen, Palmen, Jugendstilgemälde, die vornehme Damen mit großen Hüten und kleinen Hunden zeigten, Spiegel, Kronleuchter, hohe bogenförmige Sprossenfenster mit Buntglasscheiben, kunstvoll verzierte Holzgeländer, die als Raumteiler dienten, und eine imposante Bar aus glänzendem Mahagoniholz. Dazwischen standen weiß eingedeckte Vierertische mit weinroten Polsterstühlen. Er musste unbedingt einmal mit Odette hierherkommen. Sie würde begeistert sein. Über den Regalen der Bar, auf denen eine beeindruckende Auswahl an Spirituosen stand, entdeckte er ein großes rechteckiges Mosaik. Vor der Kulisse der glutroten untergehenden Sonne und eines Fischkutters sprangen goldene Makrelen aus einem tiefblauen Meer. Im azurblauen Rahmen tummelten sich Muscheln, Seesterne, Schnecken, Krebse und Seepferdchen.

Henri stieg von seinem Hocker, und die Freunde

umarmten sich. Er trug einen dunkelbraunen Anzug mit Weste und weißem Hemd, dazu eine beige Fliege mit braunen Tupfen.

»Guten Abend, Philippe, es ist schön, dass du gekommen bist.«

»Henri, ein nobles Restaurant hast du ausgesucht.«

»Gefällt es dir?«

»Ich bin beeindruckt.«

»Wollen wir an der Bar einen Aperitif trinken, bevor wir an unseren Tisch gehen?«

»Gerne.« Lagarde setzte sich auf einen Hocker.

»Was möchtest du, Philippe? Champagner oder lieber etwas Stärkeres?«

»Einen Pastis, bitte.«

Henri winkte nach dem Barkeeper. »Zwei Pastis, bitte.«

Der Anisschnaps war mit Leitungswasser verdünnt und wurde von zwei Eiswürfeln gekühlt.

Die Männer stießen auf ihre alte Freundschaft an.

»Hast du eigentlich inzwischen geheiratet, Philippe?«, fragte Henri.

»Nein, es hat sich nie ergeben. Jetzt habe ich eine Freundin, die ich gerne heiraten würde. Bisher konnte ich sie jedoch nicht davon überzeugen. Sie ist mit ihrem Restaurant verheiratet. Und du, Henri?«

»Ich habe geheiratet, einige Monate nachdem ich Paris verlassen hatte. Colette lernte ich auf einem Trödelmarkt kennen. Sie machte hier in der Gegend Urlaub und war als Historikerin besessen von der Geschichte des Mont-Saint-Michel. Sie besuchte den Berg jeden Tag. Ansonsten schwamm sie bei jedem Wetter im Meer und stöberte auf Märkten nach antiken Möbeln. Sie war sehr charmant und sehr schön. Nach drei Jahren hat sie mich verlassen, um einen Lehrauftrag an der Universität von Bordeaux anzunehmen. Dort ist sie geboren. Durch den Schichtdienst und die vielen Überstunden musste ich sie oft alleine lassen.«

Er seufzte tief und ein wenig wehmütig.

»Unsere Tochter Caroline wohnt bei ihr, aber sie besucht mich oft. Sie ist ein zauberhaftes Mädchen und so klug wie ihre Mutter. Seit der Zeit bin ich wieder Single. Damals konnte ich mir ein Leben ohne meine Arbeit überhaupt nicht vorstellen. Das war dumm. Heute würde ich anders entscheiden.«

Lagarde nickte. Er verstand sehr gut, was sein Freund meinte.

Ein Ober trat zu ihnen und sprach Henri kurz an.

»Unser Tisch ist frei«, sagte er.

Sie gingen durch einen getäfelten bogenförmigen Durchgang, dann links durch einen schmaleren ornamentierten Türrahmen. Sie befanden sich jetzt auf der Rückseite des Hauses. Ein schmaler Wintergarten erstreckte sich über die ganze Hinterfront. Hintereinander aufgereiht standen jeweils ein Tisch mit vier Stühlen direkt neben einer niedrigen, grob behauenen Steinmauer und den Glasscheiben. Zwischen den Sitzgelegenheiten und der weiß verputzten Zwischenmauer zum Hauptgebäude waren ungefähr eineinhalb

Meter Platz. In die Wand waren indirekte Leuchten versenkt, die den Anbau in goldgelbes Licht tauchten. Auf dem Fenstersims standen Kerzen in verschiedenen Größen und Farben in Kerzenständern, Gläsern, Schalen und winzigen Laternen und verursachten ein flackerndes Lichtermeer. Jenseits der Granitmauer beleuchteten weiße Strahler den dunklen murmelnden Fluss, der auf die Bucht des Mont-Saint-Michel zustrebte. Eine Terrasse, direkt neben dem Gebäude, war in den Fluss gebaut. Im Sommer war das sicherlich ein lauschiger Ort.

Sie setzten sich an den reservierten Tisch, und ein Kellner legte ihnen die Karte vor. Die Männer studierten die Speisekarte. Sie wählten als Vorspeise je ein halbes Dutzend Austern aus Cancale.

Als zweiten Gang bestellten sie gegrillten Seewolf. Lagarde wollte als Hauptgericht Ente mit Kirschen und Kartoffelkuchen, Henri entschied sich für das Lamm von den Salzwiesen mit grünen Speckbohnen. Zur Vorspeise tranken sie einen gekühlten Muscadet aus dem Loiretal.

»Sag mal, Henri, was ist eigentlich aus Chantal geworden?«, fragte Lagarde. »Ist sie noch bei der Polizei?«

Sein Freund träufelte Zitronensaft über eine Auster und schlürfte sie genüsslich.

»Nein, Philippe, sie hat den Polizeidienst quittiert. Einige Wochen nach dem Überfall des Monsters von Montmartre. Ihr Chef hat ihr professionelle psychologische Hilfe angeboten, doch die wollte sie nicht. Sie wollte nur noch weg.«

»Das kann ich verstehen«, meinte Lagarde. »Der Irre hätte ihr beinahe die Kehle durchgeschnitten.«

»Ja, natürlich«, entgegnete Henri. »Ihre Reaktion war völlig nachvollziehbar. Sie ist Hals über Kopf zu einer Tante in das Hinterland der Provence gezogen. Dort hat sie sich in einen Weinbauern verliebt. Sie haben vier Kinder zusammen. Jedes Jahr zu Weihnachten schickt sie mir eine Kiste ihres besten Rotweins.«

Der köstlich duftende Fisch wurde serviert, und sie genossen die ersten Bissen schweigend. Dann fragte Lagarde: »Bist du damals nicht auch wegen deiner kranken Mutter nach Avranches zurückgekehrt? Du wolltest in ihrer Nähe sein und dich um sie kümmern.«

»Du hast ein gutes Gedächtnis. Sie ist mit dreiundsechzig Jahren an Herzschwäche gestorben. So alt bin ich jetzt, und mit meiner Gesundheit sieht es auch nicht gut aus.«

Lagarde sah ihn erstaunt an. »Wie meinst du das?«

»Nun, ich habe wohl dieses Herzleiden geerbt. Mein Blutdruck ist viel zu hoch und trotz der Medikamente schwer einstellbar. Die Nieren sind bereits angegriffen, mein Herz auch. Wenn ich nur einige Treppen hochsteige, pumpe ich wie eine Lokomotive. Durch den Bewegungsmangel nehme ich ständig zu.«

»Das tut mir sehr leid, Henri.«

»Was soll man machen? Außerdem will ich dich während unseres schönen Essens nicht mit Details meiner Krankheit belästigen. Lass uns den Rotwein zum Fleisch aussuchen. Was hältst du von einem kräftigen Burgunder?«

»Wunderbar, eine gute Wahl.«

»Jetzt komme ich auf den Punkt, Philippe, du ahnst sicher schon, dass ich ein Anliegen habe.«

Henri probierte den Rotwein und nickte dem Kellner zu.

»Ich muss mindestens einmal in der Woche zum Kardiologen zur Herzkontrolle. Immer häufiger werde ich für mehrere Tage ins Krankenhaus eingewiesen, um die Nieren zu untersuchen und den Blutdruck einzustellen.«

Jetzt fiel bei Lagarde der Groschen. »Deine Fälle, Henri, du hast zu wenig Zeit für deine Fälle.«

»Genauso ist es, Philippe. Die Kollegen helfen mir natürlich, und meine Assistentin Violette ist sehr tüchtig und kompetent, aber sie ist eben eine Assistentin. Wir haben alles soweit im Griff, bis auf einen Fall.«

Lagarde begriff. »Der Mörder mit dem Dolch.«

Henri nickte. »Der Mörder mit dem Dolch. Über das Verbrechen wurde in allen Medien berichtet.«

»Ja, ich habe darüber in der Zeitung gelesen. Eine grausame Tat.«

»Kaltblütig und brutal in der Ausführung.«

»Warum gehst du nicht einfach in Rente und überlässt die Aufklärung deinem Nachfolger? Du musst dich um deine Gesundheit kümmern.«

»So einfach ist das nicht, Philippe. So ein Rentenantrag wird nicht von heute auf morgen bewilligt. Und aktuell bin ich für den Fall zuständig. Ich versuche in den Abendstunden und am Wochenende die verlorene Zeit nachzuholen, aber meine Kräfte reichen dafür nicht mehr aus. Hinzu kommt, dass ein enormer Druck auf mir lastet. Die Zentraldirektion in Paris will Ergebnisse sehen. Die Eltern des Opfers, steinreiche Hoteliers, verfügen über ausgezeichnete Beziehungen bis in die höchsten gesellschaftlichen und politischen Kreise. Man trifft sich jedes Jahr im Juli beim Pferderennen in Deauville. Ich glaube, die Mutter des ermordeten jungen Mannes hat mit der geschiedenen Frau des letzten Staatspräsidenten Tennis gespielt.«

Lagarde nickte. »Ich verstehe, eine unschöne Situation.«

»Da hast du den ganzen Schlamassel vornehm umschrieben. Wie schmeckt dir die Ente?«

»Sie ist hervorragend.«

»Mein Lammkarree auch, superb. Weißt du, Philippe, ich bin kein Anfänger. Zuerst hoffte ich, den Fall schnell lösen zu können. Aber es ist wie verhext. Es gibt keine Zeugen, keine Spuren, keine Indizien, einfach nichts, was uns weiterbringen könnte. Ich bin ganz ehrlich zu dir. Wir tappen im Dunkeln.«

Nachdenklich schaute Lagarde auf die schwarzblaue Wasseroberfläche. Eine Entenfamilie durchschwamm in aller Ruhe den Fluss und verschwand am anderen Ufer im hohen Schilf.

»Du willst, dass ich dir helfe.«

»So ist es, Philippe. Ich bitte dich um deine Unterstützung. Ich kann das mit der zuständigen Stelle in Paris klären.«

»Davon bin ich überzeugt. Die haben sonst ein Imageproblem.«

»Genau! Also, was sagst du? Ich weiß, dass du gerne unabhängig und für dich bist. Du müsstest nicht in meinem Gästezimmer logieren oder im Hotel. Ich habe ein Strandhaus, nicht weit von hier, in Carolles. Dort wurde übrigens die Leiche des jungen Mannes gefunden. Im Feriendomizil seiner Familie. Bei meinem Haus handelt es sich um eine ehemalige ausgebaute Fischerkate. Dort kannst du wohnen. Du kannst auch mein Boot benutzen, es liegt gleich um die Ecke an der Hafenmole.«

Lagarde lächelte. »Du musst mir den Einsatz nicht schmackhaft machen, Henri. Ich helfe dir gerne und würde auch auf deinem Sofa schlafen. Es ist nur so, dass meine Lebensgefährtin Odette bald Geburtstag hat. Diesen Tag will ich mit ihr verbringen.«

Der Kellner brachte die Käseplatte. Lagarde nahm sich eine Ecke eines weichen weißen Käses und probierte.

»Der schmeckt ja köstlich.«

»Das ist Ziegenkäse hier aus der Gegend. Er zergeht einem auf der Zunge. Pass auf, Philippe, der Geburtstag ist doch kein Problem. Du lädst deine Freundin auf den Mont-Saint-Michel stilvoll zum Abendessen ein. Danach schaut ihr euch Son et Lumière an, das Lichterschauspiel. Sie wird begeistert sein.«

»Das ist eine gute Idee, Odette kennt den Berg noch nicht.«

»Na, siehst du«, erwiderte Henri und streckte seinem Freund die Hand entgegen. »Schlag ein.«

Lagarde ergriff sie und drückte sie fest.

»Jetzt können wir uns in aller Ruhe der Dessertkarte widmen«, meinte Henri schmunzelnd. »Ich favorisiere die Crêpes, flambiert mit Grand Marnier.«

Lagarde entschied sich für Profiteroles mit Vanilleeis und Schokoladensauce.

Anschließend tranken sie einen kleinen Mokka und verabredeten sich für den nächsten Nachmittag in Henris Büro.

Philippe Lagarde fuhr zurück zu seinem Hotel. Er parkte im Hof und umrundete das Grundstück. Unter einem grünen Pavillon ging er zum Haupteingang und gab den Code ein. Dann drehte er den Schlüssel im Schloss. Ein Nachtlicht brannte, und es war kein Mensch zu sehen. Leise stieg er in den zweiten Stock und ging in sein Zimmer. Dort schaltete er die Nachttischlampe ein und zog sich aus. Den Anzug hängte er an die Schranktür. Im Nebenzimmer lief der Fernseher. Er legte sich auf das Bett und knipste das Licht aus. Mit hinter dem Kopf verschränkten Armen starrte er an die dunkle Decke. Nun sollte er einen Mord aufklären. Wenn der alte Fuchs Henri bisher keine Spur hatte, musste der Fall ziemlich kompliziert sein. Er horchte in sich hinein. Hatte er nur seinem Freund zuliebe zugesagt? Nein, ganz und gar nicht. Die Nuss zu knacken reizte ihn.

Gerade fielen ihm die Augen zu, als ein Piepsen ertönte. Odette hatte eine SMS geschickt.

»Schlaf schön, mein Liebster«, stand da geschrieben.

»Küsschen von Odette, der Haubenköchin.«

Verliebt lächelnd, antwortete er sofort. Da er nicht oft SMS schrieb, brauchte er eine Weile.

»Schlaf du auch gut, schöne Haubenköchin. Ich freue mich auf dich. Bis morgen.«

DER CHRISTROSENORDEN

ZWEITER TAG

Am nächsten Morgen unter der Dusche entschied sich der Kommissar für die Seife mit dem Rosenduft. Gut gelaunt stand er auf dem Vorleger im Badezimmer und rubbelte sich mit einem großen flauschigen Handtuch trocken. Er holte aus seinem Koffer eine hellblaue Jeans und einen kobaltblauen Pullover. Die schicken schwarzen Lederschuhe wurden eingepackt, und er schlüpfte in bequeme helle Leinenschuhe. Vor dem Badezimmerspiegel kämmte er sich die Haare und besprühte sich mit einem Eau de Toilette von Calvin Klein.

Frühstück gab es von acht bis zehn Uhr. Jetzt war es kurz nach acht, und er brauchte einen Kaffee. Den Koffer nahm er gleich mit nach unten und stellte ihn neben der Rezeption in eine Ecke, wo er niemanden störte. Nach dem Gespräch mit Henri hatte er seine Tagesplanung geändert. Der Besuch des heiligen Berges musste verschoben werden. Nach dem Frühstück würde er nach Barfleur fahren und Kleidung für mehrere Tage einpacken. Dann wollte er Odette über sein Vorhaben informieren. Sicherlich würde sie nicht begeistert sein, wenn sie sich einige Tage nicht sehen konnten, aber sie würde Verständnis dafür haben, dass er seinen alten Freund nicht im Stich lassen wollte.

Hungrig betrat er den Frühstücksraum und sah sich um. Die orange gestrichenen Wände harmonierten mit dem dunkelbraunen glänzenden Holzfußboden. An den Wänden hingen braun gerahmte filigrane Zeichnungen mit Motiven des Mont-Saint-Michel. Mehrere Tische waren bereits besetzt. Er wählte einen kleinen Tisch neben dem Fenster, der für zwei Personen gedeckt war. Da der Andrang am Büfett gerade recht groß schien, begnügte er sich zunächst mit einer Tasse Milchkaffee und musterte die Gäste. Deutsche Urlauber in Wanderkleidung waren bester Laune und ließen sich das Frühstück schmecken. Ein Geschäftsmann in dunklem Anzug saß alleine an einem Tisch und starrte mit gerunzelter Stirn auf den Bildschirm seines Laptops. In der Mitte an einem Vierertisch unterhielten sich lebhaft gestikulierend dänische Touristinnen. Vier Generationen waren vertreten, Lagarde tippte auf Großmutter, Mutter, Tochter und Enkelin, weil sie sich sehr ähnlich sahen und ganz vertraut miteinander umgingen.

Nach dem Frühstück sprach er die Frau an der Rezeption an, die Frühdienst hatte.

»Ich möchte gerne das Aquarell kaufen, das in Zimmer 24 hängt.«

»Sie meinen das Bild mit der Kapelle des heiligen Aubert? Ein junger einheimischer Künstler hat es gemalt. Im Hotel sind einige Gemälde von ihm ausgestellt, ich kann sie Ihnen zeigen, wenn Sie möchten.«

»Nein, danke. Genau dieses Bild soll es sein.«

»Ich laufe rasch nach oben und hole es für Sie.«

Lagarde zahlte mit Scheckkarte, nahm seinen Koffer und das Bild und verabschiedete sich.

Der kühle Wind blies kräftig vom Meer herüber und trieb weiße Wolken vor sich her. Lagarde steuerte sein Auto aus dem Hof, fuhr am Garten des Hotels entlang und fädelte sich an der Hauptstraße in den morgendlichen Verkehr ein.

Nach knapp zwei Stunden hatte er Barfleur erreicht. Er stellte den Renault Express in der Einfahrt ab und sperrte die Haustür auf. Dann hob er vorsichtig das Bild von der Rückbank und trug es in den ersten Stock. Er würde es bis zu Odettes Geburtstag im Gästezimmer aufbewahren.

Wieder im Erdgeschoss öffnete er die Glastür und trat auf die Terrasse. Das unruhige, bleigraue, schäumende Meer zog sich zurück, bald war Niedrigwasser. Ihm fiel ein, dass er noch seine Putzfrau Albertine anrufen musste. Er würde sie bitten, das Haus während seiner Abwesenheit zu lüften und die Pflanzen zu gießen. Ein empörtes Fauchen riss ihn aus seinen Gedanken. Ein Wildkater, der ihn vor einigen Tagen zum ersten Mal besucht hatte, saß mit vorwurfsvollem Blick neben einem leeren Porzellanschälchen. Er war grau meliert, hatte einen dicken Kopf, einen buschigen Schwanz mit schwarzen Kringeln und gelbe unergründliche Augen. Lagarde musste lachen. Durch das Geräusch aufgeschreckt, machte das Tier einen Satz rückwärts und fixierte ihn.

»Du meinst wohl, wenn du mich anfauchst, hole ich Milch für dich?«

Der Kater legte den Kopf schief.

»Da schätzt du die Lage richtig ein.«

Er nahm das Schälchen mit in die Küche, goss Milch hinein und gab ein wenig Wasser hinzu.

»Bitte schön«, sagte er und stellte das Gefäß an seinen Platz. Der Wildkater näherte sich der Milch, ohne ihn aus den Augen zu lassen, und trank.

Lagarde stand still und beobachtete ihn. Vielleicht sollte Albertine auch Katzenfutter kaufen.

»Ich werde dich Alexandre nennen«, informierte er das Tier.

Nachdem er einen größeren Koffer gepackt hatte, fuhr er zum Restaurant »Mirabelle«, um mit Odette zu sprechen. Unterwegs hielt er an seinem Lieblingsblumenladen und kaufte einen Strauß weißer Rosen für sie. Er folgte der Küstenstraße, die wie ein schmales Band nach Norden verlief. Der raue Westwind hatte die Wolken vertrieben. Die Sonne schien von einem lichtblauen Himmel. Unterhalb der Dünen lag verlassen eine weite sandige Bucht. Dahinter erstreckte sich endlos das Wattenmeer. An manchen Stellen ragten dunkle Felsformationen hervor, Priele zogen sich durch den Schlick, und Wasserlöcher bildeten kleine schwarze Teiche. Sanddisteln mit kugeligen bläulichen Dolden überwuchsen den Sattel einer Düne. Die kleinen Büsche krallten sich im Sand fest. Ein Traktor mit einem Trailer, auf den ein Fischerboot geladen war, stand einsam auf einem flaschengrünen Teppich aus Tang. Er bog von der Uferstraße nach links ab und fuhr landeinwärts. Bald erreichte er den Schotterweg, der zum Restaurant führte. Der Campingplatz, der sich rechts davon ausbreitete, hatte, obwohl es Spätherbst war, noch immer geöffnet. Etliche Autos, Wohnwagen und Wohnmobile, hauptsächlich mit deutschen und englischen Nummernschildern, standen weitläufig über das Terrain verstreut. Einige Camper, in dicke Jacken gepackt, hatten sich um einen gemauerten Grill versammelt und brutzelten ihr Mittagessen.

Odettes Wagen, ein silbernes Mercedes-Cabriolet, stand auf dem Parkplatz des »Mirabelle«. Die anderen Autos gehörten wahrscheinlich Logiergästen, die im Herbst einige Urlaubstage am Meer verbringen und vorzüglich speisen wollten. Das Mirabelle öffnete zu dieser Jahreszeit unter der Woche erst am Abend. Vor dem Haupthaus aus geschichteten grauen Granitsteinen stand der Herbstgarten in voller Farbenpracht. Rosarote Federbüsche erhoben sich zwischen hellviolettem Mönchspfeffer. Astern blühten weiß, rot und lila, und Azaleenbüsche zeigten hellrote und rosa Blüten. Blaue Hornveilchen und weiße Christrosen drängten sich in den ehemaligen Schafströgen. Das Restaurant war früher eine Schäferei gewesen, es lag gegenüber dem Haupthaus, umgeben von Eichen und Walnussbäumen. Sein kegelförmiges Dach aus Schieferplatten spitzte hinter den Zweigen hervor. Auf der Terrasse gruppierten sich um den alten Ziehbrunnen robuste, aber dennoch elegante Tische und Stühle. Gäste tranken am Wochenende den Nachmittagskaffee gerne im Garten, wenn es das Oktoberwetter erlaubte. Hinter einem niedrigen Holzzaun erstreckte sich eine weitläufige Wiese mit Apfelbäumen. Die Früchte eigneten sich hervorragend für das Keltern von Cidre. Um den imposanten runden Turm, der das Gebäude an der Nordostseite abschloss, rankte sich wilder Efeu.

Lagarde lief über eine Holztreppe in den ersten Stock und dann einige Meter über eine offene Galerie, die am Haus entlangführte. Die Tür zu den Privaträumen stand offen. Er klopfte mit der Faust an die schwere Eichenpforte und rief den Namen seiner Freundin. Odette kam aus der Küche und rieb sich die Hände an ihrer Jeans trocken. Als sie ihn sah, strahlte sie über das ganze Gesicht.

»Philippe, was für eine schöne Überraschung! Mit dir habe ich erst heute Abend gerechnet.«

»Hallo, meine Schöne, ich habe umdisponiert.«

Er umarmte sie und gab ihr einen Kuss. Dann reichte er ihr die Blumen. »Für meine bezaubernde Haubenköchin.«

»Weiße Rosen, wie schön!« Sie steckte die Nase zwischen die Blüten. »Und wie sie duften! Ich stelle sie gleich ins Wasser.«

Sie ging in die Küche und nahm aus einer Kommode eine rechteckige Vase. Mit einem kleinen scharfen Messer kürzte sie die Stiele. Dann arrangierte sie Rose für Rose in dem Gefäß und stellte es in die Mitte des Küchentisches.

»Du kommst gerade richtig zum Mittagessen. Hast du Hunger?«

»Ja, das Frühstück liegt schon lange zurück.«

Er lehnte an der Spüle und sah ihr zu. Odette werkelte auf der Arbeitsfläche. Sie trug eine weite Jeans, die auf den runden Hüften saß und die langen Beine betonte. Im Hosenbund steckte ein grüner Pullover, zu dem die gleichfarbigen Basketballschuhe gut passten. Die langen dunkelbraunen Haare hatte sie zu einem Pferdeschwanz zusammengebunden. In den kleinen Ohren steckten winzige goldene Kreolen. Er betrachtete ihr zartes Profil. Die fein gezeichneten Augenbrauen wölbten sich über den großen dunklen Augen mit den langen Wimpern. Ihr Mund war breit und sinnlich.

In ihrer Freizeit bevorzugte sie legere Kleidung. Für den Abend würde sie sich dann schick machen oder in ihrer Kochmontur durch die Restaurantküche und den Speisesaal wirbeln.

»Deckst du bitte den Tisch. Es gibt Andouilettes mit Kartoffelpüree und Sauerkraut.«

Sie mochte am liebsten einfache ländliche Gerichte, die schon ihre Oma für sie gekocht hatte. Andouillettes waren mit Innereien von Schwein und Kalb gefüllte Würste.

»Ach.«

Sie grinste ihn an.

»Ach«, äffte sie ihn nach. »Die Bauernmahlzeit ist zu derb für Monsieur.«

Sie wusste genau, dass man ihn mit deftigen Innereien jagen konnte.

Sie brach in ihr bezauberndes Lachen aus.

»Du solltest dein Gesicht sehen. Beruhige dich, mein Held. Ich brate dir ein saftiges Rindersteak, schön rosa in der Mitte. Im Kühlschrank habe ich noch selbstgemachte Kräuterbutter, sehr delikat, mit Knoblauch.«

Er umarmte sie von hinten und drückte ihr einen Kuss auf den Hals. Sie roch wunderbar.

»Ich danke dir, mein Engel.«

Sie runzelte die Stirn. »Sauerkraut zu Steak, das geht ja gar nicht. Ich habe heute Morgen im Treibhaus eine Gurke geerntet, du bekommst Salat als Beilage«, entschied sie, ohne ihn zu fragen. Konzentriert schälte und hobelte sie die Gurke mit beeindruckender Geschwindigkeit.

Als sein Fleisch fertig war, setzten sie sich an den Tisch und aßen. Odette schenkte sich und Lagarde Mineralwasser ein.

»Nun erzähle doch mal, warum hast du umdisponiert? Du hast dich doch so auf den Besuch des Mont-Saint-Michel gefreut.«

»Wir haben darüber gesprochen. Es geht um den Mord an einem jungen Mann. Er wurde vor einer Woche im Ferienhaus seiner Familie erdolcht.«

Odette sah ihn mit tellergroßen Augen an. »Du willst den Dolchmörder jagen? Das ist gefährlich, Philippe. Ich habe Angst um dich. Du bist schon einmal beinahe erschossen worden.«

»Mir passiert schon nichts, mein Engel. Ich verspreche es.«

Sie musterte ihn skeptisch.

Er hob ihr Kinn mit der Zeigefingerspitze und sah ihr fest in die Augen.

»Ich passe gut auf mich auf.«

»In Ordnung, ich sehe ja ein, dass du diesen Henri nicht hängenlassen kannst. Wie willst du das konkret machen? Wenn du jeden Tag hin- und herfährst, verlierst du viel Zeit.«

»Henri hat mir seine Fischerkate angeboten, sie steht in Carolles, nicht weit von Avranches.«

»Carolles? Da ist doch der Mord geschehen? Na toll!«

»Du könntest mich besuchen. So ein altes Fischerhäuschen ist bestimmt romantisch.« Er zwinkerte ihr zu. »Zum Beispiel am 5. November.«

Sie grinste ihn an. »Eine Geburtstagsfeier an der wilden Westküste in einer alten Fischerkate, um die ein Dolchmörder schleicht, stelle ich mir total romantisch vor.«

»Na, siehst du. Und ich werde auch nicht lange wegbleiben, höchstens ein, zwei Wochen.«

Odette sah auf die Küchenuhr. »Wann bist du mit Henri verabredet?«

»Um sechzehn Uhr.«

Sie setzte sich auf seinen Schoß und küsste ihn fordernd. Dann zog sie ihm den Pullover über den Kopf und flüsterte:

»Das schaffst du.«

Vier Minuten vor sechzehn Uhr quetschte Philippe Lagarde sein Auto in eine enge Lücke gleich hinter dem Kreisverkehr mit der Reiterstatue. In der Rue Saint Martin in Avranches war es schwer, einen Parkplatz zu finden. Vor einigen Geschäften parkten Lieferwagen in der zweiten Reihe. Er lief ungefähr hundert Meter auf einem breiten Gehweg und stand dann vor dem Polizeigebäude. Im zweiten Stock war das Kommissariat untergebracht. Es war eine kleine Abteilung, da Kapitalverbrechen in der ruhigen ländlichen Gegend selten vorkamen. Das Haus, aus gleichförmigen ockerfarbenen Sandsteinquadern erbaut, war zweistöckig und verfügte an den Seitenfassaden über einen Vorbau, der von einem Dacherker abgeschlossen wurde. Die Ecken des Gebäudes und die Fenster waren mit grauen Laibungen eingefasst. Die bogenförmigen hohen Sprossenfenster waren weiß. Zwei breite Kamine mit Abdeckungen aus Schiefer saßen auf jeder Dachhälfte. Das einstmalige schwere Holzportal war nach innen geöffnet, und beide Flügel berührten die weiß gekalkte Wand. In die Öffnung war nun eine Glastür integriert, die sich automatisch öffnete. An den Holzflügeln durften aktuelle Veranstaltungsplakate in Glaskästen ausgestellt werden. Auf einem lustigen bunten Poster lud der örtliche Aéro-Club, der Rundflüge über den Mont-Saint-Michel anbot, zum jährlichen Fest ein.

Ein Polizist, der an der Pforte saß, begrüßte Lagarde.

»Ich habe um sechzehn Uhr einen Termin bei Kommissar Dugardin.«

»Sein Büro ist im zweiten Stock, Zimmer 3.«

Der Polizist zeigte auf den Aufzug, der nachträglich eingebaut worden war. Lagarde entschied sich jedoch für die Treppe. Die breiten Holzstufen waren ausgetreten, das Geländer bildete ein schmiedeeisernes Kunstwerk. Auf den Absatz im ersten Stock war, umrahmt von blauen Bodenplatten, ein schildförmiges Bild gelegt. Es stellte das Wappen von Avranches dar. Man sah zwei Wehrtürme, verbunden mit einer Mauer, in die ein Tor eingelassen war. Darüber, in der Mitte, sprang ein Fisch, der allerdings eher wie ein Delphin aussah. Links und rechts davon befanden sich zwei goldene Halbmonde, die in waagrechter Position am Himmel schwebten.

Im zweiten Stock klopfte Lagarde an die Tür mit der Zimmernummer 3. Henri öffnete die Tür und begrüßte ihn mit einem festen Händedruck.

»Hallo, Philippe. Pünktlich, wie immer. Komm doch herein.«

Über den hohen Raum wölbte sich eine weiße Stuckdecke mit einer prächtigen Rosette auf jeder Eckverblendung. Das dunkelbraune Parkett glänzte. An der Wand rechter Hand hing über einem antiken Tisch ein riesiges Ölgemälde in einem goldenen Rahmen. Es zeigte ein Porträt des legendären Bischofs Aubert. Er blickte mit strenger Miene in die Ferne. Hinter ihm ragten aus einer weiten Ebene drei gewaltige Granitblöcke hervor. Einer von ihnen war der Mont Tombe. Eine alte Legende besagte, dass eine gewaltige Steinplatte auf dem Gipfel des Hügels gelegen hatte, als die ersten Bauten der Abteiburg errichtet werden sollten. Man vermutete, dass es sich dabei um die Deckplatte eines Dolmen gehandelt hatte. Der Stein war so schwer gewesen, dass ihn kein Mensch bewegen konnte. So war eines der ersten Wunder an diesem Ort geschehen. Ein kleiner Junge namens Bain, der Sage nach das zwölfte Kind eines Arbeiters, hatte die Platte berührt, die daraufhin bis zum Fuß des Hügels hinabgestürzt war. Genau an dieser Stelle war in späteren Zeiten die Kapelle Saint-Aubert errichtet worden.

Die Fenster des Büros befanden sich auf der Westseite und gaben den Blick auf den Garten des Bergfriedes frei, dessen runder Turm von gelben, orangen, roten und braunen Weinranken überzogen war. Auf den breiten Fenstersimsen wuchsen aus farbenfrohen Übertöpfen zart grüne und rosa Orchideen.

Die Einrichtung des Raumes war funktional. An der linken Wand standen Aktenschränke. Die drei hellgrauen Schreibtische waren hufeisenförmig gestellt. Neben den Schränken am Fenster stand ein runder Besprechungstisch mit vier Stühlen. Auf jeder Arbeitsfläche hatte ein Computer seinen Platz, der an einen Drucker angeschlossen war. Auf dem linken Tisch stapelten sich Akten und Papierstöße, die rechte Fläche war leer, am mittleren Arbeitsplatz saß eine Frau, die den Kommissar eindringlich betrachtete.

»Darf ich vorstellen?«, sagte Henri. »Das ist meine Assistentin Violette Boyer. – Violette, das ist mein früherer Kollege, Philippe Lagarde.«

Sie gaben sich die Hand und grüßten höflich. Die Polizistin war aufgestanden und musterte ihn mit schmalen grünen Katzenaugen. Die Nase war fein und gerade, die Lippen waren erdbeerrot geschminkt. Ihre dunkelblonden schulterlangen Haare waren am Scheitel dunkel. Auf der rechten Wange hatte sie ein Muttermal, das ihr eine gewisse Apartheit verlieh. Lagarde fand die sehr schlanke, hochgewachsene Frau äußerst attraktiv.

»Violette, wie sieht es mit Kaffee und Kuchen aus?«

»Ich habe schon alles vorbereitet, Henri. Setzt euch doch an den Besprechungstisch, ich bin gleich wieder da.«

Schwer atmend ließ sich Henri auf einem Stuhl nieder. Seine Wangen waren dunkelrot verfärbt.

Lagarde betrachtete ihn besorgt. »Wie geht es dir, Henri?«

»Schon viel besser, seit ich weiß, dass du dich des Falles annimmst.«

»Hat die Zentraldirektion in Paris grünes Licht für meinen Einsatz gegeben?«

Henri grinste. »Selbstverständlich. Ich habe auch nichts anderes erwartet. Die Aufklärung des Falles hat hohe Priorität.«

Violette kam mit einem Tablett zurück, schenkte Kaffee ein und stellte einen Porzellanteller mit Gebäck auf den Tisch. Sie setzte sich zu den Männern und schaute sie erwartungsvoll an.

Ihr Chef ergriff das Wort. »Wir haben nicht viel«, erklärte er und schlug einen Hefter auf. »Das Opfer heißt Leandro de La Fontaine, einundzwanzig Jahre alt und ledig. Er hat an der Universität von Caen Jura studiert.«

»Seine Eltern sind wohlhabende Geschäftsleute, die massiv Druck machen und die Polizei für unfähig halten«, ergänzte Violette.

Lagarde nickte unbeeindruckt. »Der junge Mann wurde mit einem Dolch erstochen, nicht wahr?«

»Das ist richtig«, antwortete Henri. »Die Medien haben sich wie Hyänen auf dieses Verbrechen gestürzt. Jeder, der Zeitung liest, weiß über die Tatwaffe Bescheid.«

»Der Stich ging direkt ins Herz, er war sofort tot«, berichtete die Assistentin weiter. »Der Täter hat ihn im Schlaf überrascht. Es hat kein Kampf stattgefunden, und es gibt auch keine Abwehrspuren. Der Dolch wurde mit der Faust von oben nach unten geführt, sagt der Rechtsmediziner, im rechten Winkel zur schlafenden Person.«

»Dafür braucht man keine überragenden Kräfte«, meinte Lagarde.

»Nein«, bestätigte Violette.

»Woher wisst ihr, dass die Tatwaffe ausgerechnet ein Dolch war? Es gibt ja auch noch andere zweischneidige Waffen.«

»Er steckte noch im Herzen«, entgegnete Henri.

»Der Täter hat die Waffe zurückgelassen?«

»So ist es«, bekräftigte Violette. »Es befinden sich auch Fingerabdrücke und DNA darauf, leider gibt es in den Datenbanken keine Vergleichsmuster.«

Sie nahm einige Fotografien aus einem Umschlag und legte sie in einer Reihe auf den Tisch. Der Dolchgriff ragte aus der Brust des Mannes. Auch sein Gesicht war abgelichtet. Es wirkte ganz friedlich, als ob er schliefe.

»Kann ich die Waffe sehen?«

»Natürlich.«

Die Polizistin stand auf und holte aus einer Schreibtischschublade einen Gegenstand, der sich in einem Plastikbeutel befand. Sie legte ihn auf den Tisch.

Lagarde betrachtete interessiert die Waffe. Ihr Griff war aus Obsidian, schwarz und glänzend, drei grünlichblaue ovale Jadesteine waren darin eingelassen und wurden von filigranen, ziselierten, silbernen Fassungen umkränzt. Unten am Griffstück saßen stabile Parierscheiben. Den oberen Abschluss des Griffes bildete ein massives silbernes Medaillon. Es barg das rote Tatzenwappen der Tempelritter. Die schmale Eisenklinge schimmerte im Licht. Sie war etwa zwanzig Zentimeter lang.

Lagarde nahm den Dolch in die Hand. »Ein Kreuzritterdolch. Er sieht echt aus, und er ist schwer. Weiß man etwas über seine Herkunft?«

Violette verneinte. »Internetrecherchen haben bisher noch keine Anhaltspunkte ergeben.«

»Wurde die Scheide auch gefunden?«

»Nein.«

Der Kommissar machte sich eine Notiz auf seinem Schreibblock.

»Was sagt der Rechtsmediziner über den Todeszeitpunkt?«

»Der junge Mann wurde zwischen Mitternacht und zwei Uhr früh ermordet«, antwortete Henri.

»Und wer hat die Leiche gefunden?«

»Die Hauswirtschafterin des Ehepaares de La Fontaine. Sie kümmert sich auch um das Ferienhaus. Die Frau kam am Morgen um sieben Uhr und erledigte ihre Arbeiten. Um zehn Uhr richtete sie das Frühstück für Leandro de La Fontaine. Anschließend bügelte sie im Hauswirtschaftsraum im Keller seine Wäsche. Als er um zwölf Uhr immer noch nicht erschienen war, begann sie sich Sorgen zu machen. Sie klopfte an seine Schlafzimmertür. Als keine Reaktion erfolgte, betrat sie den Raum und fand den Toten. Sie schrie so laut, dass ein Nachbar aufmerksam wurde. Er hat auch die Polizei alarmiert. Die Hausangestellte war dazu nicht in der Lage, sie hatte einen Schock.«

»Ich verstehe.« Lagarde rieb sich grübelnd das Kinn.

Violette sah ihn an. »Wir haben noch ein interessantes Indiz, Monsieur le Commissaire. Der Täter hat auf dem Leib des Toten die Blüte einer Christrose hinterlegt.«

»Das ist in der Tat hochinteressant. Er hat eine Botschaft hinterlassen.«

»Könnte man so sagen.«

Sie holte weitere Fotos aus dem Couvert und zeigte sie ihm. Die zarte schneeweiße Blüte war auf dem Bauch des Opfers platziert, knapp neben dem Nabel. Der Anblick war verstörend.

»Von diesem Indiz hat die Öffentlichkeit nichts erfahren«, berichtete die Assistentin. »Ausschließlich der Täter und wir wissen davon. Wir gehen davon aus, dass die Hauswirtschafterin und der herbeigeeilte Nachbar in ihrer Panik nur den Dolch gesehen haben. Eine selektive Wahrnehmung, verursacht durch Stress.«

»Das ist durchaus möglich. Diesem Detail müssen wir nachgehen. Die Blume muss eine Bedeutung haben.« Lagarde machte sich eine weitere Notiz. »Hat die Spurensicherung etwas gefunden? Haare, Fasern, DNA?«

»Ja, die Untersuchungen dauern noch an. Die Spuren könnten natürlich auch vom Opfer, von Familienangehörigen, Gästen und der Haushälterin stammen. Viele sind es nicht.«

»Wie ist der Täter ins Haus gekommen? Gibt es Einbruchspuren?«

»Nein«, antwortete Henri. »Der Täter hatte entweder einen Schlüssel oder Einbruchwerkzeug. Aber wir haben ein Video von ihm.«

»Ein Video?«

»Ja, das Ferienhaus ist gesichert. Wenn die Eingangstür geöffnet wird, schaltet sich automatisch eine Überwachungskamera ein. Aber freue dich nicht zu früh, du wirst es gleich sehen. Violette, zeigst du ihm bitte den Film?«

Die Polizistin setzte sich an ihren Schreibtisch und vollführte einige Mausklicks. Sie winkte Lagarde zu sich. »Gleich geht es los.«

Er zog einen Stuhl heran und setzte sich neben sie. Angespannt starrte sie auf den Bildschirm. Ihm fiel auf, dass sie kaum merklich und unbewusst mit der rechten Schulter zuckte. Ihr Parfüm duftete orientalisch süß. Es flimmerte kurz, dann war ein dunkler Flur zu erkennen. Die schwarzweiße Aufnahme war grobkörnig und ein wenig verschwommen.

»Das ist der Eingangsbereich des Ferienhauses«, erklärte Violette. »Dort, oberhalb des Spiegels, ist ein Nachtlicht angebracht. Sonst würde eine Aufnahme ja keinen Sinn haben. Allerdings war in jener Nacht die Glühbirne kaputt. Sie brannte nicht. Wahrscheinlich schien der Mond kurz durch ein Oberlicht. Ein glücklicher Zufall, denn ein Sturm tobte an der Küste.«

Plötzlich trat eine schwarze Gestalt in das Bild, die zielstrebig den Korridor durchschritt und Richtung Treppe verschwand. Sie trug eine Kutte und eine Kapuze. Kurz drehte sie den Kopf zur Seite, und man konnte im Spiegel für einen Augenblick einen hellen Ausschnitt erkennen, der wie ein flaches weißes Oval wirkte. Von den Gesichtszügen war im Dämmerlicht nichts zu erkennen, die Kapuze war tief in die Stirn gezogen.

»Ein Mönch«, stellte Lagarde verblüfft fest.

»Mit Habit und Kapuze.« Violette nickte. »Leandro de La Fontaine wurde von einem Mönch mit einem Kreuzritterdolch erstochen.«

Der Kommissar und sein alter Freund hatten beschlossen, mit Lagardes Auto nach Carolles zu dem Ferienhäuschen von Henri zu fahren. Er wollte es ihm unbedingt persönlich zeigen. Ein guter Nachbar würde ihn später nach Avranches zurückbringen.

Gemeinsam hatten sie im Polizeibüro den Videofilm mindestens zehnmal in höchster Konzentration angeschaut, ebenso verschiedene Bildausschnitte, aufgehellte Szenen und Vergrößerungen, die Computerspezialisten erstellt hatten. Obwohl die Kollegen modernste technische Bearbeitungsmöglichkeiten angewendet hatten, war es unmöglich, das Gesicht des Mönches zu erkennen. Man konnte eigentlich nur sagen, dass die Person mittelgroß, nicht auffällig dick und in der Lage war, zügig geradeaus zu laufen.

Sie hatten die Besprechung um achtzehn Uhr beendet, weil Violette einen wichtigen Termin hatte. Vorher hatte sie für Lagarde sämtliche für den Mordfall relevanten Unterlagen kopiert und zusammen mit den Fotos vom Tatort ordentlich in eine Mappe geheftet. Ebenso hatte sie den Zugangscode für polizeiliche Datenbanken, spezielle Informationsforen und interne Register notiert, so dass er von seinem Laptop aus darauf zugreifen konnte. Henri hatte betont, dass Lagarde völlig freie Hand hatte, bei Bedarf würden sie telefonieren oder sich wieder treffen und sich absprechen.

Als Lagarde der Straße nach Carolles folgte, war es bereits dunkel, und es regnete. Konzentriert sah er auf die Fahrbahn, deren Nässe das Licht der Scheinwerfer reflektierte. Es herrschte wenig Verkehr. Sein Freund Henri neben ihm atmete schwer.

»Deine Assistentin macht einen kompetenten Eindruck«, stellte Lagarde fest.

»O ja, das ist sie auch«, bestätigte Henri. »Du kannst sie jederzeit anrufen, wenn du Hilfe brauchst. Sie ist sehr engagiert.«

»Das werde ich tun, Henri. Da fällt mir noch etwas ein. Auf welchem Weg hat der Täter das Haus verlassen?«

»Das wissen wir nicht. Hätte er die Eingangstür noch einmal geöffnet, hätte es eine Aufzeichnung geben müssen, und wären es nur dunkle Schatten gewesen. Das war jedoch nicht der Fall. Die Balkontür im Schlafzimmer war nur angelehnt, ich vermute, er hat diesen Weg gewählt.«

»Das Schlafzimmer liegt im ersten Stock, er muss sportlich und geschickt sein.«

»Allerdings, ich könnte das nicht.« Henri lachte dröhnend.

Nach einer knappen halben Stunde erreichten sie Carolles, einen kleinen Badeort mit einem malerischen Strand, der sich unterhalb der Klippen erstreckte. Ursprünglich war es ein typisches normannisches Bauerndorf gewesen. Das Flüsschen Lude mäanderte durch die Gemeinde und strebte dem Ärmelkanal zu. Das einsame karge Flusstal mit seiner besonderen Flora und Fauna war bei Wanderern sehr beliebt. Sie fuhren durch den Ort, der aufgrund des schlechten Wetters verlassen wirkte, vorbei an der Kirche Saint-Vigor, deren markanter Turm durch ein Satteldach gekrönt wurde.

Nahe dem Ufer oberhalb des Strandes lag Henris Fischerhäuschen. Über einen Schotterweg gelangte man zur Rückfront, wo sich der Eingang befand.

Lagarde parkte sein Auto auf einem Stellplatz neben dem Haus vor einem Wäscheständer. Er stieg aus und sah sich um. Im Schein einer Straßenlaterne lag ein kleiner gepflegter Vorgarten mit gestutzten Büschen und Blumenrabatten. Das einstöckige Haus aus grauem Bruchsteinmauerwerk hatte eine lichtblaue Tür und vier schmale Fenster mit gleichfarbigen Holzläden. Im Schieferdach saßen drei spitze Erker zwischen den Kaminen.

Henri quälte sich keuchend aus dem Wagen. »Ich muss unbedingt abnehmen«, stieß er hervor.

Er sperrte die Tür mit einem altmodischen verschnörkelten Eisenschlüssel auf und knipste die Lampen an.

»Komm mit, Philippe. Du musst die Terrasse sehen. Die Lage ist wunderschön.«

Sie gingen durch das Wohnzimmer und traten auf den gepflasterten Außensitz, der von einer Rasenfläche umgeben war. Linker Hand wurde das Grundstück von einem Korkeichenwäldchen begrenzt. Hinter einer niedrigen Steinmauer begann die unberührte Dünenlandschaft, die sanft zum Strand abfiel. Sterne glitzerten am nachtschwarzen Himmel zwischen davonziehenden Regenwolken. Die weiße Mondsichel schwebte am Firmament wie auf dem Stadtwappen von Avranches. Der wilde Ozean erstreckte sich bis zum schwarzblauen Horizont, die Wellen rauschten und glitten sanft auf den sandigen Uferstreifen. Sonst war nichts zu hören. Es roch nach Salz und Tang.

Henri sah seinen Freund erwartungsvoll an. »Du hast dir ein Kleinod erschaffen, Henri. Deine Fischerkate ist wunderschön und dann diese Traumlage. Ich freue mich schon auf morgen früh, wenn ich den herrlichen Ausblick so richtig genießen kann.«

»Er ist überwältigend, du wirst schon sehen.« Stolz lag in Henris Stimme. »Das Häuschen liegt etwas abseits. Hoffentlich fürchtest du dich nicht in der Nacht.«

Der Kommissar lachte. »Wenn doch, rufe ich dich an.«

»Gehen wir rein«, schlug Henri vor. »Es ist kalt geworden. Ich zeige dir das Haus, dann muss ich leider zurück nach Avranches. Morgen früh um sieben Uhr soll ich im Krankenhaus sein. Du kommst schon klar, mein Freund. Ach ja, der Dorfladen hat bereits geschlossen. Ich empfehle dir die Dorfkneipe ›Chez Bastien‹ gegenüber der Kirche. Sie ist nach Sébastien Le Prestre de Vauban, dem Festungsbaumeister von Ludwig XIV., benannt. Er hatte ein Landhaus hier in der Gegend. In dem Bistro gibt es gute einfache Gerichte.«

Nach dem Rundgang durch die Kate verabschiedeten sich die Männer.

Philippe Lagarde sah der beleibten Gestalt hinterher, die sich langsam entfernte, dann holte er sein Gepäck aus dem Auto und trug es in den Salon. Sein Magen knurrte, und er beschloss, der Dorfkneipe einen Besuch abzustatten. Er holte eine warme Jacke aus dem Koffer, verschloss gewissenhaft mit dem großen Schlüssel die Haustür und machte sich auf den Weg in den Ortskern von Carolles. Zunächst folgte er der schmalen Straße, die parallel zum Ufer verlief und in eine Kreuzung mündete. Ein Pfeil mit der Aufschrift »Zentrum« wies ihm den Weg in östlicher Richtung. Er lief auf feuchtem Kopfsteinpflaster eine gewundene Straße entlang, vorbei an geduckten Granitsteinhäusern, aus deren Fenstern hier und da ein Lichtschein drang.

Im Nebel tauchten plötzlich die Lichtkegel eines Fahrzeuges auf, das knapp an ihm vorbeifuhr. Nach wenigen Minuten stand er vor der Kirche, deren Turm mit weißen Strahlern beleuchtet wurde. Als er sich gerade fragte, ob das Dorf verlassen sei, schlenderte ein Liebespaar an ihm vorbei und grüßte freundlich. Auf der gegenüberliegenden Straßenseite leuchtete der neongrüne Schriftzug »Chez Bastien« über dem Eingang.

Als Lagarde das Bistro betrat, wusste er, wo die Einheimischen geblieben waren. Das Lokal war sehr gut besucht. Lagarde stellte sich an die Theke neben zwei Männer in blauen Arbeitsoveralls, die Rotwein tranken und sich lebhaft unterhielten. Er bestellte bei einer Blondine, die einen gewagten Minirock trug, einen Milchkaffee. Der Tresen mit der polierten Holzoberfläche war L-förmig und bildete den Mittelpunkt der Dorfkneipe. Er war indirekt beleuchtet, Teelichter flackerten in mit Meeressand gefüllten schlichten Gläsern, ein Fischernetz mit getrockneten Seesternen und Muschelschalen schwebte unter den dunklen Deckenbalken. Rot gepolsterte Barhocker luden zum Sitzen ein, ein gedämpftes Gemurmel erfüllte den Raum. Der Café- und Barbereich bestand aus ebenfalls rot gepolsterten Sitzecken, dort saßen die Gäste dicht gedrängt. Links neben der Theke befand sich ein kleiner offener Verkaufsraum, wo Einheimische und Touristen Zeitungen, Zigaretten, Ansichtskarten, Wanderführer, Bootspläne, Süßigkeiten und Getränke kaufen konnten. Ein handgeschriebenes Schild verkündete, dass es morgens ab sieben Uhr frisches Baguette, Croissants und Schokoladenhörnchen gab. Im hinteren Raum standen einfache Holztische mit jeweils vier Stühlen. Auf jedem Tisch lag eine rotweißkarierte Decke. Einer war noch frei, und Lagarde nahm Platz. Schon kam die blonde Wirtin, die ihren Laden im Griff hatte. Er bat um die Speisekarte und bestellte ein Glas Rotwein.

»Es gibt keine Speisekarte«, informierte ihn die Frau. »Die Gerichte stehen auf der Tafel hinter dem Tresen. Wir haben noch Fischsuppe und Käseomelette.«

»Ein Käseomelette, bitte«, sagte Lagarde.

Sie eilte davon und brachte kurze Zeit später den Wein, der im Licht burgunderrot funkelte. Lagarde probierte einen Schluck. Es war ein einfacher trockener Landwein, der ihm gut schmeckte. Er ließ seine Blicke schweifen und kam zu dem Schluss, dass die Kneipe »Chez Bastien« eine wichtige Rolle im dörflichen Leben spielte. Hier wurden Informationen, Gerüchte,

Spekulationen und der neueste Klatsch ausgetauscht. Wenn man wollte, dass ein Geheimnis sich in Windeseile verbreitete, musste man es lediglich einem Stammgast oder der Wirtin unter dem Siegel der Verschwiegenheit anvertrauen.

Neben Lagarde saßen drei Männer um einen Tisch und ließen sich die Suppe schmecken. Sie tunkten frisches Brot in die Brühe und aßen es mit Genuss. Einer der Männer mit einem roten gekräuselten Bart und einer grünen Schiebermütze ergriff das Wort.

»Stellt euch vor«, begann er, »was meine Schwester erzählt hat.«

»Welche Schwester?«, fragte der Mann, der ihm gegenübersaß und ein Stück von einem Drachenkopf kaute. »Heloise oder Elodie?«

»Heloise«, antwortete sein Freund. »Das ist die, die in dem Ort Hambye wohnt, in der Nähe der Abbaye von Hambye, ihr wisst schon, das ehemalige Benediktinerkloster.«

Nun mischte sich der dritte Mann ein. Seine Stimme klang tief und voll. »Von der Abtei sind nur noch Ruinen übrig. Die wirken richtig gespenstisch, vor allem nachts.« Er schauderte, so dass ihm ein Stück Kabeljau vom Löffel rutschte.

»Genau, das ist der Punkt«, erzählte der Mann mit der Kappe weiter. »Heloise behauptet, dass es dort nachts spukt. Sie hätte einen schwarzen Schatten gesehen, der um die Ecke huschte, wie eine aufgescheuchte Fledermaus. Was soll man davon halten?«

Lagarde hatte inzwischen das Omelette bekommen, er aß und lauschte amüsiert dem Gespräch der Männer.

Nachdem der Mann mit der tiefen Stimme sein Glas geleert hatte, meinte er versonnen: »Ich halte es durchaus für möglich, dass an heiligen Orten seltsame Dinge passieren. Auf dem Mont-Saint-Michel sind immer wieder Wunder geschehen. Es gibt Phänomene, die sich niemand erklären kann.«

Dem zweiten Mann wurde das Gespräch zu mystisch. »Das ist doch alles Quatsch«, schimpfte er. »Weibergewäsch.« Er richtete seine Aufmerksamkeit auf Lagarde und sprach ihn an. »Bist du neu hier? Ich habe dich noch nie gesehen.«

Lagarde stellte sich vor und erzählte, dass er für einige Tage im Fischerhäuschen von Henri Dugardin wohne und er ein alter Freund von ihm sei.

»Ein Freund von Henri«, freute sich der Mann mit dem roten Bart, der Robert hieß. »Setz dich doch zu uns an den Tisch und trinke ein Glas mit uns. Ein Freund von Henri ist auch unser Freund. Ich gebe eine Runde aus. – Lou«, rief er nach der Wirtin. »Eine Karaffe vom Hauswein. Machst du hier Urlaub?«, fragte er Lagarde.

Der Kommissar winkte ab. »Ich bin geschäftlich hier, aber jetzt habe ich frei. Und die nächste Runde übernehme ich.«

Als er in die Kate zurückkehrte, hatte er drei neue Freunde und die Einladung, abends im »Chez Bastien« am Dämmerschoppen teilzunehmen.

Als er den Eingangsbereich des Ferienhauses betrat,

umfing ihn klamme Kälte. Er schaltete im Salon eine Stehlampe ein, die den Raum in warmes Licht tauchte. Sein Blick fiel auf den Kamin. Die Feuerstelle war in eine gemauerte Granitsteinwand eingelassen. Daneben, auf gefliestem Untergrund, waren gestapelte Holzscheite gelagert. In einem Weidenkorb lagen alte Zeitungen und Pinienzapfen.

Lagarde beschloss, ein Feuer anzuschüren. Er stapelte zerknülltes Papier, trockene Zapfen und weiches Holz auf den Rost und entfachte das Feuer mit einem Streichholz. Als die dürren Äste brannten, fügte er dicke Buchenscheite hinzu, die er schräg aneinanderlehnte.

Bald prasselte das Feuer, und Wärme breitete sich aus. Zwischen dem Kamin und der blauen Stoffcouch stand ein rechteckiger schwarzer Tisch. Dort wollte er sein Büro einrichten, direkt gegenüber den rotgelben Flammen. Er stellte seinen Laptop auf die linke Seite der Oberfläche. Die Polizeiunterlagen breitete er, sortiert nach Gesprächsprotokollen, Fotos und Berichten, daneben aus. Ein dicker Notizblock und Stifte komplettierten seine Utensilien.

Bevor er mit der Arbeit begann, wollte er noch die Holzvorräte auffüllen. Henri hatte ihm den Schuppen zwischen dem Haus und dem Wäldchen gezeigt, wo das Brennmaterial lagerte. Er nahm die Kiste für das Holz und lief über die Terrasse zum Anbau, der unverschlossen war. Die Glühbirne in der an einer Seitenwand angebrachten Leuchte flimmerte kurz, dann war es dunkel. Durch die weit geöffnete Tür sickerte Mondlicht.

Lagarde füllte den Kasten und stellte fest, dass nur noch ein halber Ster Holz zur Verfügung stand. Morgen würde er seine neuen Freunde fragen, wo er Nachschub kaufen konnte.

Als er über die Wiese zum Haus zurücklief, vernahm er Geräusche aus dem Eichenwald. Stämme ächzten, Äste knarzten, und Blätter wisperten im Wind. Er verschloss die Terrassentür und stellte die Kiste in sicherer Entfernung vom Kamin ab. Was ihm jetzt noch fehlte, war ein Milchkaffee. Er ging in die Küche und schaltete das Licht ein. Über dem runden Bistrotisch baumelte eine Schiffslaterne. Die Küchenfront war himmelblau wie die Fensterläden. Auf der Arbeitsfläche standen eine Kaffeemaschine und ein Wasserkocher. Im Vorratsschrank fand er Salz- und Pfefferstreuer und eine angebrochene Packung Hagebuttentee, ansonsten herrschte gähnende Leere. Morgen früh musste er einkaufen gehen. Roberts Schwester Elodie, so hatte er erfahren, führte einen kleinen Lebensmittelmarkt, der in einer Seitenstraße neben der Kirche lag.

Das Wasser kochte, und er brühte sich Tee auf. Er trug die dampfende Tasse in den Salon und setzte sich auf das blaue Sofa.

Henri und Violette hatten die Eltern des Opfers befragt, Isabelle und Maurice de La Fontaine. Gemäß den Protokollen hatten sich aus dem Gespräch keine nennenswerten Erkenntnisse oder Hinweise ergeben. Auch die Befragung der Haushälterin war ergebnislos verlaufen. Sie hatte einen Weinkrampf bekommen und schien untröstlich. Die Nachbarn, von Gendarmen befragt, hatten nichts gesehen oder gehört.

Lagarde beschloss, noch einmal mit den Eltern von Leandro de La Fontaine zu reden, ebenso mit der Haushaltshilfe. Er musste sich selbst ein Bild verschaffen. Auch die Nachbarschaft würde er sich noch einmal vornehmen. Er wusste aus Erfahrung, dass in kleinen Orten selten etwas geschah, das unbemerkt blieb. Der tote junge Mann war für ihn noch nicht greifbar. Was war er für ein Mensch gewesen? Welche Interessen hatte er verfolgt, welchen Träumen war er nachgejagt?

In den Berichten der Spurensicherung und der Rechtsmedizin fanden sich Fakten, die er bereits kannte, bis auf einen Vermerk des Rechtmediziners. Zur Tatzeit hatte das Opfer 0,7 Promille im Blut, hervorgerufen durch den Konsum von Champagner und Wodka. Weitere Ergebnisse der Untersuchungen blieben abzuwarten.

Er breitete die Fotos auf dem Tisch aus und studierte sie konzentriert. Jemand war routiniert in das Ferienhaus eingebrochen und hatte Leandro im Schlafzimmer kaltblütig erdolcht. Der Täter hatte wahrscheinlich gewusst, dass er ihn dort finden würde. Die Tat war geplant und konsequent durchgeführt worden. Der Dolch und die Rose deuteten auf ein persönliches Motiv hin. Der Mörder hatte gewollt, dass die Waffe in die Hände der Polizei gelangte. Was bezweckte er damit? Und was hatte die Schneerose zu bedeuten? Waren es Hinweise? Wenn ja, worauf? Galt es, eine Botschaft zu verkünden?

Lagarde betrachtete die unschuldige weiße Blume auf der Fotografie, dann das bleiche Gesicht des Mannes. Er war attraktiv gewesen, groß und durchtrainiert. Hatte er jemanden derartig in Rage gebracht, dass derjenige sich zu einem Mord entschlossen hatte? Er nahm das Bild mit dem Dolch in die Hand. Auch auf der Abbildung schimmerten die Schmucksteine. Was das Alter und die Herkunft der Waffe betraf, musste er einen Experten befragen.

Der Kommissar starrte auf einen Bildausschnitt, der den Mönch vor dem Spiegel im Flur zeigte. Auf dem Mont-Saint-Michel hatte es seit jeher Mönche, Pilger und Wallfahrer gegeben. Das Habit auf dem Foto war dunkel oder schwarz. Die Abtei beherbergte Franziskaner und Kapuziner mit braunen Kutten und Benediktiner mit schwarzen Umhängen. Das Habit der Gemeinschaft von Jerusalem hingegen war eierschalenfarben, die Kutten der Dominikaner waren blütenweiß. Jeder konnte in speziellen Geschäften und über das Internet Verkleidungen kaufen. Natürlich konnte das Habit auch eine Tarnung sein. Lagarde hielt diese Erklärung für am meisten plausibel. Oder handelte es sich bei dem Täter tatsächlich um einen Mönch, der sich entschlossen hatte, einen Mord zu begehen?

Er trank grübelnd von seinem inzwischen kalten Tee. Einer Eingebung folgend, loggte er sich in die Datenbanken der Polizei ein und tippte in das Suchfeld den Namen des Toten. Zufrieden betrachtete er das Ergebnis. Es lag eine Anzeige gegen ihn vor. Vor einigen Wochen hatte es eine Schlägerei in einem Bistro am Mont-Saint-Michel gegeben. Der Besitzer hatte Leandro de La Fontaine wegen Hausfriedensbruch, Körperverletzung und Erpressung angezeigt. Da war noch etwas. Er pfiff durch die Zähne. Am Abend vor Leandros Tod war die Polizei von einer Bardame in eine Diskothek in Jullouville gerufen worden, weil ein Streit eskaliert war. Die junge Frau, die anscheinend von Leandro belästigt worden war, wollte keine Anzeige erstatten. Die Angelegenheit wäre im Sande verlaufen. Jetzt, da der Kommissar von dem Vorfall wusste, ganz sicher nicht mehr. Wahrscheinlich hatte Leandro de La Fontaine den Alkohol in der Diskothek getrunken.

Das Klirren von Glas schreckte ihn aus seinen Gedanken. Das Geräusch war von der Terrasse gekommen. Jenseits des Panoramafensters, in dessen Scheibe sich die Stehlampe spiegelte, herrschte Dunkelheit. Lagarde sprang auf, riss die Glastür auf und stürzte hinaus. Eine schwarze Gestalt rannte über den Rasen auf den Korkeichenhain zu. Er nahm die Verfolgung auf. Die Person verschwand zwischen den Baumstämmen.

Lagarde blieb am Waldrand stehen und lauschte. Das Rascheln wurde leiser, dann verstummte es. Nur das Raunen der Wipfel und das Knacken von Geäst waren zu hören. Niemand war in der Finsternis zu sehen. Es hatte keinen Sinn, nach dem Eindringling zu suchen. Er konnte überall sein. Der Kommissar lief zurück und entdeckte auf den Terrassenplatten die Scherben eines zerbrochenen Windlichts. Jemand hatte ihn durch das

Fenster beobachtet. Die Vorhänge waren nicht zugezogen. Was hatte die Person gewollt? Stellte Lagarde eine Bedrohung für sie dar?

Nachdenklich betrachtete er die blauen Glasteile. Heute konnte er nichts mehr ausrichten. Er verriegelte die Terrassentür, als er ein schepperndes Geräusch hörte. Es kam aus dem ersten Stock. Zwei Stufen auf einmal nehmend, rannte er nach oben. Im Gästezimmer konnte er keine Auffälligkeiten feststellen. Im Schlafzimmer, wo er bereits die Bettdecke aufgeschlagen hatte, stand ein Fenster offen, und ein Laden knallte gegen die Außenwand. Er hakte ihn fest, schloss das Fenster und spähte in den dunklen Garten. Dort war niemand.

Plötzlich nahm er eine Bewegung wahr und lächelte. Ein kleines Tier mit einem buschigen Schwanz, wahrscheinlich ein Marder, huschte über den Rasen und verschwand im Gebüsch. Es war Zeit, schlafen zu gehen. Er setzte sich auf das Bett und schrieb eine SMS an Odette.

»Schlaf schön, mein Engel. Ich liebe dich.«

Die Antwort kam prompt.

»Ich dich auch. Gute Nacht.«

Er träumte von riesigen Fledermäusen mit Hundsköpfen, die durch einen düsteren Wald flatterten. Sie fixierten ihn mit glutroten Schlitzaugen und griffen mit dolchförmigen Klauen nach ihm. Zwischen den Mauerresten einer Kirchenruine suchte er Schutz, obwohl er wusste, dass es dort spukte.

Im Schutz der Dunkelheit verließ ein Boot den Hafen von Granville. Als es die Mole hinter sich gelassen hatte, hob und senkte es sich auf den Wellen, und Windböen rüttelten am Steuerstand. Zielstrebig nahm es Kurs auf den Archipel von Chausey, der fünfzehn Kilometer westlich von Granville lag. Die Inselgruppe bildete eine wunderschöne Naturlandschaft mit bezaubernden weißen Stränden und galt als Paradies für Fischer. Auf der Hauptinsel, der Grande Île, gab es einige Häuser, die im Sommer genutzt wurden. Die übrigen Inseln waren unbewohnt. Insgesamt waren es ungefähr dreihundertfünfundsechzig. Ihr Untergrund bestand aus Granit, der auf dem Mont-Saint-Michel und auch in Paris als Baumaterial genutzt worden war. Die wechselnden Gezeiten mit dem enormen Tidenhub überfluteten zerklüftetes Gestein und gaben es wieder frei. Tief hängende düstere Wolken verhüllten die Inseln und wurden vom stürmischen Westwind wieder verscheucht, so dass gleißendes Sonnenlicht die Felsen und Sandbänke zum Leuchten brachte. Sprühende Gischt bildete einen feinen Nebel, und Seevögel erhoben sich über der kargen Vegetation.

Das Leuchtfeuer der Grande Île strahlte fünfundvierzig Kilometer weit. Das Boot ankerte in einem kleinen Naturhafen, der von bizarren Felsnadeln umgeben war. Die Gruppe verließ das Schiff und folgte im Mondschein einem Trampelpfad zum alten Fort an der südlichen Bucht. Die Männer stiegen eine steile steinerne Treppe hinab, liefen geduckt durch einen feuchten

Tunnel und versammelten sich schließlich im Gewölbekeller der Wehranlage um einen Altar. Es war ein großer geschliffener Steinblock. Niemand sprach ein Wort. Irgendwo tropfte Wasser von der Decke. Dutzende Kerzen wurden entzündet, die unruhig flackerten und deren Licht es nicht vermochte, den gesamten Raum auszuleuchten. Die Mitglieder der geheimen Bruderschaft falteten die Hände zum gemeinsamen Gebet. Der andächtige, fast meditative Sprechgesang wurde von den Wänden zurückgeworfen und hallte durch das feuchte Gemäuer. Die Szene wirkte gespenstisch und unheimlich. Draußen pfiff der Wind um das Fort, und mannshohe Wellen donnerten gegen seinen Schutzwall. Durch eine Luke im Mauerwerk beobachtete jemand das Treiben des Geheimbundes. Das purpurviolette Habit der Brüder wirkte im Kerzenschein beinahe schwarz. Auf die Rückseite der Kutten war kunstvoll eine weiße Christrosenblüte gestickt.

Der Großmeister ergriff das Wort. »Ich glaube, meine lieben Brüder, ich habe die Stelle gefunden.«

Er legte ein großes, in Schweinsleder gebundenes Buch auf den kalten Stein. Auf dem Einband glänzten Buchstaben aus Gold. Er schlug das alte Dokument an der markierten Stelle auf und las mit feierlicher Stimme einen Textabschnitt vor, dessen Sätze mit abwechselnd roten und grünen geschwungenen Tintenbuchstaben begannen.

»Das goldene Schwert des heiligen Michaels ist an jenem Ort verborgen, wo die Steinplatte, wie durch ein

Wunder, von Kindeshand bis zum Fuße des Hügels hinabfiel.

Wer, vom Herrscher des Himmels geleitet, von dort sich seinen Weg bahnt, wird fündig und von der Seele des Erzengels durchdrungen werden.«

Der Großmeister sah triumphierend in die Runde. Ein Lächeln überzog seine blassen aristokratischen Gesichtszüge.

»Wisst ihr, was diese Botschaft bedeutet?«

Seine Brüder sahen ihn ratlos an.

»An der Stelle«, erklärte er, »wo die Steinplatte aufschlug, wurde die Kapelle des heiligen Aubert erbaut. Dort müssen wir suchen. Bald, liebe Brüder, beginnt unsere Mission.«

DAS KLOSTER ZWISCHEN HIMMEL UND MEER

DRITTER TAG

Als Philippe Lagarde erwachte, dämmerte es bereits. Er hatte bei offenem Fenster geschlafen und lauschte dem vertrauten Meeresrauschen. Seine Gedanken wanderten zu Odette, die er vermisste. Doch nun galt es, einen brutalen Mörder zu finden. Entschlossen stieg er aus dem Bett und streckte sich. Ein Blick aus dem Gaubenfenster verriet ihm, dass die Flut kam, die sich an diesem Morgen von ihrer freundlichen Seite zeigte. Hinter dem Korkeichenwäldchen erhob sich die Sonne und färbte den Himmel rosa. Vögel zwitscherten in den immergrünen Baumkronen, und der kleine Wald wirkte gar nicht mehr so unheimlich wie in der vergangenen Nacht.

Er ging die schmale gewundene Holztreppe hinunter, die unter seinen Füßen knarzte, und wollte in der Küche Kaffee aufsetzen. Als er Wasser in die Glaskanne füllte, fiel es ihm ein. Es gab keinen Kaffee, und Hagebuttentee war keine akzeptable Alternative. Er würde zu Elodies Lebensmittelladen laufen und einkaufen, und zwar sofort. Er schlüpfte in Jeans und Pullover und machte sich auf den Weg. Inzwischen war es hell geworden, und die ersten Hundebesitzer waren mit ihren Vierbeinern unterwegs. Lagarde kam an weiteren renovierten Fischerhäuschen vorbei, die von niedrigen Steinmauern oder Hecken umzäunt wurden. Vor den Katen am Straßenrand wuchsen Silberpappeln, deren silbrige Blätter im Seewind rauschten. Die Straße war von Sandverwehungen überzogen. Links von ihm erstreckte sich eine breite Sandbucht, die von einem mit graugrünen Flechten überwucherten Felsplateau begrenzt wurde. Am Strand war kein Mensch zu sehen.

Lagarde überlegte, welche Temperatur der Ärmelkanal zu dieser Jahreszeit hier wohl hatte. Vermutlich die gleiche wie in Barfleur.

Der kleine Supermarkt von Elodie lag in der Nähe der Kirche und war für diese frühe Zeit erstaunlich gut besucht. Kunden mit roten Einkaufskörben in der Hand liefen durch die engen Regalreihen. Fröhliche Worte wurden gewechselt. Hier kannte man sich. Nur Lagarde war fremd. Einige Damen musterten ihn mit unverhohlener Neugier. Er hatte zwei Päckchen Kaffee, Milch, Butter und Marmelade in seinem Korb und trat an die Frischetheke. Die Verkäuferin dahinter, die ihn lächelnd grüßte, war Robert wie aus dem Gesicht geschnitten. Vielleicht waren es Zwillinge? Rote gekräuselte Haare, ein rundes liebes Gesicht und verschmitzte, kleine, braune Augen.

»Guten Morgen«, erwiderte Lagarde den Gruß. »Sie sind Madame Elodie, nicht wahr?«

Elodie reagierte überrascht. »Woher wissen Sie das? Ich habe Sie hier noch nie gesehen.«

»Entschuldigen Sie, mein Name ist Philippe Lagarde.

Ich habe gestern Abend ihren Bruder Robert in der Bar ›Chez Bastien‹ kennengelernt. Er hat mir Ihr Lebensmittelgeschäft empfohlen.«

»Ah, er hat etwas erwähnt von einem Freund von Henri. Sie sind das also. Herzlich willkommen in Carolles.«

Lagarde bemerkte, dass sie Wurst und Käse großzügig abwog. Elodie war wirklich eine ganz nette, herzliche Frau. Kein Wunder, dass Hubert, der Kumpel von Robert, sich in sie verguckt hatte.

Neben der kleinen Poststation im hinteren Teil des Ladens entdeckte er auf einem Regal ein Fach mit Kerzen und Windlichtern. Er wählte ein blaues und ein flaschengrünes Glas und legte ein Paket mit Teelichtern in seinen Korb. Sollte der nächtliche Besucher erneut auf Henris Terrasse auftauchen, würde ihn eine stimmungsvolle Beleuchtung empfangen. Das war ein klares Signal, dass der Bewohner der Kate sich keinesfalls einschüchtern lassen würde.

Frisches Baguette kaufte er im »Chez Bastien«. Es war noch warm und duftete nach Backofen und Butter. Er nahm sich auch die Tageszeitung Ouest-France aus dem Ständer. Sein Blick fiel auf die fett gedruckte Überschrift. In den nächsten Tagen war eine Sturmflut zu befürchten. Im Fischerhäuschen angekommen, kochte er zuerst Kaffee.

In der Hand eine melonengelbe Bol, betrat er die Terrasse. Er setzte sich auf einen der weißen Plastikstühle und legte die Füße auf einen weiteren Stuhl. Der

Kaffee duftete wunderbar, und er trank zufrieden den ersten Schluck. Der Mont-Saint-Michel lag in südwestlicher Richtung vor ihm. In größter Erhabenheit schien er über dem blaugrünen ruhigen Wasser zu schweben. Die unüberschaubare riesige Wattfläche wirkte auf den ersten Blick völlig flach. Es gab jedoch knietiefe Wasserläufe, die Dutzende von Metern breit sein konnten. Bei Flut schnitten sie binnen weniger Minuten unkundigen Wattläufern den Rückweg ab. Die Morgensonne ließ den Berg in goldenen Reflexen erstrahlen und brachte die stolze Statue auf der Turmspitze zum Glänzen. Die Westfassade lag noch verschlafen im Schatten. Lagarde stellte sich vor, wie in vergangenen Zeiten fromme Pilger und Wallfahrer den gefährlichen Weg über den Treibsand auf sich genommen hatten. Viele waren bei dem waghalsigen Unterfangen ums Leben gekommen.

Er beschloss, auf der Terrasse zu frühstücken. So kalt war es gar nicht. Spatzen leisteten ihm Gesellschaft, die er mit Brotkrumen fütterte. Die Käsecreme aus Ziegenmilch von Madame Elodie mit den frischen Kräutern schmeckte köstlich. Nachdem er die Zeitung gelesen hatte, räumte er die Küche auf. Er musste bei Isabelle und Maurice de La Fontaine anrufen und seinen Besuch ankündigen, da er nicht erwarten konnte, die Geschäftsleute zuhause anzutreffen. Mit dem Ehepaar wollte er zuerst sprechen. Doch zunächst lockte ihn der Ozean, der türkisfarben vor ihm lag. Bekleidet mit einer Badehose, ein Handtuch um die Hüften, lief er barfuß auf einem Dünenpfad zwischen hohem Strandgras zum Strand. Ein breites Band von abgeschliffenen Muschelschalen und gewundenen Schneckenhäuschen säumte das Ufer. Unter den fassungslosen Blicken von zwei alten Damen, die ihren Morgenspaziergang machten, warf er das Handtuch auf den Sand, rannte durch die Brandung und sprang kopfüber in das kalte Wasser.

Er kraulte in ruhigen Zügen weit hinaus, dann drehte er sich auf den Rücken, ließ sich treiben und betrachtete den fahlen Himmel. Von Westen her zogen dunkelgraue Wolken auf, die sich bedrohlich türmten. Als die Kälte durch seinen Körper zu kriechen begann, schwamm er in rekordverdächtiger Zeit an das Ufer zurück. Die beiden Damen sahen mit großen Augen hinter ihm her, als er, gehüllt in sein Handtuch, hinter den Dünen verschwand.

Nach einer heißen Dusche wählte der Kommissar die Telefonnummer von Isabelle und Maurice de La Fontaine in Granville. Er stellte sich vor und erklärte sein Anliegen. Eine Frau, die sich als Sekretärin ausgab, teilte ihm höflich mit, dass das Ehepaar nicht zu sprechen sei. Lagarde war verärgert, ließ sich jedoch nichts anmerken. Die Angestellte konnte nichts für die Abfuhr. Sie handelte im Auftrag der Eheleute.

»Ich gehe davon aus, dass Madame und Monsieur de La Fontaine ein erhebliches Interesse an der Aufklärung des Mordes an ihrem Sohn haben. Ich habe Kooperation erwartet.«

»Es tut mir leid, Monsieur.«

»Richten Sie Madame und Monsieur de La Fontaine bitte aus, dass sie sich morgen früh um acht Uhr in der Polizeistation von Avranches einzufinden haben. Wenn sie nicht erscheinen, lasse ich sie von der Gendarmerie abholen.«

Aufgeregtes Tuscheln war zu vernehmen. Dann hörte er eine energische weibliche Stimme aus dem Hörer fauchen: »Was fällt Ihnen ein, uns zu belästigen! Sie überschreiten Ihre Kompetenzen.«

»Keinesfalls, Madame de La Fontaine. Als ermittelnder Beamter bin ich dazu befugt.«

»Wir haben kooperiert und mit einem Kollegen von Ihnen gesprochen. Und der Mörder meines Sohnes läuft immer noch frei herum.«

Auf diesen Vorwurf ging Lagarde nicht ein.

»Und jetzt will ich mit Ihnen sprechen. Wir sehen uns morgen früh in Avranches. Um acht Uhr. Bitte seien Sie pünktlich. Ich habe viel zu tun. Au revoir, Madame de La Fontaine.«

»Warten Sie, Monsieur le Commissaire. Mein Mann und ich sind ja bereit, mit Ihnen zu sprechen. Schließlich geht es um Leandro. Wir erwarten Sie in einer Stunde in unserer Villa in Granville. Und im Übrigen können Sie sich darauf verlassen, dass ich mich an oberster Stelle im Pariser Innenministerium über Ihr rüdes Verhalten beschweren werde.«

Lagarde überhörte die Drohung.

»Ich bedanke mich für ihr Entgegenkommen, Madame de La Fontaine. Wir sehen uns in einer Stunde.«

Der Kommissar legte auf und betrachtete sich im Spiegel. Er musste sich umziehen. In Jeans und Pullover würde das überhebliche Ehepaar ihn nicht ernst nehmen.

Von Carolles nach Granville waren es fünfzehn Kilometer. Er konnte sich Zeit lassen. Das bevorstehende Gespräch bedurfte keiner Vorbereitung. Bei Befragungen ließ Lagarde sich meistens von seiner Intuition leiten.

Die Küstenstraße führte ihn über Jullouville und St.-Pair-sur-Mer nach Granville. Das dunkle Wolkengebirge näherte sich der Küste. Bald würde es regnen.

In den Unterlagen, die ihm Henri und Violette zur Verfügung gestellt hatten, war er auf Informationen über das Imperium der Familie de La Fontaine gestoßen. Außerdem hatte er selbst recherchiert. Dabei hatte er in Erfahrung gebracht, dass sich der Mont-Saint-Michel fest in der Hand weniger Familien befand. Die Familie de La Fontaine besaß zwei Hotels, zwei Restaurants, ein Café, eine Boutique und einen Souvenirladen. Bei den teils überteuerten Preisen auf dem Berg mussten die Erträge enorm sein. Ein Wettbewerb fand nicht statt, und die Touristen akzeptierten die Tarife auf hohem Niveau. Schließlich befanden sie sich im Urlaub und besichtigten ein Weltkulturerbe. Interessant fand Lagarde auch, dass Immobilien, die den Besitzer wechselten, nie an Auswärtige gingen.

Der Kommissar erreichte Granville und fuhr am großen Jachthafen und am Fischereihafen vorbei. Vor ihm lag der Felssporn, auf dem die ummauerte Oberstadt des Ortes errichtet worden war. Er ragte weit in das Meer hinaus. Die Geburtsstunde der Stadt ging auf das Jahr 1439 zurück. Sir Thomas Scales, Kommandeur der englischen Truppen unter König Heinrich V., ließ die Felsnase mit einer Ummauerung versehen. Von dort aus sollte gegen Ende des Hundertjährigen Krieges der Mont-Saint-Michel erobert werden. Dieses ehrgeizige Ziel sollten die Engländer nie erreichen. Der heilige Berg blieb immer in französischer Hand.

Die Oberstadt erreichte man über eine Zugbrücke des alten Haupttores der Stadtmauer. Im 19. Jahrhundert, als der Küstentourismus aufkam, entwickelte sich Granville zu einem noblen Seebad. Den ganzen Sommer über fanden dort Segelregatten statt. Sogar ein Spielcasino gab es. Von der Spitze der Felsnase aus hatte man einen herrlichen Blick auf die gesamte Küstenlinie und die vorgelagerten Chausey-Inseln.

Lagarde kam an dem von Christian Dior entworfenen Park vorbei. 1920 hatte der Modeschöpfer das Kliffgelände mit Baumskulpturen, Blumenbeeten, Zierpflanzen und Ornament-Brunnen gestaltet. Die Villa Les Rumbs, in der er aufgewachsen war, diente heute als Museum. Dort wurden Ausstellungen gezeigt, die sich um das Thema Mode drehten. Nicht weit nördlich des Parks befand sich die Villa der Familie de La Fontaine. Das schmiedeeiserne Tor stand offen, und der Kommissar fuhr über einen Kiesweg bis zu einem Rondell. Um den Platz erhoben sich alte Kastanienbäume. Er parkte sein

Auto neben einem schwarzen Citroën, stieg aus und sah sich staunend um. Die de La Fontaines wohnten nicht in einer Villa, sondern in einem kleinen Schloss, das inmitten einer Parklandschaft thronte. Vor dem Anwesen war ein Seerosenteich angelegt, in dem sich rasch dahinziehende Wolken und Schilfgräser spiegelten. Dahinter befanden sich symmetrisch angelegte Blumenrabatten, begrenzt von einer exakt rechteckig gestutzten Buchsbaumhecke. Buchsbaumkugeln reihten sich in gleichen Abständen vor dem Gebäude und wechselten sich mit spitzen grünen Dreiecken ab. Der einstöckige Herrensitz war in einem blassgelben Farbton gehalten. Hohe spitzbogige Sprossenfenster mit weißen Laibungen setzten sich elegant von diesem Hintergrund ab. Der Vorbau in der Mitte der Vorderfassade bildete die Hälfte eines Achtecks, das auf einem gemauerten Zylinder saß. Eine weiße Balustrade begrenzte die halbrunde Plattform. Dort befand sich der Eingang, den man über eine gewundene Treppe erreichte. Den vorgesetzten Bau bedeckte eine schieferfarbene Kappe, in die kleine Fenster eingelassen waren. Auf dem unteren Teil des bleigrauen Daches befanden sich zierliche Erker. Vier weiße Kamine auf jeder Dachhälfte strebten dem Himmel zu.

Lagarde war beeindruckt. Was für ein schönes Herrenhaus! Die de La Fontaines hatten Geld und Einfluss, das war unverkennbar. Und sie hatten ihren Sohn verloren, auf entsetzlich brutale Weise. Das Böse war in ihre perfekte Welt eingedrungen und hatte sie zerstört.

Er folgte einem gepflasterten Weg, der an einem ornamentierten Springbrunnen vorbeiführte, und stieg die weiße Treppe hinauf. Die Eingangstür öffnete sich wie von Zauberhand, dann stand eine schwarzgekleidete Frau vor ihm. Sie war klein, dick und hatte die schwarzen Haare zu einem Zopf geflochten. Die Haushälterin begrüßte den Gast freundlich und führte ihn durch eine hohe Eingangshalle in den kleinen Salon.

»Kommissar Lagarde ist soeben eingetroffen«, kündigte sie ihn an.

»Danke, Yamina.«

Madame de La Fontaine erhob sich und reichte Lagarde die Hand.

»Guten Tag, Monsieur le Commissaire.«

Ihr Mann war ebenfalls aufgestanden und schüttelte ihm die Hand.

»Setzen wir uns doch«, schlug die Dame des Hauses vor.

»Darf ich Ihnen etwas zu trinken anbieten, Herr Kommissar?«

»Eine Tasse Kaffee wäre schön.«

»Yamina, bringst du bitte Kaffee und Wasser.«

»Sehr gerne.«

Die Haushälterin verschwand.

Madame und Monsieur de La Fontaine saßen auf einem bordeauxroten Sofa, dessen Lehnen von einer geschwungenen goldenen Fassung umrahmt wurden. Lagarde saß ihnen gegenüber auf einem Stuhl, der das Pendant darstellte. Yamina erschien und stellte ein Tablett auf die in Gold gefasste Marmorplatte des niedrigen Tisches. Der Salon war im Stil von Louis XIV. eingerichtet und wirkte sehr vornehm und antiquiert. Die Haushälterin schenkte Kaffee ein, bot Sahne und Zucker an und zog sich dann zurück. Das Ehepaar trug ebenfalls Trauerkleidung. Madame de La Fontaine hatte ein schwarzes Designerkostüm von Dior an, ihr Mann einen dunklen Anzug. Die Chefin des Gastronomieimperiums war eine schöne Frau, die Autorität und Entschlossenheit ausstrahlte. Die hellblonden Haare wurden von einer breiten schwarzen Samtschleife zusammengehalten, graue mandelförmige Augen richteten sich aufmerksam auf Lagarde. Monsieur de La Fontaine wirkte auf ihn wie ein Mann, der im Schatten seiner Frau stand. Angespannt saß er neben ihr. Er war mager, hatte ein blasses schmales Gesicht, aus dem eine aristokratische Nase ragte, und mausgraue schüttere Haare. Der Mann machte eher den Eindruck eines schöngeistigen Intellektuellen als den eines Geschäftsmannes.

Lagarde begann das Gespräch.

»Ich möchte Ihnen mein aufrichtiges Beileid aussprechen. Sie haben Ihren Sohn vorgestern beerdigt, nicht wahr?«

»Das ist richtig, Herr Kommissar«, antwortete Madame de La Fontaine. Sie schluckte, ihre Augen wurden feucht. Ihr Mann saß wie versteinert neben ihr. »In der Familiengruft auf dem alten Friedhof von Granville.«

»Ihr Sohn Leandro ist ermordet worden. Wir werden nichts unversucht lassen, um seinen Mörder zu finden. Das verspreche ich Ihnen.«

»Danke, aber was ist nun Ihre Rolle, Monsieur le Commissaire? Zwei Ermittlungsbeamte haben bereits mit uns gesprochen.«

»Ich wurde zu dem Fall hinzugezogen. Kommissar Dugardin hat ein gesundheitliches Problem, deshalb werde ich ihn unterstützen.«

»Dass er nicht gesund ist, haben wir bemerkt«, erklärte sie und sah ihn mit kalten Augen an. »Das Verbrechen liegt über eine Woche zurück. Meines Wissens nach gibt es keine Ermittlungserfolge, der Mörder läuft nach wie vor frei herum. Mein Mann und ich ziehen das Einschalten eines Privatdetektivs in Erwägung. Offensichtlich sind unmotivierte, schlecht bezahlte Beamte nicht in der Lage, ihre Arbeit ordentlich zu machen.«

Lagarde ließ sich nicht provozieren.

»Daran kann ich Sie nicht hindern, Madame. Aber ich versichere Ihnen, dass unser Team höchst kompetent und motiviert ist.«

»Du könntest den Beamten wenigstens eine Chance geben, Isabelle«, warf ihr Mann mit leiser Stimme ein, die klangvoll und sympathisch war. »Das sind Profis. Die machen das nicht zum ersten Mal.«

»Ein Privatdetektiv auch nicht«, fuhr sie ihn an. »Aber lassen wir das jetzt. Sie haben sicher einige Fragen an uns, Herr Kommissar.«

»Danke, Madame de La Fontaine. Wie war Ihr Verhältnis zu Ihrem Sohn?«

»Es hätte nicht besser sein können. Er war ein ehrgeiziger, erfolgreicher, junger Mann und hat uns nur

Freude bereitet. Leandro studierte Jura in Caen und half mir in unserem Unternehmen. Sie wissen sicherlich, dass wir unter anderem Hotels und Restaurants auf dem Mont-Saint-Michel besitzen. Das bedeutet viel Arbeit. Später einmal sollte er die Geschäfte übernehmen. Er war in der Politik aktiv und auch eine Karriere in diesem Bereich wollten wir nicht ausschließen. Alle Wege standen ihm offen.«

Es kostete sie große Selbstbeherrschung, nicht zu weinen. Lagarde erkannte, dass er eine durch und durch disziplinierte Frau vor sich hatte.

Er wandte sich an Monsieur de La Fontaine. »Wissen Sie, ob Ihr Sohn Feinde hatte? Hat ihn jemand bedroht?«

Seine Frau ließ ihren Mann nicht zu Wort kommen.

»Leandro hatte keine Feinde, er war sehr beliebt«, sagte sie. »Von Drohungen wissen wir nichts. Natürlich gab es manchmal Ärger mit Angestellten. So ein Unternehmen muss man mit strenger Hand führen, sonst tanzt einem das Personal auf der Nase herum. Aber das waren alltägliche Vorkommnisse. Nichts Besonderes.«

»Hatte er Freunde?«

»Natürlich hatte er Freunde, hauptsächlich Studienkollegen. Und einen großen Bekanntenkreis. Er hatte eine einnehmende Art. Manchmal hat er Kommilitonen in unser Ferienhaus eingeladen und sie auch mit nach Hause gebracht. Es waren nette junge Frauen und Männer.«

»Hatte er eine Freundin?«

»Derzeit nicht, er wollte sich auf sein Studium konzentrieren.«

Lagarde fand, dass die Antwort etwas zu schnell gekommen war.

Monsieur de La Fontaine hatte zum Sprechen angesetzt, es sich jedoch wieder anders überlegt.

»Warum hielt Ihr Sohn sich in Ihrem Ferienhaus auf?«, wollte der Kommissar wissen. »Es sind doch keine Semesterferien.«

»Leandro zog sich dorthin zurück, wenn er sich auf eine Prüfung vorbereiten wollte oder eine Seminararbeit schreiben musste. Ansonsten hatte er eine Eigentumswohnung in Caen, eine Studentenbude, wie man so sagt. Und hier hatte er natürlich auch ein Zimmer.«

Dieses Zimmer war von der Spurensicherung untersucht worden. Die Kollegen hatten keinerlei Hinweise gefunden, die auf den Täter oder ein Mordmotiv hindeuteten. Lagarde machte sich gedanklich eine Notiz, dass er sich bei Gelegenheit diese Studentenbude ansehen würde.

»Wissen Sie, wie Ihr Sohn den Tag und den Abend vor dem Anschlag verbracht hat?«

»Leider nicht. An diesem Tag haben wir ihn gar nicht gesehen.«

Lagarde nickte nachdenklich. »Sie haben also absolut keine Vermutung, wer das Verbrechen an Ihrem Sohn begangen haben könnte?«

Isabelle de La Fontaine schüttelte den Kopf. »Nein, wir haben keine Ahnung.«

Lagarde sprach den Hausherrn direkt an. »Und Sie, Monsieur de La Fontaine?«

»Bedauerlicherweise nein.«

»Nun, ich bedanke mich, dass Sie sich Zeit für mich genommen haben. Es ist mir klar, dass Sie einen schweren Schicksalsschlag erlitten haben und eine Befragung schmerzhafte Erinnerungen hervorruft. Ich kann mir nicht vorstellen, dass es etwas Schlimmeres gibt, als ein Kind zu verlieren.«

»Danke für Ihre Anteilnahme, Monsieur le Commissaire«, antwortete Madame de La Fontaine, um eine feste Stimme bemüht.

Der Kommissar hatte zum ersten Mal das Gefühl, ein wenig an sie herangekommen zu sein, den Schutzpanzer für einen Moment durchdrungen zu haben.

»Sie haben noch ein Kind, nicht wahr?«

Sie lächelte zum ersten Mal. »Ja, eine Tochter, Leyla. Sie besucht ein Internat in Lausanne. Nächstes Jahr macht sie Abitur. Wir sind sehr stolz auf sie. Sie ist eine Einserschülerin und hat in ihrer Schule ein soziales Projekt auf die Beine gestellt. Eine Gruppe von Schülern kümmert sich regelmäßig um Kinder aus sozial schwachen Familien. Sie helfen ihnen bei den Hausaufgaben und unternehmen gemeinsam Ausflüge. Zur Beerdigung war sie selbstverständlich hier. Sie hat ihren Bruder über alles geliebt. Wir hielten es für das Beste, wenn sie in das Internat zurückkehrt. In einigen Tagen sind Herbstferien, die verbringt sie bei uns. Darauf freuen wir uns sehr.«

Als sie von ihrer Tochter erzählte, schien sich der versteinerte Zustand, in dem sich Maurice de La Fontaine befand, ein wenig zu lösen. Auch ihr Mann deutete ein Lächeln an. Dann erhob er sich und verabschiedete sich von Lagarde mit der Bemerkung, er wolle sich nun seinen Studien widmen. Diese Beschäftigung würde ihn ablenken. Der Kommissar wandte sich an die Hausherrin. »Ich möchte Sie nicht länger belästigen, aber dürfte ich vielleicht noch einen kurzen Blick in das Zimmer Ihres Sohnes werfen?«

Er hatte mit einer gereizten Reaktion gerechnet, doch Isabelle de La Fontaine erwiderte mit einer Stimme, die eher freundlich als höflich klang: »Selbstverständlich, Herr Kommissar. Kommen Sie mit! Ich zeige es Ihnen.«

Über die breite Marmortreppe gelangten sie in den ersten Stock. Leandro hatte im Ostflügel des Schlosses gewohnt. Sein Zimmer entpuppte sich als großzügige Suite. Madame de La Fontaine führte ihn zunächst in den Raum, der als Wohnzimmer diente. Es war mit wenigen weißen Möbeln ausgestattet, die, ausgerichtet auf die Fensterfront, auf einem hellen Parkettboden standen. Auf einem Sideboard, in dessen Fächern sich Hunderte von Büchern aufgereiht, gestapelt oder aufgeklappt befanden, standen ein riesiger Flachbildschirm und eine Musikanlage von hochwertiger Qualität. Das Schlafzimmer wurde von einem französischen Bett dominiert, das mit einem bunten Überwurf bedeckt war. Darüber befand sich ein Druck von Toulouse-Lautrec in einem einfachen Glasrahmen. An einer Kleiderstange hingen an Bügeln ordentlich aufgereiht Anzüge, Hosen und Hemden. Wäsche und Pullover lagen gestapelt in offenen quadratischen Fächern. Das Badezimmer war mit schwarzen Marmorplatten gefliest, die Wanne stand mitten im Raum auf einem Podest. Vom Wohnzimmer führte eine Glastür auf einen kleinen steinernen Balkon. Dort standen ein kleiner runder Tisch mit einem Aschenbecher und ein Klappstuhl.

»Hier saß er gerne, hat Kaffee getrunken, geraucht und nachgedacht«, berichtete Madame de La Fontaine, deren Blick sich in der Ferne verlor. »Er mochte es nicht, wenn es in seiner Wohnung nach Rauch roch.«

Der Lieblingsplatz ihres Sohnes hatte sie aus der Fassung gebracht. Ihre Augen füllten sich mit Tränen, und sie suchte in der Kostümjacke vergeblich nach einem Taschentuch. Lagarde reichte ihr seines.

»Einen schönen Blick hatte Ihr Sohn von diesem Platz aus«, bemerkte er. Hinter dem Herrenhaus befand sich eine Grünfläche mit einer Poollandschaft, an deren rechter Seite kleine bunte Badehäuschen errichtet worden waren. Dahinter erstreckte sich ein Pinienwald. Zwischen den Bäumen konnte man das alte Gesindehaus erkennen, ein normannischer Fachwerkbau, hellgelb gestrichen, wie das Hauptgebäude. Am dunstigen Horizont wellte sich eine sanfte Hügellandschaft. Auf einer Kuppe erhob sich schemenhaft ein kleiner Ort mit einem Kirchturm.

Sie nahm das Taschentuch und schnäuzte sich. »Danke, Herr Kommissar. Ja, Sie haben recht. Leandro mochte diese Aussicht gerne.« Sie schwieg und starrte auf den Garten, dann fuhr sie fort: »Wissen Sie, mein Mann interessiert sich eigentlich nur für Geschichte und Kunst. Besonders der Mont-Saint-Michel fasziniert ihn. Für das Geschäft bin ich zuständig. Bisher war diese Regelung auch in Ordnung. Aber jetzt, ohne Leandro?«

»Ich kann Ihre Sorge verstehen, Madame de La Fontaine. Aber Sie werden sicher eine Lösung finden.«

Sie nickte. »Ja, natürlich.«

Die Frau sah ihn mit einem undurchdringlichen Gesichtsausdruck an. Lagarde hatte das Gefühl, dass sie ihm etwas sagen wollte. Er trat an die Balkonbrüstung, schwieg und wartete.

Isabelle de La Fontaine dachte darüber nach, ob sie ihm von ihrer Beobachtung berichten sollte, die sie so sehr beunruhigte. Ihr Besucher war gut gekleidet, verfügte über angenehme Umgangsformen und machte auf sie einen kompetenten und vertrauenswürdigen Eindruck. Ganz anders als dieser keuchende, rotgesichtige, dicke Polizist, der das erste Gespräch geführt hatte. Kommissar Lagarde hatte begriffen, dass der gewaltsame Tod ihres Sohnes sie aus der Bahn zu werfen drohte und dass sie in ihrem grenzenlosen Leid untröstlich war. Zwar liebte sie auch ihre Tochter Leyla sehr, Leandro jedoch war ihr Erstgeborener, den sie über alle Maßen geliebt hatte. Er war so wie sie gewesen.

»Ich möchte Ihnen noch etwas erzählen«, begann sie zögerlich. »Im Grunde ist es lächerlich, aber dennoch …«

»Erzählen Sie, Madame de La Fontaine. Im Rahmen einer Mordermittlung kann alles wichtig sein, auch wenn es zunächst lächerlich erscheint.«

»Ein Mönch verfolgt mich.«

Lagarde bemerkte, wie sein Körper sich anspannte. »Ein Mönch?«

»Ja, ein Mönch, in einer dunklen Kutte. Er trägt auch eine Kapuze. Deshalb ist es unmöglich zu sagen, wie er aussieht.«

»Wo hat er Sie verfolgt?«

»Auf dem Berg, dem Mont-Saint-Michel. Zweimal habe ich ihn bemerkt. Als ich mich umdrehte, verschwand er.«

»Wann war das?«

»In den letzten Wochen. Es war schon dunkel, und ich kam von einem unserer Restaurants. Ich suche unsere Geschäfte häufig auf, um zu kontrollieren, ob alles in Ordnung ist. Ich spreche mit dem Personal, erkundige mich bei den Gästen nach ihrer Zufriedenheit, prüfe die Kasse, solche Dinge eben.«

»Könnten es Zufälle gewesen sein? Auf dem Berg gibt es viele Mönche. Vielleicht kam es Ihnen nur so vor, als ob der Mann Sie verfolgte.«

Sie schüttelte energisch den Kopf. »Nein, der Mönch hat mich verfolgt. Da bin ich mir ganz sicher. Ich fühlte mich bedroht. Es waren zum Glück noch Menschen unterwegs. Was ist, wenn er mich alleine erwischt? Der Mont ist abends manchmal wie ausgestorben, wenn die Touristen weg sind. Vor allem in den Wintermonaten.«

»Wenn er Sie wieder verfolgt, gehen Sie sofort in das nächstbeste Restaurant oder Bistro. Rufen Sie die Polizei und lassen Sie sich nach Hause begleiten. Berufen Sie sich auf mich, dann gibt es keine Probleme. Sie müssen vorsichtig sein und auf sich aufpassen, Madame de La Fontaine. Wir wissen bisher nicht, was hinter dem Mord an Ihrem Sohn steckt. Versprechen Sie mir das.«

Sie lächelte und musste sich eingestehen, dass ihr die Fürsorge guttat.

»Versprochen, Monsieur le Commissaire.«

Sie begleitete ihn bis zur Haustür.

»Ich möchte noch mit Ihrer Haushälterin sprechen, mit Madame Slimani.« Lagarde erinnerte sich an ihren Nachnamen, der im Befragungsprotokoll vermerkt gewesen war. »Wo kann ich sie finden?«

»Sie wohnt mit ihrem Mann im alten Gesindehaus am Rand des Pinienwaldes. Farid ist bei uns als Gärtner und Hausmeister beschäftigt. Mein Mann und ich speisen heute Mittag auswärts, so dass sie nicht zu kochen braucht. Wahrscheinlich ist sie zuhause.«

»Danke, Madame de La Fontaine. Auf Wiedersehen und passen Sie auf sich auf. Wenn es Neuigkeiten gibt, melde ich mich bei Ihnen.«

Die Gewitterfront grollte inzwischen direkt über der Küste, und es schüttete wie aus Kübeln. Lagarde klappte den Anzugkragen hoch und lief los.

»Ein Mönch verfolgt mich.« Der Satz kreiste in seinem Kopf.

Das konnte kein Zufall sein. Schwebte auch Madame de La Fontaine in Gefahr?

Sie blickte ihm nach, bis er hinter dem Herrenhaus verschwunden war.

Lagarde konnte an der Tür des alten Gesindehauses keine Klingel entdecken und klopfte energisch gegen das Holz. Die Hausangestellte öffnete und sah ihn mit großen schwarzen Augen unsicher an.

»Bonjour, Madame Slimani«, begrüßte er sie. »Ich hoffe, ich störe nicht. Ich möchte mit Ihnen über den Mord an Leandro de La Fontaine sprechen.«

Ihr milchkaffeebraunes Gesicht schien die Farbe zu wechseln. Dann fasste sie sich wieder. »Sie stören nicht. Kommen Sie doch herein. Sie sind ja ganz nass geworden. Was für ein Regenguss! Mein Mann und ich sind in der Küche und bereiten das Mittagessen vor.«

Ein Mann, ebenso klein und rund wie Yamina Slimani, mit dunkler Haut und einer Adlernase, saß am Küchentisch. Mit einem großen Messer schnitt er sorgfältig Lammfleisch in feine Stücke.

»Das ist mein Mann Farid. Farid, das ist Kommissar Lagarde. Er möchte mir einige Fragen stellen.«

Der Algerier blickte Lagarde finster an, brummte einen Gruß und fuhr mit seiner Arbeit fort.

»Setzen Sie sich doch, Monsieur le Commissaire. Und geben Sie mir Ihre Jacke, ich hänge sie zum Trocknen auf.«

In der Küche war es angenehm warm. Sie war schlicht

und gemütlich mit Holzmöbeln eingerichtet. Über einer Kommode, auf der eine prächtig verzierte Wasserpfeife stand, hing ein wunderschöner Kelim in Gelb- und Rottönen. Über die kleinen Fenster spannten sich gehäkelte Scheibengardinen mit orientalischen Motiven. Der altmodische Herd wurde mit Holz und Kohle befeuert und bollerte heimelig. Darüber war eine Wäscheleine gespannt. Farbige T-Shirts, mit Wäscheklammern befestigt, trockneten über dem Ofen.

Madame Slimani hängte das Jackett von Lagarde auf einen Bügel und hakte ihn neben den Kleidungsstücken ein. Dann setzte sie sich zu den Männern an den Tisch und schenkte für ihren Besucher Tee aus einer silbernen doppelstöckigen Kanne in ein ornamentiertes kleines Glas, das auf einem geblümten Porzellantellerchen stand.

»Das ist guter, starker, algerischer Tee«, erklärte sie. »Er wird Sie aufwärmen.«

»Vielen Dank, Madame Slimani. Das ist sehr freundlich von Ihnen.«

»Sagen Sie doch Yamina zu mir.« Sie schob ein Schälchen neben sein Glas. »Geben Sie braunen Zucker in den Tee, dadurch wird er noch aromatischer.«

Lagarde bediente sich, verrührte den Zucker und kostete von dem heißen Getränk.

»Der Tee schmeckt sehr gut, Madame Yamina.«

Sie freute sich sichtlich über das Lob. »Probieren Sie doch auch die Plätzchen. Ich habe sie selbst gebacken, mit Kardamom und Ingwer.«

Der Kommissar nahm sich einen Keks und biss hinein. »Köstlich, Madame Yamina.«

Farids misstrauische Blicke durchbohrten ihn. Der Kommissar beschloss, zum Anlass seines Besuches zu kommen.

»Madame Yamina, Sie haben Leandro gefunden? In seinem Schlafzimmer?«

Ihre schwarzen Augen wurden feucht. »Das ist richtig, Herr Kommissar.«

»Was hatten Sie in dem Ferienhaus zu tun?«

»Es gehört zu meinen Aufgaben, das Haus in Ordnung zu halten. Ich putze es einmal in der Woche, überziehe die Betten und wechsle die Handtücher. Wenn Herr Leandro sich im Haus aufgehalten hat, habe ich auch Lebensmittel eingekauft. Wenn er es wollte, habe ich Frühstück für ihn gemacht.«

»Als Sie an diesem Morgen in das Ferienhaus kamen, ist Ihnen da etwas aufgefallen? War etwas anders als sonst?«

»Nein, Herr Kommissar. Alles war wie immer. Es war auch nicht ungewöhnlich, dass Herr Leandro lange schlief. Er kam oft spätnachts nach Hause.«

»Wissen Sie, wo er dann herkam?«

»Manchmal erzählte er beim Frühstück, wo er war und wie es ihm gefallen hatte. Wenn er gut aufgelegt war. Er verbrachte die Nächte in Bars und Diskotheken. Manchmal brachte er junge Frauen mit. Deshalb war es mir auch verboten, morgens in sein Zimmer zu kommen.«

»Aber an diesem Morgen haben Sie es doch getan.«

»Ja, er kam und kam nicht. Ich dachte, vielleicht ist er krank. Ich war besorgt und unruhig. Und dann lag er da, mit diesem schrecklichen Messer in der Brust. Der Anblick war grauenvoll.«

»Wie war Ihr Verhältnis zu Leandro de La Fontaine? Haben Sie sich gut verstanden?«

Das Ehepaar Slimani wechselte einen kurzen Blick.

»Ja, natürlich«, versicherte sie. »Es war alles in Ordnung.«

Da gab es einen Unterton, der Lagarde skeptisch machte.

»Es war alles in Ordnung?«

»O ja.«

Nachdenklich glitt sein Blick über die modischen T-Shirts. Sie waren klein und schmal geschnitten. Viel zu klein für Yamina Slimani. Wem gehörten sie? Madame de La Fontaine hatte von einem Ehepaar gesprochen, das im Gesindehaus wohnte.

»Wem gehören die T-Shirts?«, fragte er direkt. »Haben Sie eine Tochter?«

Madame Yamina brach in Tränen aus.

»Entschuldigen Sie bitte den Gefühlsausbruch meiner Frau«, meldete sich Farid Slimani zu Wort. »Der Mord an Herrn Leandro hat sie sehr mitgenommen, verständlicherweise.«

»Aber wir müssen doch …«, setzte sie schluchzend an.

»Yamina, beruhige dich«, unterbrach er sie.

»Farid!«

»Begleite den Kommissar zur Tür, Yamina. Ich will jetzt endlich Mittag essen.«

»Mohammed sagt, man darf nicht lügen!«, schrie sie ihn an.

Zornig sprang er auf, griff nach der Spitze des Messers und schleuderte es durch die Luft. Es vollführte mehrere elegante Arabesken, dann blieb es in der Holzwand hinter Lagarde stecken. Er hatte nicht den Hauch einer Chance gehabt zu reagieren.

»Warum hat mir Allah eine so widerspenstige Frau geschickt?«, brüllte Farid.

Lagarde erhob sich langsam und betrachtete den Griff des Messers, der noch immer vibrierte.

»Herr Slimani, soll ich diese Vorführung als Angriff auf einen Polizeibeamten werten?«

Farid Slimani sank auf den Stuhl zurück und raufte sich die Haare. Er brachte kein Wort heraus.

»Das war kein Angriff, Herr Kommissar«, beteuerte seine Ehefrau. »Farid war früher in Algerien Messerwerfer in einem Zirkus. Wenn er Sie hätte treffen wollen, hätte er Sie getroffen. Das können Sie mir glauben. Er wollte Ihnen nichts tun. Farid wirft immer mit dem Messer, wenn er unter großem Stress steht.«

Lagarde setzte sich wieder und sah die beiden kopfschüttelnd an. »Ich will auf der Stelle wissen, was Sie mir verheimlichen. Sonst überlege ich es mir anders, und es war doch ein Angriff. Dafür können Sie ins Gefängnis kommen.«

Farid griff nach der Hand seiner Frau. »Du hast recht, Yamina, meine Mandelblüte. Erzähle dem Kommissar, was passiert ist. Es ist Unrecht, nicht die Wahrheit zu sagen.«

Madame Yamina wischte sich die Tränen aus dem Gesicht. Sie zitterte am ganzen Körper.

»Wir haben eine Tochter«, begann sie stockend zu erzählen. »Ihr Name ist Raja. Sie ist siebzehn Jahre alt. Ein liebes fleißiges Mädchen.«

»Und ein wunderschönes Mädchen«, ergänzte Farid. »Sie sieht aus wie meine Frau in dem Alter.«

Yamina fuhr fort: »Herr Leandro hatte ein Auge auf sie geworfen. Er hat sie bedrängt und belästigt. Doch sie wies ihn ab. Sie ist ja noch fast ein Kind. Und in unserer Religion schenkt sich die Frau dem Mann erst in der Hochzeitsnacht. Doch er gab keine Ruhe. Er drohte damit, dafür zu sorgen, dass unsere Aufenthaltserlaubnis nicht verlängert wird. Wir hätten zurück nach Algerien gemusst. Zurück in bittere Armut. Doch die Ehre unserer Tochter war uns natürlich wichtiger. Raja ließ ihn abblitzen. Als er versuchte, sie anzufassen, verpasste sie ihm eine Ohrfeige. Daraufhin ist er vollkommen ausgerastet und hat sie verprügelt. Er hat ihr einen Zahn ausgeschlagen und ihre Nase gebrochen. Sie liegt im Krankenhaus von Saint-Lô.«

Wieder wurde sie von heftigem Schluchzen geschüttelt.

»Wusste das Ehepaar de La Fontaine von diesem Vorfall?«

»Ob Monsieur davon wusste, kann ich nicht sagen. Aber Madame wusste es.«

»Wie hat sie reagiert?«

»Sie hat uns Geld angeboten, damit wir den Mund halten.«

»Wie viel?«

»Zehntausend Euro.«

»Haben Sie es genommen?«

»Ja, wir betrachteten es als eine Art Schmerzensgeld. Jetzt müssen wir es sicher zurückzahlen.«

»Das glaube ich nicht.«

Lagarde war keineswegs überrascht von dieser aufschlussreichen Information. Die Eltern hatten ihren Sohn in das beste Licht gerückt – für sie war er geradezu vollkommen. Das war jedoch nur die eine Seite von Leandros Charakter. Anscheinend gab es auch eine weniger positive Seite. Ein Mädchen ins Gesicht zu schlagen war brutal und zeugte von keinerlei Respekt.

Lagarde wandte sich wieder dem Ehepaar zu. »Wann hat sich dieser Übergriff ereignet?«

»Am Tag, bevor Herr Leandro erstochen wurde«, antwortete die Haushälterin.

»Wo waren Sie in der Mordnacht, Herr Slimani?«

»Er war zu Hause«, sagte Madame Yamina – viel zu hastig. »Das kann ich bezeugen. Bei Allah!«

Als Philippe Lagarde das Anwesen verließ, schloss sich das schmiedeeiserne Tor lautlos hinter ihm. Der Regen hatte nachgelassen, der Wind um eine Stärke zugelegt.

Lagarde beschloss, sich den Tatort anzusehen, das Ferienhaus der Familie de La Fontaine. Es war bei jeder Ermittlung wichtig, den Ort des Verbrechens in Augenschein zu nehmen und sich den Hergang vorzustellen. So konnte man unter Umständen ein Gespür für den Täter entwickeln. Wie tickte er, hatte er sich emotional unter Kontrolle, wie war er vorgegangen und aus welchem Grund? Jeder Mörder folgte seiner eigenen Logik, die oftmals für Außenstehende kaum nachvollziehbar war. Für ihn jedoch war sie schlüssig.

Das Ferienhaus lag nördlich von Carolles. In diesem Teil der Ortschaft war der Kommissar bisher noch nicht gewesen. Henris Kate befand sich weiter im Süden nahe dem kleinen Hafen. Das Viertel bestand aus neueren modern gebauten Häusern, denen das romantische Fischerflair völlig abging. Das Feriendomizil lag zurückgesetzt an einer Stichstraße, die an den Dünen endete und in einen Pfad überging. Durch eine Ligusterhecke war es vor Blicken geschützt. Über den breiten, endlos scheinenden Sandstrand fegte ein heftiger Westwind und zerrte an der Piratenflagge, die neben der Rettungsstation gehisst war.

Der Tatort war noch nicht freigegeben. Lagarde entfernte das Siegel an der Haustür und verschaffte sich mit einem Dietrich Zutritt. Der Schlüssel lag in einem Plastikbeutel in Henris Fischerkate. Gegenüber dem Eingang entdeckte er die Kamera. Er hatte keine Ahnung, ob sie noch aktiviert war. Das spielte für ihn im Moment auch keine Rolle. Hatte der Mörder von ihrer Existenz gewusst? Hatte er sich deshalb verkleidet? War es eine Verkleidung gewesen? Erdolchten gläubige Mönche andere Menschen?

Aufmerksam ging er durch die Räume im Erdgeschoss. Hier herrschte der gleiche moderne minimalistische Stil vor wie in Leandros Wohnung im Herrenhaus. Alles war sauber und aufgeräumt. Von einem Panoramafenster aus sah Lagarde die Abtei des Mont-Saint-Michel geisterhaft umhüllt von weißen Nebelschleiern. Er stieg die Treppe in den ersten Stock hinauf. Diesen Weg musste auch der Mörder gegangen sein. Er hatte sich leise bewegt, um Leandro nicht zu wecken. Im Obergeschoss befanden sich drei Schlafzimmer und ein großes Bad. War der Täter direkt in das Zimmer des Opfers gegangen? Wusste er, wo Leandro schlief? Oder hatte er ihn gesucht?

Lagarde betrat den Raum. Eine düstere Aura schien von ihm auszugehen. Der Mörder war an das Bett getreten und hatte mit dem Dolch zugestochen. Er hatte einen schlafenden Menschen getötet, der sich nicht wehren konnte. Lagarde meinte den Hass zu spüren, der den Raum durchdrungen hatte. Auf der nackten Matratze waren keine Spuren zu sehen, die auf ein Verbrechen hindeuteten. Ein weißer Wollteppich lag parallel zum Bett auf den Holzdielen.

Nach einer Weile trat Lagarde auf den Balkon und fragte sich, auf welchem Weg der Mönch das Haus verlassen hatte. Zurück im Schlafzimmer, erregte eine Fotografie seine Aufmerksamkeit. Sie stand auf einem

Sims und glänzte in einem silbernen Rahmen. Es war ein vergrößerter Schnappschuss, der vier junge Männer zeigte. Sie standen auf einem Boot an der Reling, hatten die Arme umeinandergelegt und lachten fröhlich in die Kamera. Es war ein sonniger Tag gewesen. Die See war ruhig und von einem tiefen Blau. Sie trugen graue Pullover, auf denen das Emblem der Universität von Caen zu erkennen war. Lagarde hatte den Eindruck, dass eine enge Beziehung die Studenten verband. Mit einem schwarzen Filzstift waren ihre Namen und ein Zusatz auf den unteren Rand des Fotos geschrieben: »Ric, Joujou, Berni und Leo, die unzertrennlichen vier.« Er nahm das Bild an sich.

Nachdenklich stieg Lagarde die Treppe hinunter, zog die Eingangstür hinter sich zu und brachte das Siegel wieder an. Er lief um das Haus, vorbei an einer teils überdachten Terrasse, auf der ein gemauerter Grill stand. Dahinter befand sich ein Garten. Er blickte hoch zum Schlafzimmerbalkon und schätzte den Abstand zwischen Brüstung und Fallrohr. Henri hatte recht. Falls der Täter diesen Weg gewählt hatte, musste er sportlich und geschickt sein.

Lagarde drehte eine Runde und blieb unter der Silberzeder stehen. War der Mönch sofort in das Haus eingedrungen, oder hatte er in der Dunkelheit gelauert? Der dicke Stamm des Baumes hätte eine gute Deckung dargestellt. Zum Nachbargrundstück hin verlief ein blickdichter Holzzaun. Von dort aus hätte man den Täter nicht sehen können, vorausgesetzt, er hätte sich geduckt.

Lagardes Augen wanderten über das Gras und die Pflanzen. In einer Malvenstaude am Zaun hatte sich etwas Weißes verfangen. Ein kleiner runder weißer Gegenstand. Ein verdorrtes Blütenblatt. Das Blatt einer Christrose? Behutsam steckte er es in ein Tütchen.

»Hey, was machen Sie hier?«, ertönte plötzlich eine helle Stimme. »Der Garten gehört Ihnen nicht.«

Hinter dem Zaun stand ein etwa achtjähriger Junge und sah ihn streng an. Auf dem braunen Haar saß eine rote Baseballkappe. In den Händen hielt er einen Fußball.

»Hier ist ein Verbrechen geschehen, da darf niemand herumschnüffeln.« Erschrocken trat der Junge einen Schritt zurück und starrte Lagarde mit großen Augen an. »Sie sind doch nicht etwa der Mörder?« Die Stimme klang jetzt weniger forsch.

Lagarde beruhigte ihn. »Nein, keine Angst. Ich bin von der Polizei und schaue mich ein wenig um. Mein Name ist Philippe Lagarde.«

Er holte seinen Dienstausweis aus der Geldbörse und hielt ihn hoch. Misstrauisch kam der Junge näher und studierte das Dokument.

»Sieht echt aus«, meinte er. »Es könnte trotzdem eine Fälschung sein.«

Lagarde lachte. »Du bist ein cleverer Junge. Dir kann man so leicht nichts vormachen. Wie heißt du?«

»Marcel.«

»Sag mal, Marcel. Dein Nachbar Leandro, wie war der denn so?«

»Total nett, Monsieur. Er hat mir oft Süßigkeiten zugesteckt. Meine Mutter will nicht, dass ich so viel nasche.«

»Ich verstehe. In der Nacht, als Leandro überfallen wurde, hast du sicher geschlafen und nichts Auffälliges bemerkt.«

»Doch, Monsieur.«

»Was hast du denn bemerkt, Marcel?«

»Ich bin aufgewacht, weil ich so durstig war. Ich hatte heimlich unter der Bettdecke gelesen und dabei eine Tüte Chips gegessen.«

»Wie spät war es da?«

»Zwanzig nach eins. Ich kann die Uhr schon seit dem Kindergarten lesen.«

»Logisch. Ich habe auch nichts anderes erwartet. Was passierte dann?«

»Ich ging in die Küche und trank ein Glas Milch. Als ich in mein Zimmer zurückkam, blickte ich kurz aus dem Fenster. Da habe ich ihn gesehen.«

»Wen hast du gesehen?«

»Na, Batman. Er sprang von der Balkonbrüstung zum Fallrohr. Das war voll cool.«

Nachdem sich Lagarde von dem aufgeweckten Jungen verabschiedet hatte, beschloss er, eine Kleinigkeit zu essen. Die Mittagszeit war schon vorüber, und sein Magen knurrte. Marcel hatte ihn noch zu seinem Auto begleitet und sich gewundert, warum ein Polizist mit einem himmelblauen verbeulten Privatfahrzeug unterwegs war.

Der Erklärung des Kommissars hatte er interessiert gelauscht. Im Renault Express lagen immer Süßigkeiten für seine kleine Freundin Amélie aus Barfleur und ihren Hund Lali bereit. Er drückte Marcel drei Lutscher in die Hand, und der Junge winkte ihm begeistert nach, bis er außer Sichtweite war.

Nach einem Imbiss in einem bezaubernden Café auf den Klippen fuhr Lagarde nach Avranches. Dort war er am Nachmittag mit Henri und Violette zu einer Besprechung verabredet. Diesmal hatte er bei der Parkplatzsuche nicht so viel Glück und musste einige hundert Meter zur Polizeistation laufen. Er stemmte sich gegen die Windböen, fröstelte in seinem Anzug und war froh, als er den Eingang erreichte. Eine ältere Frau verließ das Gebäude und spannte ihren Regenschirm auf. Eine Sturmwehe fuhr unter den Stoff und riss ihr den Schirm aus der Hand. Er wirbelte in die Höhe, wurde vom Wind die Straße hinaufgetrieben und landete auf dem Reiterdenkmal der Verkehrsinsel. Die Dame hatte vor Schreck aufgeschrien und verfolgte mit den Augen hilflos das Flugobjekt.

Lagarde sprach sie an. »Warten Sie hier, Madame, ich bin gleich zurück.«

Er sprintete durch den nächsten Regenschauer zur Statue und holte den Schirm, der sich über den Kopf des Pferdes gestülpt hatte.

Als er die Frau erreichte, war sein Jackett zum zweiten Mal an diesem Tag durchnässt.

»Ihr Schirm, Madame.«

»Ich danke Ihnen. Sie sind wirklich sehr nett.«

»Keine Ursache, Madame, einen schönen Tag noch, und halten Sie Ihren Schirm gut fest.«

Lagarde klopfte an Henris Bürotür und trat ein. Sein Freund und Violette begrüßten ihn herzlich.

»Setzen wir uns doch an den Besprechungstisch«, schlug Henri vor. »Violette hat Kaffee und Kuchen organisiert.«

Henris Atem ging schwer, seine Gesichtsfarbe wirkte jedoch fast normal.

»Alles klar bei dir, Henri?«, fragte Lagarde. »Was haben die Ärzte heute Morgen gesagt?«

Der alte Fuchs grinste. »Ich soll nicht so viel Kuchen essen. Mehr Rohkost und Salat. Wenn ich mich wie ein Kaninchen ernähren muss, kann ich auch gleich tot umfallen. Nicht mit mir.«

Er griff nach einem glasierten Brombeertörtchen, auf dem ein Sahneturm thronte, und biss herzhaft hinein.

Lagarde klopfte ihm auf die Schulter. »Du fällst nicht tot um, Henri. Das wird schon.« Fragend sah er in die Runde.

»Wollen wir anfangen?«

Die beiden nickten.

Henri schenkte ihnen Kaffee ein und trank einen Schluck. »Schön stark, wunderbar. Danke, Violette. Stell dir vor«, wandte er sich an Lagarde, »sie wollte mir ein dünnes koffeinfreies Gebräu unterjubeln, wie in einem Sanatorium.«

»Marke Herzschlag«, grinste sie. »Wie befohlen.«

»Eine Sache noch«, fuhr Henri unbeirrt fort. »Ich schlage vor, dass ihr euch duzt. Wir sind schließlich ein Team. Einverstanden?«

»Einverstanden.«

»Gibt es etwas Neues, Philippe?«, erkundigte Henri sich. »So wie ich dich kenne, hast du schon etwas herausgefunden.«

»Nun ja, es kommt Bewegung in den Fall. Ich schlage vor, ich berichte, was ich herausgefunden habe, und anschließend besprechen wir das weitere Vorgehen.«

Henri nickte. »Schieß los, wir sind gespannt.«

»Heute Morgen habe ich mit dem Ehepaar de La Fontaine gesprochen.«

»Sie haben dir eine Audienz gewährt?« Violette war überrascht.

»Die Alternative war eine Befragung hier in Avranches.«

Sie nickte anerkennend.

»Das Ehepaar konnte leider keinerlei nützliche Hinweise geben. Ihren Sohn beschrieben sie als einen sympathischen, zielstrebigen, jungen Mann mit besten Karrierechancen.«

»So etwas soll vorkommen in diesen privilegierten Kreisen«, warf Henri ein.

»Als ich mit Madame de La Fontaine alleine sprechen konnte, berichtete sie mir, dass ein Mönch sie auf dem Mont-Saint-Michel verfolgen würde. Sie fühlt sich bedroht.«

»Das ist ja interessant.« Henri beugte sich vor. »Schon wieder ein Mönch.«

»Schon wieder ein Mönch«, bestätigte Lagarde. »Zum jetzigen Stand der Ermittlungen müssen wir ihre Furcht ernst nehmen.«

»Selbstverständlich«, bekräftigte Henri. »Anschließend habe ich das Ehepaar Slimani befragt. Sie wohnen auf dem Grundstück der Familie im alten Gesindehaus. Sie arbeitet als Haushälterin, ihr Mann als Hausmeister und Gärtner. Die beiden behaupten, Leandro de La Fontaine hätte ihre Tochter Raja nach einer Abfuhr krankenhausreif geprügelt.«

»Was?« Violette war entsetzt. »Er ist ein Schläger?«

»Wir müssen die Aussage natürlich noch überprüfen. Aber es gibt weitere Hinweise darauf, dass er brutal und handgreiflich reagieren konnte«, sagte Lagarde.

»Du meinst die Schlägerei mit dem Bistrobesitzer«, stellte Violette fest.

»Ja, es liegt eine Anzeige vor.«

»Das wissen wir. Ein Kollege von uns hat ihn bereits befragt. Für die Mordnacht hat er ein Alibi.«

»Nun, wir werden sehen. Ich bin im virtuellen Netz der Polizei noch auf eine weitere Geschichte gestoßen. Am Abend vor dem Mord kam es in einer Diskothek in Jullouville zu einem Streit. Unser Mordopfer war daran anscheinend maßgeblich beteiligt.«

»Warum wissen wir nichts davon, Violette?«

»Es tut mir leid, Henri. Aber ich kann dich nicht eins zu eins vertreten.«

»Entschuldige bitte, du hast natürlich recht.«

»Außerdem wurde keine Anzeige erstattet«, kam Lagarde ihr zu Hilfe.

Die Assistentin lächelte ihn dankbar an.

Lagarde zwinkerte ihr aufmunternd zu. »Du hast alles richtig gemacht, Violette.« Er sah auf seine Notizen. »Ich schlage vor, wir teilen uns auf. Henri arbeitet vom Büro oder von zu Hause aus, soweit es seine Gesundheit zulässt. Er übernimmt die Koordination und die Dokumentation, eventuell auch Recherchearbeit.«

Sein Freund knurrte. »Also den Papierkram.«

»Genau.« Lagarde lächelte ihn an. »Violette und ich ermitteln vor Ort. Ich werde morgen nach Caen fahren, mir die Wohnung des Opfers ansehen und mit seinen Kommilitonen sprechen. Im Ferienhaus habe ich ein interessantes Foto entdeckt. Violette, dich möchte ich bitten, Raja Slimani im Krankenhaus zu besuchen. Rede behutsam mit ihr. Dieses Gespräch sollte besser eine Frau führen. Danach treffen wir uns und sprechen gemeinsam mit der jungen Frau, die angeblich von Leandro de La Fontaine in der Diskothek belästigt wurde. Ich halte es für wichtig, dass eine Frau bei dem Gespräch dabei ist. Nun, was meint ihr?« Erwartungsvoll sah er seine Kollegen an.

»Großartig, Philippe«, freute sich Henri. »Der Fall nimmt Fahrt auf. Das gefällt mir.«

»Die Strategie hat Hand und Fuß«, sagte Violette. »Ich bin dabei.«

Nach der Besprechung in der Polizeistation zog es Philippe Lagarde zum heiligen Klosterberg. Ihn interessierten die Immobilien der Familie de La Fontaine auf dem Mont-Saint-Michel. Im schwindenden Licht des späten Nachmittags tauchte die bronzene Silhouette des Felsens vor ihm auf. Über die Bucht hatten sich schwarzgraue Wolken gelegt. Im Hintergrund war schemenhaft die Küste von Cotentin zu erkennen. Jenseits der Mauern und Türme des Berges lag der verlassene Felsen von Tombelaine im graublauen Tang. Dort hatte in früheren Zeiten ein Gebetshaus gestanden. Auf den Salzwiesen verharrte ein Schäfer und beobachtete, wie sein Hund die Schafe zusammentrieb.

Lagarde stellte sein Auto auf dem großen Parkplatz ab und entschied sich für den Weg über den alten, von Beauvoir kommenden Deich. Dessen äußerstes Ende wurde vom Königsturm und vom Arkadenturm umrahmt. Aus dieser Perspektive wirkte das Kloster mit seinen Bollwerken, Wehrmauern und Bastionen eher wie eine Zitadelle. Ganz im Westen erhob sich der wuchtige Gabrielsturm, der ein wichtiges Element in der Verteidigungsanlage darstellte. Dahinter, im Nordwesten, war die Kapelle des heiligen Aubert errichtet worden. Im Gegensatz zur sanfter abfallenden Südseite bedurfte der Norden der Insel keiner Befestigung. Die Felsen fielen vom Klostergarten steil zum Meer hin ab.

Lagarde betrat die Unterstadt durch die Porte de l'Avancée. Am Königstor mit seinen Zinnen begann die schmale Grande Rue, die sich am Fels entlang bis zur

Abteikirche schlängelte. Sie wurde von alten Pilgerhäusern aus dem 15. und 16. Jahrhundert gesäumt. Ein Souvenirladen reihte sich an den anderen, dazwischen drängten sich Cafés und Boutiquen. Seit jeher erwarben Pilger, die den heiligen Ort erreicht hatten, ein Zeugnis ihrer Reise. Manche hängten sich Herzmuscheln an den Gürtel oder erstanden glänzende Statuetten des Erzengels. Während sich im Sommer Touristenmassen den Berg hinauf bewegten, ging es um diese Jahreszeit eher ruhig und beschaulich zu.

Im Café der de La Fontaines trank der Kommissar einen Milchkaffee. Er war der einzige Gast in dem modern eingerichteten, großen, rechteckigen Raum. Aufgrund der grellen Neonbeleuchtung, der kühlen Atmosphäre und der Kunstledersitze wähnte man sich eher in einer amerikanischen Snackbar. Er zahlte und verließ das Café. Einige Häuser weiter betrachtete er, unter einer magentaroten Markise stehend, die aufwendig gestaltete Auslage einer Boutique. Er fragte sich, ob Touristen tatsächlich an diesem heiligen Ort die teuren Designerstücke kauften. Der Souvenirladen schien ihm im Vergleich zu den anderen beiden Geschäften altmodisch. Vielleicht gehörte dieser Charme zur Verkaufsstrategie. Die beiden Hotels der Familie mit angeschlossenen Restaurants befanden sich an der Ostseite des Berges mit einem spektakulären Blick auf die Bucht. Eines davon war ein wunderschönes Granitsteinhaus mit türkisen Fensterläden, schlanken Türmchen und flachen verzierten Erkern. Zur Meerseite hin, über der mächtigen Festungsmauer lagen eine große Terrasse und ein Wintergarten.

Lagarde studierte die Speisekarte des »Schwarzen Raben«, die aufgeklappt und beleuchtet auf einem goldenen Ständer neben dem Eingang ausgestellt war. Mit dieser exquisiten Küche könnte Odette sich vermutlich anfreunden. Das zweite Hotel war in einem bezaubernden normannischen Fachwerkbau untergebracht. Das Restaurant war eigentlich eine Crêperie, in der sich eine lustige Reisegruppe die runden, hauchdünnen Teigfladen schmecken ließ. Die Touristen trugen schlammverschmierte Gummistiefel, Regenjacken tropften an der Garderobe. Wahrscheinlich hatten sie an einer der geführten Wattwanderungen teilgenommen.

Neben dem Haus führte eine schmale steile Steintreppe in eine höher gelegene Gasse und auf eine Aussichtsplattform. Lagarde blickte über die Häuser der Unterstadt mit ihren schiefergrauen Dächern, hohen Kaminen, spitzen Türmchen, halbrunden Giebeln, verzierten Erkerstützen und dem Gassengewirr. Dahinter erstreckte sich das Wattenmeer. Tief unter ihm folgte eine Wandergruppe im Gänsemarsch ihrem Führer. Frische Seeluft blies dem Kommissar um die Nase, und seine Lippen schmeckten salzig. Der Ausblick war überwältigend. Schade, dass Odette nicht bei ihm war. Er folgte der Gasse, die unterhalb der Südfassade der Abtei mit ihrem Glockenturm und dem eindrucksvollen Chor entlangführte. Der Chor war 1421 eingestürzt. Der Kampf gegen Witterungsschäden stellte eine immerwährende Konstante in der Baugeschichte des Berges dar. Der Wiederaufbau des Chors im spätgotischen Flamboyant-Stil hatte mehr als ein halbes Jahrhundert gedauert und beeindruckte durch seine seltene architektonische Stilreinheit. Lichtdurchflutet in senkrechter Eleganz, stiegen die Säulen bis zur Höhe der Tribüne, wo sie durch erhaben wirkende Spitzbögen verbunden wurden. In schwindelnder Höhe auf der Außengalerie blickte man auf die Spitzentreppe mit ihren Rampen, Zinnen, Stegen, Plattformen und Wendeltreppen aus ziseliertem Granit.

Nördlich der Abteikirche erhoben sich die Klostergebäude, genannt »La Merveille« – die Wundervolle –, ein besonders schönes Beispiel gotischer Architektur. Strebepfeiler stiegen aus dem Klostergarten auf, um die Statik des Bauwerkes zu gewährleisten. Die Quadersteine schienen sich von der Erdanziehungskraft zu lösen und in den Himmel zu streben. Der Turm der Raben verband die drei Etagen der »Merveille«. Seine Wendeltreppe diente den Vögeln als Unterschlupf.

Lagarde betrat die Kirche. Der Chor wurde durch Tausende von brennenden Kerzen erleuchtet, während sich draußen die Dämmerung über den Berg senkte. Die Brüder und Schwestern der Gemeinschaft von Jerusalem in ihren anmutigen eierschalenfarbenen Gewändern hatten sich zum Gebet und zum Gesang um den Steinaltar versammelt. Der Kommissar setzte sich auf eine Holzbank und nahm die Feierlichkeit und die Andacht, die von der Versammlung ausgingen, in sich auf. Ruhe breitete sich in ihm aus, ein tiefes Gefühl von Frieden. Die Mönche zelebrierten eine Liedandacht, die den Text und die Melodie eines geistlichen Liedes in den Mittelpunkt rückte. Der spirituelle Gesang der Glaubensgemeinschaft in lateinischer Sprache tönte erhaben durch das Kirchenschiff.

Nachdem der letzte Ton verklungen war, beteten sie im flackernden Schein der Kerzen. Lagarde faltete die Hände und schloss die Augen. Langsam glitt er in einen meditativen Bewusstseinszustand. Er konnte seine Körpermitte spüren und fühlte sich im inneren Gleichgewicht. Eine andere, friedlichere Welt hatte ihn umarmt.

Bruder Pierre-Marie, das Oberhaupt des Ordens, segnete zum Ende der Zeremonie die Gemeinde. Das Gebet verstummte, und die Brüder und Schwestern verließen leise den Raum, fast schien es, als schwebten sie hinaus.

Erst jetzt bemerkte Lagarde, dass eine alte Frau neben ihm auf der Bank saß und in ihr Gebet vertieft war. Tränen liefen über ihr runzliges Gesicht. Er erhob sich und ließ sie alleine, erfüllt von Respekt gegenüber ihrem Schmerz.

Als er aus dem Torhaus der Klosterkirche trat, stoben Windböen über den Vorplatz und trieben verdorrte Blätter vor sich her. Mit dem Einbruch der Dunkelheit hatte sich eisige Kälte über den Berg gelegt. Er machte sich auf den Weg über die Grande Rue zur Porte l'Avancée. Außer ihm befand sich kein Mensch auf der Gasse. Anscheinend waren alle in die Wärme geflüchtet.

Nebel kroch über Pflastersteine und Granitfassaden. Um mittelalterlich anmutende Laternen bildeten sich diffuse orangene Lichterkränze. Silberne Fäden umwoben Wirtshausschilder und Reklametafeln. Plötzlich hatte er das Gefühl, dass ihm jemand folgte. Er schlenderte zu einer Schaufensterauslage und schaute scheinbar interessiert durch die Glasscheibe. Blitzschnell drehte er sich um. Ein schwarzer Schatten verschwand hinter einer Hausecke. Sofort nahm er die Verfolgung auf.

In dem engen Durchgang zwischen zwei Pilgerhäusern war jedoch niemand. Er zwängte sich an einer Mülltonne vorbei und schaute kurz hinein. Am Ende dieser beklemmenden Nische befand sich eine hohe unüberwindbare Mauer. Kopfschüttelnd lief er zum Hauptweg zurück. Hatte er sich die Erscheinung nur eingebildet? Nein, das konnte nicht sein. Er wusste, was er gesehen hatte. Schlichen hier überall Mönche durch die Nacht? Oder war es immer dieselbe Person?

Er betrachtete die niedrigen Kellerfenster der beiden Gebäude direkt über dem Lehmboden. Einige waren vergittert, drei mit Brettern vernagelt, und zwei waren ungesichert. In jedem Haus existierte eine frei zugängliche schwarze Öffnung. Er entschied sich dagegen einzusteigen. Für welches gähnende dunkle Loch hätte er sich auch entscheiden sollen? Außerdem hätte diese mysteriöse Person sich längst durch eine Hintertür davonmachen können. Er würde sie auf jeden Fall erwischen. Wenn nicht heute Abend, dann an einem anderen Tag, dessen war er sich sicher. Außerdem zog es ihn jetzt auch an einen warmen Ort.

Als er auf die Grande Rue einbog, bohrten sich zwei schmale, grüne, hasserfüllte Augen in seinen Rücken. Sie starrten aus einem schwarzen Schacht hervor, über den man früher Kohlen in den Keller befördert hatte.

Auf halber Höhe der Grande Rue entdeckte Lagarde einen Juwelierladen. Durch die Schaufensterscheibe funkelten Ringe, Armbänder und Halsketten. Ein Ring erregte seine Aufmerksamkeit. Er steckte in einem dunkelroten Samtbett und glitzerte verlockend im Lichterschein. Es war ein klassischer Solitär-Ring, gearbeitet in Weißgold, 18 Karat, mit einem Brillanten von 0,45 Karat. Das Schmuckstück war wunderschön und in seiner Schlichtheit elegant. Er stellte es sich an Odettes zartem Ringfinger vor. Es war das perfekte Geburtstagsgeschenk für seine Liebste.

Kurzentschlossen betrat er das Geschäft und kaufte den Ring. Der Inhaber gratulierte ihm zu seinem guten Geschmack und schlug die glänzende Schachtel in Seidenpapier ein. Fröhlich pfeifend lief Lagarde über den Deich zu seinem Auto. Er fuhr los und schob eine CD in den Player. »Hôtel Normandy« von Patricia Kaas erklang. Das schöne Lied passte perfekt zu dem rauen kalten Oktoberabend.

Bevor Philippe Lagarde die Dorfkneipe aufsuchte, betrat er den kleinen Supermarkt von Madame Elodie. Die Obst- und Gemüsekisten hatte sie bereits in den

Laden getragen und im Kühlraum gestapelt. Gleich war Ladenschluss. Sie saß an der Kasse und plauderte mit einer Frau über das ungewöhnlich kalte Wetter. Als die Besitzerin des Ladens Lagarde erblickte, strahlte sie über das ganze Gesicht.

»Guten Abend, Monsieur Lagarde. Wollen Sie noch rasch Ihren Einkauf erledigen?«

»Guten Abend, Madame Elodie. Ich möchte heute Abend selbst kochen. Entschuldigen Sie bitte, dass ich Sie aufhalte. Ich beeile mich.«

»Lassen Sie sich Zeit, Monsieur Lagarde.«

Für einen so charmanten gutaussehenden Mann würde sie ihren Laden bis Mitternacht geöffnet lassen. Der Kumpel ihres Bruders, dieser Hubert, machte ihr den Hof. Der Landwirt hatte ebenso viel Charme wie die Schafe, die er züchtete. Pah! Der brauchte doch nur eine Haushälterin und ab und zu eine lebende Wärmflasche in seinem Bett, wenn die Dorfkneipe Ruhetag hatte. Energisch schnitt sie ein extradickes Rindersteak für ihren neuen Lieblingskunden ab und packte ein Pfund grüne Bohnen in eine Tüte.

Lagarde legte ein Baguette und eine Flasche Rotwein, den sie ihm empfohlen hatte, auf den Kassentresen.

»Hoffentlich schmeckt Ihnen der Wein, Monsieur Lagarde.«

»Ich bin mir sicher, dass ich mich auf Ihr fachmännisches Urteil verlassen kann, Madame Elodie.«

Sie war geschmeichelt. Eine zarte Röte färbte ihre Wangen. Wie er sich auszudrücken wusste! So redete hier kein Mann. Sie fragte sich, ob sie morgen zum Friseur gehen sollte.

Lagarde packte die Einkäufe in eine Tüte. »Auf Wiedersehen, Madame Elodie, einen schönen Abend wünsche ich.«

»Auf Wiedersehen, Monsieur Lagarde.«

Versonnen sah sie ihm hinterher. Lieber keinen Mann als diesen ungehobelten Hubert, schwor sie sich.

Die Dorfkneipe »Chez Bastien« war brechend voll. Gäste drängten sich um die Theke. Wärme und lautes Stimmengewirr schlugen Lagarde entgegen. Er fand einen Platz am Tresen zwischen anderen Gästen und bestellte bei Lou, der Wirtin, ein Glas roten Landwein.

»Hallo, Philippe.« Robert winkte ihm erfreut zu. Er bahnte sich einen Weg durch die Menge und stellte sich neben den Kommissar. »Schön, dass du gekommen bist. Gefällt es dir bei uns?«

»Ja, sehr«, antwortete Lagarde. »Es ist ein schönes Fleckchen hier.«

»Kommst du in der Fischerkate zurecht, oder fehlt etwas?«

»Ah, gut, dass du mich erinnerst, Robert. Ich brauche Kaminholz. Weißt du, wo ich welches kaufen kann?«

Robert klopfte ihm freundschaftlich auf die Schulter. »Da bist du bei mir gerade richtig. Ich besitze einen Wald und verkaufe Brennholz.«

»Großartig. Lieferst du auch?«

»Natürlich. Wie viel Ster brauchst du?«

Lagarde überlegte. Henri würde sich sicherlich

freuen, wenn er den Holzvorrat in seinem Lager aufgefüllt vorfinden würde.

»Fünf Ster. Geht das?«

»Na klar, kein Problem. Du bekommst bestes Holz. Auf dreißig Zentimeter geschnitten, die perfekte Größe für den Kamin. Drei Jahre gelagert, Kiefer und Buche gemischt. Das brennt wie Zunder und macht eine wunderbare Wärme.«

»Gut, Robert. Wann kannst du liefern?«

»Morgen im Laufe des Tages. Ich kippe die Ladung vor dem Schuppen ab und schütze sie mit einer Plane. Für Morgen ist Regen gemeldet. Du musst sie nur noch stapeln. Das Finanzielle regeln wir später.«

»Ich danke dir, Robert.« Lagarde winkte nach Lou. »Calvados oder Pastis?«, erkundigte er sich bei seinem neuen Freund.

»Wenn du mich so fragst«, antwortete er. »Calvados.«

Sie stießen gerade auf ihr Geschäft an, als der Schafzüchter Hubert sich zu ihnen gesellte. Er hatte soeben Madame Elodie einen schönen Abend wünschen wollen, doch sie hatte ihm die Ladentür vor der Nase zugeschlagen und den Schlüssel umgedreht. Dieses zurückweisende Verhalten verstand er überhaupt nicht. Unwirsch bestellte er ein Bier vom Fass bei Lou.

Lagarde trank seinen Wein aus, verabschiedete sich und machte sich auf den Weg zur Fischerkate. Er freute sich auf das lodernde Feuer im Kamin und ein gutes Abendessen. Danach würde er seine Notizen überarbeiten. Vielleicht kam der Mönch wieder zu Besuch. Diesmal war er vorbereitet.

Die Kapelle des heiligen Aubert, im Nordwesten des Mont-Saint-Michel gelegen, erhob sich im fahlen Mondschein über dem Watt. Sie war aus grauem Granitstein von den Chausey-Inseln auf einem Felsen erbaut. Auf dem spitzen First landeinwärts wachte die Statuette des Heiligen. Der Zugang führte über eine Steintreppe auf einen kleinen Vorhof, der einem schiefen Trapez glich. Dort befand sich der bogenförmige Zugang, bestehend aus einer massiven Holztür, die verschlossen war. Die Brüder des geheimen Ordens hatten sich auf dem Plateau versammelt. Ihr Großmeister holte einen schweren Eisenschlüssel aus den Falten seiner purpurvioletten Kutte hervor und entriegelte die Tür. Es blieb sein Geheimnis, wie er in den Besitz des Schlüssels gekommen war. Ein Mondstrahl ließ die weiße Christrose auf der Rückenansicht seines Habits aufleuchten.

Sie betraten den Innenraum des mystischen Ortes. Er war mit einigen hintereinander aufgereihten schlichten Holzbänken und einem kleinen Altar ausgestattet. Darüber hing eine kunstvoll geschnitzte Madonna, die auf die Männer herablächelte.

»Hier irgendwo in diesem Kirchlein muss sich der Zugang zu einem Tunnel befinden«, erklärte der Großmeister. »Im Buch steht geschrieben, dass wir uns den Weg bahnen sollen. Deshalb gehe ich davon aus, dass sich der Schatz nicht in der Kapelle befindet, sondern in einem Versteck, zu dem uns ein unterirdischer Tunnel führen wird.«

Er schien sich seiner Sache vollkommen sicher zu sein.

»Und was machen wir jetzt?«, fragte ein Bruder.

»Wir suchen den Einstieg – was sonst? Ihr könnt eure Taschenlampen benutzen. Die Kapelle ist so abgelegen, dass niemand den Lichtschein bemerken wird.«

Die Brüder klopften im Strahl ihrer Lampen die Wände ab. Kein Hohlraum, keine Einbuchtung, kein Schlitz, keine Unregelmäßigkeit war zu bemerken. Sie fühlten nur kalten, harten, feuchten Granit. Der Altar war fest vermauert und ließ sich nicht verschieben. Auch mit einem Kuhfuß konnten sie nichts ausrichten. Sie stapelten die Bänke an der Wand und kontrollierten den steinernen Boden.

»Da ist etwas«, flüsterte Bruder Sylvestre.

Er zeigte auf eine quadratische Platte, die im Boden der Kapelle eingelassen war. Sie verfügte jedoch über keinen Griff, keinen Ring, keine Vorrichtung, wo man ansetzen konnte, um sie aus der Verankerung zu lösen.

Die Brüder versammelten sich um den Stein. Der Einsatz eines Stemmeisens brachte keinerlei Erfolg. Die Platte bewegte sich keinen Millimeter. Sie saß seit Hunderten von Jahren fest.

Bruder André, ein wohlbeleibter Mann, hatte keine Lust mehr auf die Suche nach dem Schatz. Diese Mission überstieg seine Vorstellungskraft. Außerdem fror er entsetzlich. In der Kapelle war es bitterkalt. Er wollte in sein warmes Bett und einen heißen Rotwein trinken. Im Schein seiner Taschenlampe betrachtete er die schöne Madonna. Mit seinem dicken Finger zog er die fein herausgearbeitete Linie ihres Halses nach. Sie trug ein Amulett mit einem schwarzen Stein. Als er mit der Fingerspitze seine Form erkundete und die Mitte berührte, ertönte ein bedrohliches Knirschen in dem kleinen Raum.

Erschrocken sahen sich die Brüder um. Wo kam dieses unheimliche Geräusch her? Aufgeregt zeigte ihr Großmeister auf die Platte. Sie bewegte sich scharrend. Zunächst fuhr sie langsam nach unten, dann schwenkte sie auf die Seite unter den Kirchenboden.

Ein gähnend schwarzes Loch tat sich vor den Brüdern auf. Zunächst sagte keiner ein Wort. Alle starrten fasziniert auf ihre Entdeckung.

Der Großmeister keuchte und schlug die Hände vor sein kalkweißes Gesicht. »Meine Brüder, wir haben den Zugang gefunden. André hat den Schließmechanismus entdeckt.«

Außer sich vor Erregung leuchtete er in den schwarzen Schacht.

Sie blickten auf nasses schwarzes Felsgestein. Der Grund des senkrechten Tunnels war nicht auszumachen. Der Großmeister warf einen Kieselstein in das Loch. Kurz darauf erklang ein Plätschern.

»Dort unten ist Wasser«, wisperte er. »Und sicherlich ein Tunnel, geschlagen durch den Felsen, der zum Schatz führt.«

»Wie sollen wir dort hinunterkommen?«, fragte Sylvestre ängstlich.

»Sieh doch, mein Bruder.«

Sylvestre beugte sich vorsichtig über das Loch. Eiserne verrostete Tritte waren in das Gestein getrieben und führten in die Tiefe.

STURMFLUT

VIERTER TAG

Nach dem Frühstück ging Philippe Lagarde auf die Terrasse und streute Brotkrumen für die Spatzen auf das Mäuerchen. Einige Vögel saßen bereits in der Krone eines Baumes und beobachteten ihn. Die Windlichter, die er bei Madame Elodie gekauft hatte, standen unversehrt auf dem Sims. Die Kerzen waren heruntergebrannt. Er blinzelte in die Sonne, die sein Gesicht wärmte.

Ein kalter Wind ließ das Seegras auf den Dünen erzittern. Hohe Wellen, auf deren Kamm sich Schaumkronen jagten, rollten schwer auf den Sand. Die beiden Damen, die ihm am Vortag beim Schwimmen zugesehen hatten, folgten einem Dünenpfad. Sie trugen Gummistiefel, und jede hatte einen Eimer in der Hand. Freundlich winkte er ihnen zu. Sie erwiderten seinen Gruß und stapften weiter in Richtung Strand. Er ging zurück in den Salon, verriegelte die Terrassentür und nahm eine warme Jacke von der Garderobe.

Nachdem er auch die Haustür verschlossen hatte, setzte er sein Auto rückwärts aus der Einfahrt und machte sich auf den Weg nach Caen. Er fuhr auf der Landstraße bis Villedieu und entschied sich dann für die Autobahn. An einer Mautstation zog er ein Ticket. Nach einer Dreiviertelstunde erreichte er die Hauptstadt der Basse-Normandie. Die charmante Universitätsstadt lag am Fluss Orne, der fünfzehn Kilometer nordöstlich in den Ärmelkanal mündete. Catumagos – Schlachtfeld – hatten die Kelten sie genannt, weil sie im Laufe der Geschichte immer wieder Schauplatz schwerer kriegerischer Kämpfe gewesen war.

Als Lagarde sich dem Stadtzentrum näherte, bewunderte er die Burg von Caen, das Château Ducal, das majestätisch auf einem grünen Hügel thronte. Es war um 1060 von Wilhelm dem Eroberer erbaut worden und zählte zu den größten Befestigungsanlagen Europas. Die Ringmauer der langgestreckten mittelalterlichen Burg mit ihren mächtigen Bastionen und Türmen war wirklich eindrucksvoll. Kahle Bäume erhoben sich vor dem Wall. Durch das malerische Viertel zwischen der Burg und dem Jachthafen verliefen schmale Gassen, die von gedrungenen Fachwerkhäusern gesäumt wurden. Dort gab es viele Cafés und Restaurants. Einst hatten dort die Großeltern der berühmten Sängerin Edith Piaf ein Café geführt.

Lagarde erreichte sein Ziel, den Campus 1 der Universität von Caen, und fand in der Nähe des Hauptportals einen Parkplatz. Der Campus lag in der Innenstadt und beherbergte die juristische Fakultät. Über breite Stufen und einen begrünten Vorplatz näherte er sich dem modernen gläsernen Gebäude. Auf den Treppen hatten sich Studenten niedergelassen und genossen die spätherbstlichen Sonnenstrahlen. Manche unterhielten sich, andere lasen konzentriert in Büchern. Ringsum herrschten ein lebhaftes Treiben und ein stetiges Kommen und Gehen. Studenten hasteten mit ernstem Gesichtsausdruck über die Schwellen, andere diskutierten lebhaft und lachten. Eine Gruppe vor dem Eingang hielt Kaffeebecher in der Hand und machte eine Rauchpause. Die Mehrzahl der jungen Leute war leger mit Jeans, Anorak und Turnschuhen bekleidet. Einige jedoch trugen Businesskleidung und führten Aktentaschen mit sich. Lagarde grinste. Das waren bestimmt die angehenden Juristen und Betriebswirte. Er fühlte sich an seine Studienzeit erinnert. Damals hatten er und seine Kommilitonen enthusiastisch in die Zukunft geblickt, überzeugt davon, dass ihnen die Welt gehörte und eine glänzende Zukunft vor ihnen lag. Wehmütig lächelte er. Bei einem solchen Treffen hatte er seine erste große Liebe kennengelernt. Charlotte, bezaubernd schön, immer schwarz gekleidet, mit kurzen dunklen Haaren und von einer tiefgründigen Ernsthaftigkeit. Als sie schwanger von ihm geworden war, hatte sie ihr gemeinsames Kind abgetrieben, ohne ihn zu fragen. An diesem Verrat war ihre Liebe zerbrochen.

Energisch schüttelte er den Gedanken ab. Er ging zum Sekretariat, klopfte an und trat ein. Eine ältere Frau mit grauem Haarknoten und einem aschegrauen Twinset sah ihn streng an.

»Was kann ich für Sie tun?«, fragte sie mit Missbilligung in der Stimme.

»Guten Tag, Madame. Ich möchte den Dekan sprechen. Albert Bruneau.«

»Haben Sie einen Termin?«

»Nein.«

»Dann tut es mir leid. Er ist beschäftigt.«

»Sagen Sie ihm, Philippe Lagarde ist hier.«

Widerwillig griff sie nach dem Telefonhörer und informierte ihren Chef über den Besucher. Keine fünf Sekunden später wurde die Tür aufgerissen, und der Dekan stürmte in das Büro. Er umarmte den Kommissar und rief: »Philippe, was machst du denn hier?«

Albert Bruneau sah ganz und gar nicht aus wie der Dekan einer Universität. Seine Jeans war verwaschen, die Sportschuhe hatten keine Schnürsenkel, und das karierte Hemd spannte über seinem Bauch. Mit seiner gesunden Gesichtsfarbe und den zerzausten Haaren wirkte er eher wie ein zufriedener Bauer, der nach getaner Arbeit aus dem Kuhstall kam.

Plötzlich verfinsterte sich seine Miene. »Vor Wiedersehensfreude habe ich nicht nachgedacht. Du suchst den Mörder von Leandro de La Fontaine, nicht wahr?«

Lagarde nickte. »Ich unterstütze die Kollegen in Avranches.«

Albert Bruneau sah ihn ernst an. »Ein scheußliches Verbrechen. Habt ihr schon einen Verdacht?«

»Leider nein. Aber ich habe im Ferienhaus der Familie eine Fotografie entdeckt, die Leandro mit drei Kommilitonen zeigt. Mit denen möchte ich sprechen. Leider habe ich nur die Vornamen.«

»Selbstverständlich, das ist kein Problem. Meine Sekretärin wird dir helfen, die jungen Männer ausfindig zu machen.«

»Hast du Leandro de La Fontaine persönlich gekannt?«

»Nein, Philippe. An der Uni studieren ungefähr fünfundzwanzigtausend junge Menschen.«

»Ja, natürlich.«

»Pass auf, Philippe. Ich muss dringend zu einer Konferenz, die inzwischen schon begonnen hat. Lass dir von meiner Sekretärin in den nächsten Tagen einen Termin geben, und wir trinken einen Kaffee zusammen. Ich würde mich sehr freuen, mal wieder mit dir zu plaudern.« Der Dekan wandte sich an seine Vorzimmerdame. »Gisèle, Sie unterstützen den Kommissar. Er bekommt Einsicht in alle erforderlichen Unterlagen. Sein Anliegen hat Priorität. Er hat was gut bei mir.« Albert Bruneau überlegte kurz. »Suchen Sie ihm die Jahrbücher heraus. Das dürfte am effektivsten sein.«

Schon war er zur Tür hinaus.

Die Sekretärin Gisèle musterte den Besucher mit unverhohlener Neugierde.

Lagarde winkte ab. »Das ist eine längere Geschichte.«

Anscheinend war die Frau damals noch nicht bei der Uni angestellt gewesen. Sonst würde sie über die damaligen Geschehnisse Bescheid wissen.

Vor fast genau sechs Jahren waren innerhalb von wenigen Wochen drei Studentinnen vom Campus der

Universität Caen spurlos verschwunden. Alle drei hatten Sprachen studiert, waren groß, schlank und hatten lange rote Haare. Unter den Studenten hatte sich zunächst schleichend Hysterie und Panik ausgebreitet. Schließlich eskalierte die Situation am Campus und drohte außer Kontrolle zu geraten. Das Team der Kripo ermittelte unter zunehmendem Druck. Lagarde erhielt den Auftrag von höchster Stelle in Paris, den Kollegen als Berater zur Seite zu stehen. Ziemlich schnell fand er heraus, dass der Hausmeister der Uni Psychopharmaka und Drogen an Studenten verkaufte, die dem Leistungsdruck nicht gewachsen waren. Ein Sondereinsatzkommando unter Lagardes Führung hatte mitten in der Nacht dessen verwahrlostes, einsam gelegenes Haus gestürmt. Im Keller hinter einer verriegelten Eisentür hatten sie die drei Frauen gefunden. Körperlich waren sie unversehrt, ihre Seelen jedoch waren durch die traumatischen Ereignisse zutiefst verletzt und beschädigt. Während sämtlicher Verhöre hatte der Hausmeister geschwiegen. Es war unmöglich gewesen, seine Motive und Absichten zu ergründen, obwohl Lagarde ihn nicht mit Samthandschuhen angefasst hatte. Das war tatsächlich eine ganz sonderbare Geschichte gewesen.

Lagarde konzentrierte sich auf die Gegenwart. »Madame, würden Sie mir bitte die Jahrbücher der juristischen Fakultät heraussuchen«, erinnerte er die Sekretärin an ihren Auftrag.

»Ja, natürlich, Monsieur le Commissaire.«

Seit sie wusste, wen sie vor sich hatte, war ihr Verhalten deutlich höflicher und entgegenkommender geworden.

Sie legte einen Stapel Hochglanzmagazine auf einen Tisch.

»Das sind die aktuellen Jahrbücher von allen Semestern der juristischen Fakultät. In der Mitte der Broschüren finden Sie jeweils eine doppelseitige Fotografie der Studenten.«

»Vielen Dank, Madame.«

»Sollten Sie die jungen Männer nicht finden, suche ich Ihnen die Jahrbücher der anderen Fakultäten heraus. Unsere Suche wird von Erfolg gekrönt sein. Sie werden sehen. Eher geben wir nicht auf.« Madame Gisèles Augen glänzten. Kriminalistischer Ehrgeiz hatte sie gepackt.

Der Kommissar legte das Foto aus dem Ferienhaus neben die Bücher und machte sich an die Arbeit.

Die Sekretärin brachte eine Tasse Milchkaffee für ihn und schaute ihm über die Schulter, während er die Gruppe junger Männer und Frauen betrachtete, die das vierte Semester erfolgreich beendet hatten.

»Da«, rief die Sekretärin. »Schauen Sie. Da haben wir die drei.«

Tatsächlich.

Die Studenten standen zusammen in der zweiten Reihe und lächelten in die Kamera. Leandro de La Fontaine stand ein Stück von ihnen entfernt und machte ein düsteres Gesicht.

»Das ist ja merkwürdig«, murmelte Lagarde.

»Was ist merkwürdig?«

»Das Bild aus dem Ferienhaus. Die vier Burschen umarmen sich und nennen sich das Vierergespann. Sie scheinen dicke Freunde zu sein.«

Madame Gisèle verglich die beiden Fotos sehr gründlich. »Zu Semesterschluss waren sie das definitiv nicht mehr«, folgerte sie.

Dieser Einschätzung konnte Lagarde nur zustimmen. Patric Lemaitre, Julien Perrot und Bernard Martin hielten Distanz zu Leandro de La Fontaine. Etwas war passiert. Ganz offensichtlich. Aber was?

Madame Gisèle hämmerte auf ihre Computertastatur ein. »Die drei Studenten müssten jetzt Strafrecht im großen Vorlesungssaal hören«, verkündete sie nach erstaunlich kurzer Zeit. »Kommen Sie, Monsieur le Commissaire. Ich führe Sie dorthin.«

Ihr Eifer war nicht mehr zu bremsen. Er folgte ihr durch lange Gänge, bis sie ihr Ziel erreicht hatten. Leise öffnete die Sekretärin die Tür.

»Warten Sie hier«, flüsterte sie. »Professor Duval hasst es, wenn man seine Vorlesung stört.«

Mit leisen Schritten näherte sie sich dem Pult, an dem ein hagerer grauhaariger Mann mit einer Brille auf der Stirn stand und in das Mikrofon sprach. Die Tafel hinter ihm war mit Paragraphen, Verordnungen, Regelungen und Querverweisen übersät. Das Auditorium war gut besucht. Konzentriert lauschten die Studenten dem Vortrag. Duval bemerkte die Sekretärin und schaute sie böse an. Sie ließ sich nicht einschüchtern, stellte sich neben ihn und sprach leise auf ihn ein. Der Blick des Professors richtete sich auf Lagarde, der im Türrahmen wartete. Seine Miene wurde zugänglicher. Er nickte verstehend.

»Die Studenten Lemaitre, Perrot und Martin möchten bitte den Saal verlassen und der Sekretärin des Dekans folgen. Jemand möchte in einer dringenden Angelegenheit mit ihnen sprechen«, verkündete er mit Hilfe des Mikrofons.

Die Blicke aller Zuhörer richteten sich neugierig auf die Person an der Tür. Zwei junge Männer folgten der Aufforderung und verließen den Raum. Philippe Lagarde bedankte sich bei Madame Gisèle und stellte sich vor.

»Können wir hier irgendwo ungestört reden und einen Kaffee trinken?«, erkundigte er sich bei der kooperativen Vorzimmerdame.

»Gleich dahinten befindet sich die Cafeteria«, antwortete sie. »Um diese Zeit dürfte dort nicht viel los sein. Und der Kaffee ist gut.«

»Ich bedanke mich ganz herzlich für Ihre Hilfe.«

»Es war mir ein Vergnügen.« Sie strahlte ihn an. »Rufen Sie mich an, wenn Sie weitere Informationen benötigen. Um Ihren Termin mit dem Dekan kümmere ich mich.«

In der Cafeteria hielten sich nur wenige Studenten auf. Die meisten von ihnen besuchten um diese Zeit Seminare und Vorlesungen. Der helle freundliche Raum war funktional, aber dennoch geschmackvoll eingerichtet. Sitzgruppen mit Grünpflanzen bildeten kleine ruhige Oasen.

Lagarde setzte sich mit den jungen Männern an einen Tisch im hinteren Bereich. Dort waren sie ungestört. Zuvor hatte er an der Theke drei Tassen Kaffee, abgepackte Kondensmilch und Zuckertütchen geholt.

Er blickte die beiden jungen Männer offen an. Sie waren gutaussehend, durchtrainiert, gepflegt und machten einen sympathischen Eindruck. Unter einem grauen Pullunder mit dem Emblem der Universität trugen sie weiße Hemden und eine rote Krawatte. Lagarde legte das Jahrbuch neben den Schnappschuss aus dem Schlafzimmer und begann die Befragung.

»Ich ermittle zusammen mit einem Team im Mordfall Leandro de La Fontaine. Würden Sie mir bitte Ihre Namen sagen?«

Anhand der Bilder wusste er, wen er vor sich hatte, wollte es jedoch hören.

»Patric Lemaitre.«

»Bernard Martin.«

Patric war bei der Erwähnung von Leandros Namen blass geworden.

»Es tut uns so leid, dass unser Freund ermordet wurde. Hoffentlich finden Sie seinen Mörder bald und ziehen ihn zur Rechenschaft«, sagte er.

»Davon gehe ich aus«, erwiderte Lagarde. »Wo steckt Julien Perrot?«

»Er ist krank«, erklärte Patric.

»Dann finde ich ihn in seinem Studentenapartment?«

Patric und Bernard sahen sich an.

»Vermutlich«, bestätigte Patric.

»Er hat ein Zimmer in einem Studentenwohnheim«, ergänzte Bernard. »Unterhalb der Burg. Eine Wohnung kann er sich nicht leisten. Seine Eltern sind nicht vermögend. Er hat ein Stipendium.«

»Fällt Ihnen auf den beiden Fotos etwas auf?«, wollte der Kommissar wissen.

Übereinstimmendes Kopfschütteln war die Antwort.

»Nun«, fuhr er fort, »es ist doch offensichtlich, dass auf dem Foto der Uni eine gewisse Distanz zwischen Ihnen herrscht. Was ist in der Zeit zwischen dem Bootsausflug und dem Semesterabschluss geschehen?«

»Gar nichts«, antwortete Patric.

»Überhaupt nichts«, bestätigte Bernard. »Wahrscheinlich war der Fotograf nicht ganz bei der Sache und hat nicht auf den Gesamteindruck geachtet.«

»Ja, genau«, nahm Patric geschickt den Faden auf. »Leandro war zu dem Zeitpunkt mit seinen Gedanken vermutlich ganz woanders. Vielleicht sollte die Uni beim nächsten Mal einen Profi engagieren, der sein Handwerk versteht.«

Lagarde war verblüfft über die Unverfrorenheit, mit der die beiden Studenten den Ausdrucksgehalt des Bildes abstritten. Sie würden erfolgreiche Juristen werden.

»Dürfen wir zur Vorlesung zurückkehren, Monsieur le Commissaire?«, fragte Patric höflich. »Sie ist sehr wichtig für uns, nächste Woche schreiben wir eine Strafrechtsklausur.«

»Natürlich, meine Herren. Ich wünsche viel Erfolg.«

Lagarde nahm einen Schluck Kaffee und sah ihnen nach. Die beiden waren aalglatt, wahrscheinlich würden sie es weit bringen. Er hoffte, dass Julien Perrot gesprächiger sein würde. Seine Adresse hatte ihm die Sekretärin des Dekans notiert. Ansonsten würde er sich Patric und Bernard noch einmal vorknöpfen müssen.

Bevor Lagarde das Studentenwohnheim aufsuchte, in dem Julien Perrot wohnte, hatte er das Apartment von Leandro de La Fontaine in Augenschein genommen. Auch in dieser Wohnung des Mordopfers hatte die Spurensicherung gute Arbeit geleistet. Lagarde wollte lediglich einen Eindruck davon gewinnen, wie Leandro in Caen gelebt hatte. Sein Apartment, im pittoresken alten Viertel nahe der Burg gelegen, war ebenfalls modern und puristisch eingerichtet. Es gab keinerlei Auffälligkeiten oder Besonderheiten. Das Poster einer nackten Frau mit langen dunklen Haaren in eindeutiger Pose hing an einer Schlafzimmerwand gegenüber dem breiten Bett. Für einen Mann in seinem Alter war das nicht ungewöhnlich.

Der Kommissar erreichte das Studentenwohnheim zu Fuß in fünf Minuten. Der Bau war zweistöckig, weiß gestrichen und ohne jeden Charme. Julien Perrot wohnte im ersten Stock. Die Haustür war unverschlossen und Lagarde stieg die Treppe hinauf. Der Flur, von dem die Türen zu den Studentenzimmern abgingen, war schmal und dunkel. Auf den ursprünglich weißen Wänden hatte sich ein Graffitikünstler selbst verwirklicht. Die Darstellung war abstrakt, düster und ihre Aussage kryptisch. Zumindest für Lagarde. Er klingelte an der Wohnungstür. Es dauerte eine Weile, dann hörte er tapsende Schritte, und die Tür öffnete sich. Vor ihm stand ein junger Mann in Boxershorts und T-Shirt. Er war mittelgroß und hatte einen kräftigen muskulösen Körperbau. Die kurzen schwarzen Haare standen widerborstig vom Kopf ab. Das Gesicht war attraktiv, mit gleichmäßigen Zügen und großen dunklen Augen. Sie waren geschwollen und rot geädert. Er machte einen verschlafenen Eindruck und blinzelte Lagarde müde an.

»Guten Tag«, grüßte er höflich. »Was kann ich für Sie tun?«

Der Kommissar zeigte ihm seinen Dienstausweis. »Ich heiße Philippe Lagarde und ermittle im Mordfall Leandro de La Fontaine. Darf ich einen Moment hereinkommen? Ich möchte gerne mit Ihnen sprechen.«

»Ja, natürlich. Kommen Sie herein.«

Das Studentenapartment bildete ein langes Rechteck. Trat man durch die Tür, stand man direkt vor einer winzigen Küchenzeile. Gegenüber befand sich das kleine Bad. Ein offener Durchgang führte in den Wohn- und Schlafbereich. Links an der Wand neben einem Tisch mit zwei Stühlen stand eine Schlafcouch, auf der zerwühlte Bettwäsche lag. Vor dem Fenster hatte der Student seinen Schreibtisch platziert. Auf zwei Böcken lag eine einfache Holzplatte. Darauf stand ein aufgeklappter Laptop, neben dem sich Fachbücher, Mappen, Hefte, Gesetzestexte und Seminarunterlagen stapelten. Neben einem Regal, das von Büchern überquoll, hing ein Poster. Das gleiche wie in der Wohnung von Leandro de La Fontaine. Lagarde ging davon aus, dass es sich bei der überaus attraktiven jungen Frau um eine Sängerin oder Filmschauspielerin handelte, die er nicht kannte.

Julien Perrot bot Lagarde einen Stuhl an. »Ich brauche einen Kaffee«, meinte er. »Möchten Sie auch eine Tasse?«

»Gerne«, antwortete Lagarde.

Während die Maschine blubberte und dampfte, schlüpfte der Student in Jeans und Pullover.

»Entschuldigen Sie meine Aufmachung. Ich habe noch geschlafen, als Sie an der Tür klingelten.«

»Kein Problem, Julien. Darf ich Julien sagen?«

»Na klar.«

Der junge Mann stellte zwei Tassen mit Kaffee und eine Milchtüte auf den Tisch.

Julien lächelte. »Hoffentlich ist Ihnen der Kaffee nicht zu stark.«

»Er kann doch gar nicht stark genug sein, oder?«

Sie lachten.

Dann wurde der Student wieder ernst. »Sie kommen wegen Leandro. Ich war sehr erschüttert über seinen Tod. Haben Sie eine Spur?«

»Wir ermitteln noch, Julien.« Lagarde holte das Jahrbuch und das Foto aus einer Mappe, die ihm die Sekretärin des Dekans gegeben hatte. Er legte die Bilder nebeneinander auf den Tisch. »Ich möchte Sie bitten, Julien, dass Sie sich die beiden Fotografien genau anschauen. Fällt Ihnen etwas auf?«

Der Student zögerte.

»Julien, wenn Sie mir nicht alles erzählen, was Sie wissen, finde ich es doch heraus. Und Sie bekommen Ärger. Das muss ich Ihnen als angehendem Juristen nicht erklären.«

Der junge Mann nickte. »Also gut. Wir, das Vierergespann, waren eng befreundet, sehr eng. Obwohl ich nicht wie meine drei Kommilitonen aus einer wohlhabenden Familie stamme, haben sie mich in ihren Kreis aufgenommen.«

»Sie haben ein Stipendium, nicht wahr? Das heißt, Sie bringen überragende Leistungen.«

Julien grinste. »Nun ja, sagen wir mal so. Die Uni brauchte einen überragenden Rugbyspieler, sonst wäre die Mannschaft abgestiegen.«

»Alles klar, Julien.«

Der junge Mann fuhr fort: »Wir hatten über Pfingsten einige Tage frei und beschlossen, auf den Chausey-Inseln zu zelten. Mit der Jacht von Leandros Vater fuhren wir dorthin. Wir wollten angeln, schwimmen, unseren Fang grillen und uns die Sonne auf den Bauch scheinen lassen. Einfach zusammen ein schönes langes Wochenende verbringen. Sie müssen wissen, dass wir für unsere Semesterabschlussarbeit schwer geschuftet hatten.«

Er verstummte und dachte nach.

»Wenn wir zu viert gefahren wären, dann würde unsere Freundschaft wahrscheinlich noch bestehen. Vielleicht haben wir einen Fehler gemacht. Aber jetzt ist es eh zu spät.«

»Was für einen Fehler?«

»Wir haben Mädchen mitgenommen, Monsieur le Commissaire. Wenn man einen Männerurlaub plant, ist das keine gute Idee.«

»Berichten Sie bitte weiter, Julien.«

»Ich hatte mich kurz vor dem Urlaub in Corinne Guerlain verliebt. Sie studierte ein Semester unter uns. Ohne sie wollte ich nicht verreisen. Corinne hat übrigens das Foto auf dem Boot gemacht. Bernard kennt seine Freundin Beatrice schon seit zwei Jahren. Er wollte sie unbedingt dabeihaben. Patrics Freundin hatte keine Lust, und Leandro war zu der Zeit Single.«

»Und was ist auf den Inseln geschehen, Julien?«

Er hob verzweifelt die Hände. »Leandro konnte es nicht verkraften, dass ich eine so schöne, charmante Freundin hatte. Er hat sie angebaggert. Am letzten Abend saßen wir um ein Lagerfeuer und haben zu viel Rotwein getrunken. Ich wurde müde und kroch ins Zelt, um zu schlafen. Leandro schaffte es, Corinne zu überreden, den Schlafsack mit ihm zu teilen. Sie hat mich betrogen und wegen Leandro verlassen. Für mich war das ein schlimmer Verrat.«

»Das hat sicher wehgetan.«

Der Student lächelte traurig. »Sehr weh, Monsieur le Commissaire. Vielleicht hatte das Desaster auch damit zu tun, dass Leandro aus einer sehr wohlhabenden Familie stammt und ich nicht.«

»Wie geht die Geschichte weiter?«

»Die beiden waren ungefähr drei Wochen zusammen. Dann zerbrach die Beziehung. Leandro hatte ein gestörtes Verhältnis zu Frauen. Sobald er sie besaß, war er nicht mehr nett. Er kommandierte sie herum, war unfreundlich, herrisch, manchmal unausstehlich. Wenn er seinen Willen nicht bekam, wurde er grob und aggressiv. Unter Alkoholeinfluss sogar handgreiflich. Corinne war völlig entsetzt über sein Verhalten. Sie trennte sich von ihm und flüchtete vor seinen Wutausbrüchen in die USA. Sie absolviert dort ein Auslandssemester.«

»Wegen dieser Ereignisse zerbrach der Pakt des Vierergespanns?«

»Ja, genau. Auch Patric und Bernard wollten mit Leandro nichts mehr zu tun haben. Nicht, weil er mit Corinne geschlafen hatte. Da gehören immer zwei dazu. Aber dieses respektlose Verhalten einer Frau gegenüber konnten sie genauso wenig hinnehmen wie ich.«

»Das tut mir leid, Julien. Aber solche Dinge geschehen eben. Du bist ein netter intelligenter Kerl und wirst eine neue Freundin finden.«

Julien antwortete nicht. Er betrachtete das Poster.

»Das ist sie, auf dem Bild, Corinne. Sie hat es mir geschenkt. Es wird immer einen Ehrenplatz haben.«

Lagarde war berührt von dem Ausmaß des jugendlichen Liebeskummers. Er behielt es für sich, dass Corinne das Poster auch Leandro überlassen hatte.

»Hatten Sie seit dieser Zeit noch Kontakt zu Leandro?«

»Wir sahen uns häufig, schließlich studierten wir im selben Semester. Aber ich ging ihm aus dem Weg, Patric und Bernard ebenso.«

»Haben Sie Leandro ermordet? Getrieben von glühender Eifersucht?«

Julien seufzte. »Ich will als Staatsanwalt Karriere machen, Monsieur le Commissaire. Da bringt man nicht einfach jemanden um. Und warum hätte ich so lange warten sollen? Meine Eifersucht ist längst verglüht.«

Lagarde erhob sich. »Danke für Ihre Kooperationsbereitschaft und den guten Kaffee.«

»Ich begleite Sie noch zur Tür.«

»Ach, übrigens, Julien.«

»Ja?«

»Wegen Ihrer schlimmen Erkältung. Zu meiner Studienzeit hat man einen fetten Kater mit Salzheringen bekämpft. Nur so als Tipp.«

Lachend winkte ihm der Student zum Abschied, bevor er die Wohnungstür schloss.

Wie an jedem Morgen begrüßte Violette Boyer den neuen Tag mit einem starken doppelten Mokka. Sie schlüpfte in einen bequemen Trainingsanzug und schnürte ihre Laufschuhe. Die langen blonden Haare band sie zu einem Pferdeschwanz. Sie legte – wie immer vor dem Sport – roten Lipgloss auf. Violette liebte Rituale. Sie boten Schutz vor den Unwägbarkeiten des Lebens. Das Häuschen, das sich geduckt an die Wehrmauer des Mont-Saint-Michel schmiegte, verließ sie durch eine schiefe Eichentür. Sie folgte einer schmalen, um diese Zeit noch menschenleeren Gasse, lief eine steinerne Treppe hinab und glitt durch einen Spalt im Mauergestein.

Nachdem sie den Freiheitsturm umrundet hatte, lief sie über einen feuchten Sandstreifen und überquerte den alten Deich. Ihre Laufstrecke führte sie fünf Kilometer nach Westen, am Meeresufer entlang, über schmale Strandabschnitte, durch schwarzes Felsgestein und über mit Flechten überzogene Dünenpfade. Dann schlug sie einen Haken und lief über Feldwege, Pappelalleen und durch einen lichten Kiefernhain zu ihrem Ausgangspunkt zurück. Gewissenhaft beendete sie den knapp einstündigen Lauf mit ausgiebigen Dehnübungen und vollführte eine bemerkenswerte Anzahl von Liegestützen. Sie setzte sich auf einen halbierten Baumstamm und griff nach ihrer Trinkflasche, die am Gürtel befestigt war. Durstig trank sie das kalte Wasser. Wie jeden Morgen winkte sie dem Schäfer zu, der mit seinen grasenden Schafen auf einer Wiese stand. Der Mann mit dem großen schwarzen Schlapphut grüßte freundlich zurück. Violette genoss den Ausblick auf die Bucht, die sich jeden Morgen von einer anderen, faszinierenden Seite zeigte. Bleifarben lag die pyramidenförmige Silhouette des Klosterberges vor ihr. Meerwasser hatte sich in Niederungen gesammelt, so dass sich Hunderte von graublauen Teichen, von Grassoden getrennt, bis zum Horizont erstreckten. Die Morgenröte färbte die schwebenden Wolken rosa, orange und violett.

Die Polizistin erhob sich und trabte gemächlich zum Haus zurück. Nach einer Dusche füllte sie eine Schale mit Haferflocken, Obst, Nüssen und Joghurt. Während des Frühstücks blätterte sie gedankenverloren die Zeitung durch. Der Mord an Leandro de La Fontaine war von den Titelseiten verschwunden. Das kollektive Vergessen setzte immer schneller ein. Sie vermutete, dass es an der Reizüberflutung lag, der die Menschen ausgesetzt waren. Inzwischen bekam sie pro Tag mindestens siebzig dienstliche Mails, die zu bearbeiten waren. Seit Henri unter gesundheitlichen Problemen litt, hatte sich die Anzahl verdoppelt. Im Inneren des Blattes fand sie eine kleine Notiz mit der Überschrift: »Ermittlungen im Mordfall Leandro de La Fontaine festgefahren. Die Polizei tappt nach wie vor im Dunkeln«. Ein Reporter hatte sich an der Geschichte festgebissen. Wahrscheinlich wurde er von Isabelle de La Fontaine fürstlich dafür honoriert.

Violette warf einen Blick auf die Küchenuhr. Es wurde Zeit, nach Saint-Lô in das städtische Krankenhaus zu fahren. Als Assistentin von Kommissar Dugardin trug sie meistens Zivilkleidung. Sie entschied sich für eine schwarze Hose, eine weiße Bluse und einen rubinroten Blazer. Eine Polizeiuniform würde das Mädchen erschrecken, das wollte sie auf keinen Fall. Der Dienstwagen parkte auf dem neuen großen Parkplatz. Nach einigem Stottern sprang der Motor an, und sie machte sich auf den Weg in die Hauptstadt des Département Manche.

Saint-Lô lag auf einem Hügel oberhalb des Flusses Vire, inmitten der typischen Heckenlandschaft des Cotentin. Die Stadt war 1944 durch ständige Bombenangriffe der Alliierten, die den Rückzug der deutschen Armee von der nördlichen Halbinsel verhindern wollten, fast völlig zerstört worden. Der Wiederaufbau war in nüchternem Stil erfolgt, dennoch war Saint-Lô eine liebenswerte Stadt, die interessante Sehenswürdigkeiten zu bieten hatte. Das Krankenhaus, ein abweisender Betonklotz, lag im Norden der Stadt. Violette kannte den Weg dorthin nur zu gut. Als sie die Eingangshalle betrat, fragte sie sich erneut, warum man für die Wände und den Linoleumboden diesen hässlichen gelbbraunen Farbton gewählt hatte. Das Treppenhaus war schwarz gefliest. Wie mochten diese deprimierenden Farben auf kranke Menschen wirken?

Violette bemerkte, dass sie nur noch schwer Luft bekam und ihre Hände zitterten. Neben der Pforte stand ein Getränkeautomat. Sie holte sich einen Becher mit Kaffee, setzte sich auf eine schwarze Bank und versuchte, tief durchzuatmen. Ihre Nerven beruhigten sich langsam. Sie starrte auf einen Wegweiser, auf dem »Intensivstation« geschrieben stand. Dort war vor acht Wochen, drei Tagen und elf Stunden ihre geliebte Mutter gestorben. Sie war erst zweiundsechzig Jahre alt gewesen. Nach einem Schlaganfall war sie mit dem Notarztwagen eingeliefert worden. Violette hatte ihre Hand gehalten, bis sie aufgehört hatte zu atmen. Damals hatte sie sich geschworen, dieses Krankenhaus nie wieder zu betreten. Doch jetzt saß sie hier, weil Philippe Lagarde wollte, dass sie mit Raja Slimani sprach.

Sie gab sich einen Ruck, fragte den Pförtner nach der Zimmernummer der Patientin und fuhr mit dem Aufzug in den fünften Stock. Nervös zuckte sie mit der Schulter. Gerade als sie an Rajas Zimmertür klopfen wollte, tauchte eine Krankenschwester auf und rief: »Stopp, da können Sie nicht rein.«

»Warum nicht?«

Die Schwester betrachtete sie argwöhnisch. »Wer sind Sie überhaupt? Gehören Sie zur Familie?«

Violette zeigte ihren Dienstausweis. »Ich muss dringend mit Raja Slimani sprechen. Ich ermittle in einem Mordfall.«

»Ich verstehe. Allerdings muss ich den Stationsarzt fragen, ob Sie mit Raja sprechen dürfen.«

Die Krankenschwester verschwand in einem Zimmer. Nach einigen Minuten war sie zurück.

»Der Arzt hat nichts dagegen. Die Patientin ist psychisch stabil und kann Besuch empfangen. Es gibt nur ein Problem.«

Violette sah sie fragend an.

»Raja sollte eigentlich schon entlassen werden, doch

plötzlich bekam sie hohes Fieber. Antibiotika schlugen nicht an. Deshalb vermuten die Ärzte eine Virusinfektion. Raja befindet sich in Quarantäne, wir mussten sie isolieren.«

»Und was heißt das genau?«

Die Schwester deutete auf einen Tisch, auf dem gestapelte Schutzkleidung aus grünem Kunststoff lag.

»Sie müssen Schutzkleidung anlegen, damit Sie sich nicht anstecken.«

Die Polizistin zog ihren Blazer aus und zwängte sich in den grünen steifen Kittel. Das blonde Haar verschwand unter einer Haube, die erdbeerroten Lippen bedeckte ein Mundschutz. Latexhandschuhe vervollständigten die Schutzkleidung. Violette kam sich vor wie eine Mitarbeiterin im Hochsicherheitsbereich eines Atomkraftwerkes.

Die Krankenschwester klopfte an die Tür, öffnete sie und rief fröhlich: »Besuch für dich, Raja.« Sie setzte keinen Fuß in den Raum. »Gehen Sie nur«, forderte sie Violette auf. »Die Kleine freut sich über jeden Besuch. Ihr ist oft langweilig. Sie hat keine Mitpatienten und darf das Zimmer natürlich auch nicht verlassen.«

Violette trat ein und schloss die Tür hinter sich. »Hallo, Raja«, begrüßte sie das Mädchen mit betont freundlicher Stimme.

Raja Slimani lag in einem Krankenhausbett, das einsam in einem großen, lichtdurchfluteten Zimmer stand. Auf einem Tisch an der Wand stand unberührt ein Tablett mit ihrem Frühstück. Sie griff nach der Fernbedienung und schaltete den Fernseher aus, der ihrem Bett gegenüber an der Wand montiert war.

»Hallo«, antwortete sie. »Ich mache mir einen Zeitvertreib daraus, an den Stimmen zu erkennen, welche Person in der grünen Verkleidung steckt. Ihre Stimme habe ich noch nie gehört. Aber ich freue mich immer über Besuch. Wer sind Sie?«

Das Mädchen lächelte Violette fragend an. Sie war eine Schönheit. Die schwarzen seidigen Haare reichten bis zur Taille. Ihre fiebrig glänzenden rehbraunen Augen beherrschten das schmale Gesicht. Die feine Nase schien noch ein wenig geschwollen zu sein. Der schlanke Körper mit den langen Beinen steckte in einer Jogginghose und einem Sweatshirt. Die Zudecke hatte sie am Bettende zusammengelegt, ihr war sicherlich zu warm. Rosa Wollsocken wärmten ihre Füße. Ohne Frage hatte Leandro de La Fontaine sie unwiderstehlich anziehend gefunden.

»Ich bin von der Polizei und möchte mit dir sprechen. Darf ich du sagen?«

»Aber ja. Hier duzen mich alle. Von der Polizei? Ich habe nichts aufgefressen. Seit Tagen sitze ich hier fest. Ich darf das Zimmer nicht verlassen.«

»Natürlich hast du nichts ausgefressen. Ich will dir nur ein paar Fragen stellen. Ich kann mir vorstellen, wie schlimm es für dich ist, nicht nach draußen zu können und alleine in dem Zimmer zu liegen. Das tut mir wirklich leid. Aber das Fieber wird sicherlich bald sinken. Dann darfst du nach Hause.«

Raja zeigte auf einen Stuhl neben dem Bett. »Setzen Sie sich doch.« Sie zwinkerte Violette zu und flüsterte verschwörerisch: »So schlimm ist das gar nicht. Die Leute hier sind total nett. Ich kann den ganzen Tag fernsehen und Schokolade essen. Zu Hause darf ich das nicht. Und ständig heißt es, Raja mach dies, Raja mach das.«

Die Polizistin zwinkerte zurück. »Ich verstehe.«

Dann kam sie auf den Grund ihres Besuches zu sprechen.

»Die Polizei sucht den Mörder von Leandro de La Fontaine. Deshalb möchte ich mit dir reden.«

Die Erwähnung des Namens ließ das Mädchen erstarren.

»Er hat mich geschlagen«, flüsterte sie mit zitternder Stimme. »Ganz schlimm geschlagen.« Doch plötzlich glitt ein Lächeln über ihr Gesicht. »Aber der nette Stationsarzt meint, meine Nase wird bald wieder wie vorher ausschauen. Eine Kieferchirurgin hat meinen Zahn wieder eingesetzt. Schauen Sie mal.«

Sie zeigte der Assistentin ihren Schneidezahn.

»Wie neu«, sagte Violette.

»Das kann man wohl sagen. Die Ärztin war so cool. Ich glaube, ich will auch Zahnärztin werden.«

»Das ist ein guter Plan, Raja.«

Abrupt kam es zu einem Stimmungswechsel. Raja schaute besorgt, ja ängstlich.

»Was hast du denn?«, fragte Violette. »Geht es dir nicht gut? Soll ich die Schwester rufen?«

Das Mädchen schüttelte den Kopf. »Nein, mit mir ist alles in Ordnung. Es ist nur … Mein Vater hat mir verboten, der Polizei zu erzählen, was passiert ist. Wir haben von seiner Chefin Geld bekommen. Viel Geld.«

»Mach dir keine Sorgen, Raja. Das wissen wir schon. Ein Kollege von mir hat es herausgefunden.«

»Puh, da bin ich aber froh.«

»Magst du mir erzählen, was genau passiert ist?«

Das Mädchen nickte tapfer. Schnell wischte sie eine Träne weg.

»Leandro hatte ein Auge auf mich geworfen. Immer wieder hat er mich abgepasst und wollte mich streicheln und küssen. Das ist nicht recht. Ich bin ein minderjähriges muslimisches Mädchen. Außerdem fand ich ihn unsympathisch. Doch eines Tages war er auf einmal nicht mehr fordernd und aggressiv, sondern richtig charmant. Er hat mich in sein Zimmer eingeladen, auf ein Glas Champagner. Muslime trinken keinen Alkohol. Aber ich wollte für mein Leben gern einen Schluck davon kosten. Es soll ein ganz besonderes Getränk sein.«

Mit einer anrührenden Geste schob sie eine Haarsträhne hinter ihr Ohr. Es fiel ihr sichtlich schwer, von dem Angriff zu erzählen.

»Kaum hatte ich sein Wohnzimmer betreten, fing er an, mich zu begrapschen. Er hielt mich fest und packte meine Brust. Ich schrie und wehrte mich. Es gelang mir, mich loszureißen. Ich hatte große Angst vor ihm. Aber ich war auch wütend. Sehr wütend, weil er so hinterhältig war. Ich gab ihm eine Ohrfeige. Daraufhin hat er zugeschlagen. Ich bin umgekippt wie ein gefällter Baum.«

»Und wie ging es dann weiter? Wie bist du aus dem Zimmer und ins Krankenhaus gekommen?«

»Maurice de La Fontaine hat mich gerettet. Wahrscheinlich haben meine Schreie ihn alarmiert, jedenfalls stürzte er ins Zimmer. Ich habe noch nie einen so zornigen Mann gesehen. Er hat Leandro angebrüllt und ihn geschüttelt. Wollen Sie wissen, was sein Sohn gesagt hat?«

»Ja.«

»Er hat gesagt.« Raja schluckte. »Er hat gesagt, er verstünde die ganze Aufregung nicht. Ich wäre doch nur eine kleine, dreckige, muslimische Schlampe.«

Das Mädchen begann zu schluchzen. Violette nahm sie in den Arm und wiegte sie sanft.

»Ist ja schon gut, Raja. Er kann dir nichts mehr tun.«

Die Kleine beruhigte sich. »Er hat auch was abgekriegt. Sein Vater hat ihn mit dem Handrücken ins Gesicht geschlagen. Das hätte ich schon viel früher tun sollen, hat er geschrien. Dann hat er mich ins Krankenhaus gebracht und mich getröstet.«

Aufrecht saß sie im Bett. Sie war kreidebleich. Die rehbraunen Augen mit den goldenen Tupfen fixierten Violette.

»Ich habe Angst«, flüsterte sie.

»Wovor hast du Angst?«

»Ich habe Angst, dass mein Vater Leandro umgebracht hat. Wegen meiner Ehre und der meiner Familie, wissen Sie?«

Violette Boyer hatte im Kiosk des Krankenhauses eingekauft und ging zurück in Rajas Zimmer, ohne sich um die Schutzkleidung zu scheren. Weit und breit war kein Personal zu sehen. Sie breitete die Schätze, die sich das Mädchen gewünscht hatte, auf dem Beistelltisch aus. Modemagazine, ein dickes Sudokuheft, Kirsch- und Pfirsichsaft, Kartoffelchips und Schokoladenkuchen.

Raja war begeistert. »Ich danke Ihnen. Sie sind so freundlich.« Sie umarmte die Polizistin. »Mit den Rätseln will ich mein Gehirn trainieren«, erklärte sie mit ernster Miene. »Das ist wichtig für mein Zahnmedizinstudium.«

Violette lachte. »Es ist zumindest ein Anfang.«

»Oh, ich habe keinen Stift.«

Die Polizistin wühlte in ihrer Umhängetasche und legte einen silbernen Kugelschreiber auf das Heft. »Jetzt hast du einen.«

»Der ist aber schön. Ist er wertvoll?«

»Er passt zu dir, Raja. Du bist auch wertvoll.«

Bevor sich Violette von der Kleinen verabschiedete, drückte sie ihr eine Visitenkarte in die Hand. »Du kannst mich jederzeit anrufen, Raja. Sollte dich wieder ein Mann belästigen, meldest du dich sofort. Dann erschieße ich ihn.«

Raja kicherte. Violette war erleichtert, dass sie ein fröhliches Mädchen zurückließ.

Als sie das Krankenhaus verließ, näherten sich zwei kleine dicke Personen mit olivfarbener Haut. Jeder schleppte eine schwere Plastiktüte. Die Frau redete pausenlos auf den Mann ein.

Entspannt machte sich die Polizistin auf den Rückweg. Sie genoss die Fahrt durch die malerische Landschaft des Cotentin, die im Sonnenschein lag. Ein kräftiger Wind zerzauste die Hecken und fegte über Wiesen und Ackerland.

Rechtzeitig zu ihrem Treffen mit Philippe Lagarde traf sie in Beauvoir ein, einem kleinen Ort mit grauen Granitsteinhäusern und engen holprigen Gassen, wenige Kilometer südlich des Mont-Saint-Michel auf dem Festland gelegen. Es gab keine Straßennamen, nur Hausnummern. Die Nummer elf befand sich im Ortskern neben der Metzgerei. Dort wohnte Julie Brunel, die junge Frau, die Leandro de La Fontaine in der Diskothek in Jullouville belästigt hatte. Wenige Stunden später war er ermordet worden.

Lagarde hatte sich telefonisch angemeldet, um sicherzugehen, Julie Brunel auch zu Hause anzutreffen. Er stand vor dem Haus und plauderte mit einer alten Dame. Das windschiefe Gebäude war einstöckig, mit kleinen Fenstern und grünen Läden. Auf dem Schieferdach saß ein roter Kamin. Die Fassade war mit wildem Wein überwachsen.

Violette parkte am Straßenrand und stieg aus.

Lagarde winkte ihr zu. Er wandte sich an die Frau. »Das ist meine Kollegin, Violette Boyer. – Violette, das ist Madame Brunel, die Großmutter von Julie Brunel. Ich habe ihr bereits erklärt, dass wir die Hilfe ihrer Enkelin benötigen, da wir in einem komplizierten Fall ermitteln.«

»Sehr erfreut«, sagte die alte Dame. Sie hatte ein schwarzes Haarnetz über die silbernen Locken gestülpt und trug über der Schürze eine warme Wolljacke. Arglos lächelnd wandte sie sich an Violette und erzählte stolz: »Meine Julie ist ein gescheites liebes Mädchen. Vielleicht kann sie Ihnen tatsächlich helfen.«

»Ja, vielleicht, Madame Brunel«, bestätigte der Kommissar.

Er war ja so freundlich und charmant. Madame Brunel hätte noch ewig mit ihm auf der Gasse stehen und plaudern mögen. »Ich bewohne das Erdgeschoss. Das Treppensteigen fällt mir inzwischen schwer. Julie wohnt im ersten Stock. Seit einigen Wochen lebt ihr Verlobter bei ihr.« Auf der Stirn der alten Dame bildete sich eine tiefe Furche. »Ich finde ihn etwas sonderbar. Aber nun ja, über Geschmack lässt sich nicht streiten, nicht wahr?«

Die Polizisten verabschiedeten sich von Madame Brunel und stiegen in den ersten Stock. Lagarde klopfte an die Tür. Eine junge Frau öffnete.

»Guten Tag. Ich bin Julie Brunel«, begrüßte sie ihren Besuch.

»Sie sind von der Kriminalpolizei, nehme ich an.«

»Guten Tag, Mademoiselle Brunel. Ich heiße Philippe Lagarde, und das ist Violette Boyer. Wir haben heute Morgen telefoniert.«

Die junge Frau führte die Polizisten in das Wohnzimmer. Der kleine Raum mit der niedrigen Decke war mit hellen Eichenmöbeln eingerichtet. Auf dem Holzboden lagen bunte Läufer. Von den beiden Sprossenfenstern aus blickte man auf einen Weiher, auf dem sich Enten und Gänse tummelten. Schilfgras und Erlen erhoben sich am Uferrand. Zwischen den Baumkronen lugte die Turmspitze eines Herrenhauses.

Der Salon wurde von einem Flachbildfernseher dominiert. Rennwagen rasten über eine Piste. Das Geräusch der aufheulenden Motoren und die Stimme des Reporters waren ohrenbetäubend laut. Auf dem Sofa saß ein Mann, der den Besuch misstrauisch musterte. Er war mindestens zehn Jahre älter als seine Verlobte. Sie warf ihm einen strengen Blick zu. Er erhob sich widerwillig und schüttelte den Kripobeamten die Hand.

»Gilbert Morin, angenehm.«

»Gil, machst du bitte den Fernseher aus.«

Er gehorchte. Sie setzten sich um den Couchtisch.

»Darf ich Ihnen etwas anbieten? Einen Kaffee vielleicht?«, fragte Julie.

»Nein, danke«, sagte der Kommissar.

Violette lehnte ebenfalls dankend ab. Unauffällig betrachtete sie den Verlobten von Julie. Jetzt verstand sie die Sorge ihrer Großmutter. Der Typ sah aus wie ein Zuhälter. Eine Stirnglatze kompensierte er mit einem dünnen ungepflegten Pferdeschwanz. Die Gesichtszüge wirkten einfältig und brutal. Seine breite Nase wies einen Knick auf, als wäre sie schon einmal gebrochen gewesen. Er war mittelgroß, stämmig und hatte einen Bierbauch. Auf der schwarzen abgewetzten Kunstlederweste glänzten silberne Nieten, Ketten und seltsame Runenzeichen. Julie hingegen sah aus wie eine Madonna. Das bis zur Taille reichende dunkelbraune Haar war in der Mitte gescheitelt und wellte sich sanft. Das blasse Gesicht war schmal, der Mund herzförmig. Sie war groß, schlank und bewegte sich anmutig wie eine Ballerina.

»Wir ermitteln im Mordfall Leandro de La Fontaine«, erläuterte Lagarde.

»Der Dreckskerl hat es nicht besser verdient«, fauchte Gilbert Morin.

»Gilbert, ich bitte dich. Was soll die Polizei von uns denken? Entschuldigen Sie bitte«, wandte sie sich an Violette. »Mein Verlobter ist etwas aufbrausend und sehr eifersüchtig. Leo war ein mieser Zeitgenosse, aber ein solches Ende hat er nicht verdient.«

»Was ist in der Disco in Jullouville passiert?«, fragte Violette.

Julies Wangen färbten sich rosa. »Es gab einen unangenehmen Zwischenfall«, erklärte sie.

Gilbert brauste auf. »Einen unangenehmen Zwischenfall. Er wollte dich vergewaltigen, das Schwein!«

Lagarde sah Gilbert streng an. »Würden Sie bitte Mademoiselle Julie ausreden lassen.« Aufmunternd nickte er ihr zu.

»Also, wir saßen an der Bar, Gil und ich und meine

Freundin Yvonne mit ihrem Verlobten Eric. Ein paar Meter weiter saß Leandro.«

»War er alleine?«, wollte der Kommissar wissen.

»Ja, er war alleine, und er hatte ganz schön gebechert. Champagner und Wodka.«

»Was die reiche Brut eben so säuft«, rief Gil.

Lagarde brachte ihn mit einem Blick zum Schweigen.

»Ich musste auf die Toilette«, berichtete Julie weiter. »In dem Gedränge auf dem Gang hatte ich nicht bemerkt, dass Leandro mir gefolgt war. Er drängte mich in eine Kabine, wollte mich küssen und griff nach meiner Brust.«

Lagarde hielt Gilbert weiterhin mit Blicken in Schach.

Inzwischen glühte der Mann vor Zorn.

»Yvonne, die ebenfalls die Toilette aufsuchen wollte, hörte meine Hilfeschreie. Sie riss die Tür auf und schlug Leandro ihre Handtasche auf den Kopf. Er stieß mich zur Seite und rannte davon.«

»Und wie ging es dann weiter?«, wollte der Kommissar wissen.

»Yvonne war so empört über diese Attacke, dass sie unsere Verlobten sofort darüber informierte. Leandro saß inzwischen wieder an der Bar. Es kam zu einem Wortwechsel zwischen den Männern, der zu einer heftigen Streiterei eskalierte. Andere Gäste und der Barkeeper wollten schlichten, doch es gelang ihnen nicht. Gil zog Leandro vom Barhocker und stieß ihn auf den

Boden. Zwei Gäste hielten ihn daraufhin fest, bis die Polizei eintraf.«

»Ich hätte ihn erschlagen«, brüllte Gil. »Diesen arroganten aufgeblasenen Geldsack.«

»Gil, bitte!« Julies Stimme klang verzweifelt. »Du belastest dich selbst mit solchen Aussagen. Es ist doch nichts passiert.«

»Nichts passiert? Er hat dich bedrängt und angefasst.«

»Warum haben Sie Leandro de La Fontaine nicht angezeigt?«, fragte Violette.

»Dann hätte ich meine Stelle verloren. Ich arbeite im Hotel ›Schwarzer Rabe‹ auf dem Mont-Saint-Michel als Zimmermädchen. Isabelle de La Fontaine hätte mich sofort gefeuert. Leandro war ihr Augenstern.«

»Ich verstehe.« Lagarde nickte. Die Chefin des Imperiums hatte immer versucht, ihren Sohn zu schützen. »Wo waren Sie und Ihr Verlobter in jener Nacht zwischen Mitternacht und zwei Uhr morgens?«

»Sind wir etwa verdächtig?« Julie war entsetzt.

»Reine Routinefrage«, beruhigte Violette sie.

»Wir sind nach Hause gegangen. Nach dem Zwischenfall hatten wir keine Lust mehr auf Disco.«

»Das heißt, Sie geben sich gegenseitig ein Alibi?«

»Wir haben mit dem Mord an Leandro nichts zu tun.« Flehentlich sah sie ihren Verlobten an. »Sag doch auch mal was, Gil.«

»Es stimmt, was sie sagt. Jemand anderes hat die Drecksarbeit übernommen. Ich war das nicht. Schließlich bin ich ein rechtschaffener Handwerker und kein Killer.«

»Eine Frage habe ich noch«, erklärte Lagarde. Er legte das Foto aus dem Ferienhaus, das die vier lachenden jungen Männer zeigte, auf den Tisch. »Kennen Sie diese Personen?«

Julie betrachtete das Bild. »Da rechts, das ist Leo. Aber die anderen? Doch, warten Sie mal.« Sie sah genauer hin. »Der hier saß an dem Abend auch an der Bar. Sieh doch mal, Gil. Das war der doch.«

Der Verlobte musterte die Gesichter auf dem Foto. »Ja, du hast recht. Der Typ saß auch an der Bar. Er hatte bis zu dem Streit schon einige Bier intus. Nicht jeder kann sich in der Disco Wodka und Champagner leisten so wie der reiche Stinkstiefel.« Er deutete auf Julien Perrot.

Die Polizisten verabschiedeten sich und trafen am Treppenabsatz auf Madame Brunel.

»Konnte meine Enkelin Ihnen behilflich sein?«, fragte sie.

»O ja, Madame Brunel«, entgegnete Lagarde. »Julie hat uns sehr geholfen. Sie haben wirklich eine wunderbare Enkelin, auf die Sie stolz sein können.«

Die alte Dame strahlte ihn glücklich an. Dann erschien erneut die Sorgenfalte auf ihrer Stirn. »Wie schätzen Sie diesen Gil ein? Sie kennen sich doch aus. Ist der Kerl in Ordnung?«

Lagarde konnte ihr unmöglich erklären, dass sich der Verlobte ihrer Enkelin soeben selbst an die Spitze der

Liste der Verdächtigen katapultiert hatte. Sie würde kein Auge mehr zutun.

»Wissen Sie, Madame Brunel, Ihre Enkelin ist ein kluges, patentes Mädchen. Wenn der Mann nicht zu ihr passt, beendet sie die Beziehung. Sie wird die richtige Entscheidung treffen.«

Die Antwort schien Madame Brunel zu beruhigen. Sie schüttelte seine Hand und meinte: »Es war mir eine große Freude, Sie kennenzulernen.«

Lagarde übergab ihr mit ernster Miene seine Visitenkarte. »Wenn Ihnen etwas merkwürdig vorkommt, zögern Sie nicht, mich anzurufen.«

Ehrfürchtig nahm sie die Karte entgegen.

Auf dem Weg zu ihren Autos meinte Violette: »Das war eine salomonische Aussage der alten Dame gegenüber.«

»Gil wird Julie nichts tun. Der tickt anders.«

Sie nickte.

»Aber vielleicht ist er ein Mörder.«

Die beiden Polizisten hatten beschlossen, im Café der Familie de La Fontaine auf dem Klosterberg etwas zu trinken und ihre bisherigen Ermittlungsergebnisse zu besprechen. Eine Busladung bestens gelaunter deutscher Touristen ergoss sich aus der Eingangstür. Ihr nächstes Ziel war Bayeux mit dem berühmtesten Teppich der Welt. Es hielten sich nur noch wenige Gäste im Lokal auf. Violette Boyer und Lagarde wählten einen Tisch in einer Nische, wo sie ungestört waren.

Der Kommissar bestellte bei einem mürrischen Kellner Kaffee und Kuchen.

Violette sah sich um. »Hier war ich noch nie. Ich finde die Einrichtung des Cafés ziemlich nüchtern und die Farbgestaltung grell.«

»Am wichtigsten ist es wahrscheinlich, dass eine ganze Busladung voller Menschen hier problemlos Platz findet und schnell bedient werden kann«, antwortete Lagarde mit einem Grinsen im Gesicht.

Der Kellner hatte ihre Bestellung gebracht. Mit großem Appetit machte sich die Polizistin über den Kuchen her. Lagarde sah ihr zu. Er mochte Frauen, die ungekünstelt und sichtlich hungrig aßen. Odette machte das auch so. Violette sah hübsch aus. Weich fielen ihre blonden Haare über die Wangen auf den eleganten Blazer.

Lagarde trank von seinem Kaffee und meinte: »Leandro de La Fontaine hatte ein klares Beuteschema. Er bevorzugte junge, schöne, schlanke Frauen, groß gewachsen und mit langen dunklen Haaren. Von Corinne Guerlain habe ich ein Poster gesehen, und Madame Slimani hat mir eine Fotografie ihrer Tochter gezeigt.«

»Raja Slimani ist ein sehr hübsches Mädchen mit Haaren bis zur Taille«, bestätigte Violette. »Ich verstehe nicht, weshalb Leandro de La Fontaine nicht mit Charme um ein Mädchen warb, das ihm gefiel. Warum diese Aggressivität und Brutalität?«

»Er nahm sich einfach, was er wollte«, antwortete der Kommissar. »Er war es so gewohnt. In seinem Elternhaus ist ihm nie ein Wunsch abgeschlagen worden, zumindest nicht von seiner Mutter.«

»Ja, das könnte eine Erklärung sein. Hat er Corinne Guerlain auch angegriffen?«

»Sie hat Julien Perrot wegen ihm verlassen. Doch auch damit konnte er nicht umgehen. Er hat sie so schlecht behandelt, dass sie sich nach kurzer Zeit von ihm getrennt hat.«

»Dann war er nicht auf der Suche nach einer unabhängigen ebenbürtigen Partnerin, sondern nach einer Marionette.«

»Maurice de La Fontaine kommt mir auch wie eine Marionette vor.«

»Wer hatte ein Motiv, Philippe? Raja Slimani hat Angst, dass ihr Vater der Mörder ist. Leandro hat die Familienehre verletzt. Der Mann muss zu Hause wie ein Irrer getobt haben.«

»Das könnte durchaus sein. Er ist geschickt und erfahren im Umgang mit Messern. Das Alibi, das ihm seine Frau gibt, ist nichts wert.«

»Mein Favorit ist Gilbert Morin«, sagte Violette. »Er muss rasend vor Wut gewesen sein, als er von dem Angriff Leandros auf seine Verlobte hörte. Er hat ihn bis zu seinem Ferienhaus verfolgt und dann erdolcht.«

»Woher hatte der Täter den wertvollen Dolch? Was will er uns mit der Christrose sagen?«

»Ich weiß es nicht, Philippe. Vielleicht ist der Dolch gar nicht wertvoll, und Gilbert Morin hat ihn auf einem Trödelmarkt gekauft. Die Waffe hat ihm gefallen. Es kann doch sein, dass er den Dolch zufällig im Handschuhfach aufbewahrte. Und die Blume hat er in einem Garten gestohlen. Er wollte Verwirrung stiften und von sich ablenken.«

»Wir müssen den Dolch von einem Spezialisten begutachten lassen«, überlegte der Kommissar. Er machte sich eine Notiz. Dann fuhr er fort: »So, wie ich Gilbert Morin einschätze, hätte er Leandro vor der Disco abgepasst, ihn in eine dunkle Ecke gezerrt und zusammengeschlagen. Ein Szenario wie in dem Ferienhaus traue ich ihm nicht zu.«

»Und wenn er es doch war? Würde Julie Brunel ihn decken?«

»Sie ist sehr verliebt in ihn. Oder sie hat geschlafen und seine Abwesenheit nicht bemerkt. Wir sollten noch einmal mit ihr sprechen, ohne ihren Verlobten.«

Violettes Handy klingelte.

»Hallo, Raja, ist alles in Ordnung?«

Das Mädchen schluchzte.

Violette hielt den Hörer zu.

»Sie weint«, informierte sie Lagarde. »Was ist denn los, Raja?«

»Ich habe mit einem Pfleger gesprochen. Er hat mir erklärt, dass ich Abitur haben muss, wenn ich Zahnmedizin studieren will. Ich habe aber nur den mittleren Schulabschluss und mache eine Ausbildung als Krankenschwester.«

»Beruhige dich, Raja. Das ist doch kein Problem. Du beendest deine Ausbildung, machst Abitur und studierst anschließend. Das machen viele Krankenschwestern.«

»Ehrlich, das geht?«

»Na klar geht das.«

»Super, Violette. Salut.«

Die Verbindung wurde unterbrochen. Die Polizistin lächelte. »Die Kleine macht sich Gedanken. Das gefällt mir.« Sie bestellte noch ein Stück Kuchen. »Wo waren wir stehengeblieben?«

»Die Motive, Violette. Julien Perrot hat mich angelogen. Er hat berichtet, dass er Leandro nach dem Pfingsturlaub außerhalb der Uni nicht mehr gesehen hat. Er ist jedoch an jenem Abend in der Disco gewesen.«

»Wir müssen ihn nach seinem Alibi fragen.«

»Ja, das müssen wir. Weißt du, Violette, ich habe mich gefragt, warum Julien mit seiner Rache so lange gewartet hat. Vielleicht wollte er ihm tatsächlich nichts anhaben. Doch dann bekommt er in der Disco mit, was Leandro getan hat. Er erinnert sich daran, wie sein ehemaliger Freund Corinne behandelt hat. Sein Hass lodert wieder auf, und er beschließt, ihn zu töten.«

»Er wusste, wo er Leandro finden würde, und hatte Zeit, die Tat vorzubereiten«, ergänzte sie.

»Julien Perrot ist hochintelligent und streut Hinweise, die uns verwirren sollen«, bemerkte Lagarde.

»Ein Ablenkungsmanöver?«

Ihr Handy klingelte erneut. Sie sah auf das Display.

»Es ist wieder Raja«, stellte sie fest. »Was gibt es denn, Raja? Schon wieder Tränen?«

»Ich glaube, ich habe mich in den Pfleger verliebt, Violette. Er ist Muslim wie ich und ganz süß. Wenn ich Zahnärztin bin und er ein Pfleger, kann das gutgehen? Außerdem wird mein Vater mich erschlagen, wenn er davon erfährt.«

»Raja, du hast den jungen süßen Pfleger doch gerade erst kennengelernt. Warte doch einfach ab, wie sich die Sache entwickelt. Dein Vater muss zunächst nichts davon erfahren.«

»Gute Idee, Violette.«

Wieder wurde die Verbindung unterbrochen.

»Jetzt hat sie sich in einen Pfleger verliebt«, klärte die Polizistin Lagarde auf. »Sie ist von einer bezaubernden Lebhaftigkeit.«

»Und du bist jetzt ihre Freundin.«

»So sieht es aus. Raja hat erzählt, dass Maurice de La Fontaine ihre Hilferufe hörte, als Leandro über sie herfiel«, berichtete Violette. »Er war voller Zorn über das Verhalten seines Sohnes und hat ihm ins Gesicht geschlagen.«

»Du meinst, er hatte endgültig genug von seinem Sohn, der nur Kummer und Ärger verursachte?«

»Es könnte doch sein.«

»Ich weiß, das klingt unprofessionell, Violette. Aber das kann ich mir überhaupt nicht vorstellen. Maurice de La Fontaine liebte seinen Sohn. Und er ist ein Schöngeist, kein Mörder.«

»Seit wann schließt das eine das andere aus?« Sie schenkte ihm ein bezauberndes Lächeln.

»In Ordnung. Du hast recht. Darf ich dich zu einem Glas Wein einladen?«

»Gerne, Philippe.«

Nachdem sie ihren Wein getrunken und weiter diskutiert hatten, verabschiedete Violette sich. Sie wollte noch in ihr Büro in Avranches, um Akten zu bearbeiten, die andere aktuelle Verbrechensfälle betrafen. Ein Juweliergeschäft war überfallen und der Eigentümer schwer verletzt worden. Bei einer nächtlichen Schlägerei zwischen Drogendealern im Niemandsland hinter dem Bahnhof hatte es einen Toten gegeben. Zwei junge Frauen waren nach einem Kinobesuch bedroht und ausgeraubt worden. Außerdem hatte die Polizistin vor, Henri über den aktuellen Stand im Mordfall Leandro de La Fontaine zu informieren.

Lagardes Blick fiel auf einen Ständer mit Postkarten. Er hatte Amélie vor seiner Abreise versprochen, ihr eine Ansichtskarte zu schicken. Prinzessin Pippinette, wie er sie nannte, war im Herbst eingeschult worden. Das kleine Mädchen interessierte sich für seine Reisen und freute sich wie verrückt über jeden Gruß aus der Ferne. Sie konnte schon lesen und entzifferte ohne Hilfe seine sorgfältig gemalten Druckbuchstaben. Gemeinsam mit ihrer Mutter Camille betrachtete sie begeistert die abgebildeten Sehenswürdigkeiten und Landschaften. Lagarde wählte eine Karte, die den Mont-Saint-Michel aus der Vogelperspektive zeigte. Eine Kutsche, gezogen von zwei Kaltblütern, rollte über den Schlick. Er schrieb einige Zeilen und schickte liebe Grüße an sie und Camille. Auch versprach er, in den nächsten Wochen einen Ausflug mit ihr auf den Glaubensberg zu unternehmen. Natürlich gab es auch Grüße an Lali, den heiß geliebten Hund von Amélie.

Der Kommissar zahlte und lief über den Damm zu seinem Auto. Unterwegs warf er die Karte in einen Briefkasten. Eine bedrohliche schwarze Wolkenwand näherte sich der Küste. Dahinter blitzte die Sonne hervor. Die hellen Strahlen blendeten ihn. Die Flut schickte erste Vorboten in die Bucht. Zunehmende Wassermassen ergossen sich auf das Watt. Wie gierige Zungen leckten die Wellen über Tangteppiche und Salzwiesen. Es war seltsam still. Wie eine Ruhe vor dem Sturm.

Lagarde beschloss, einzukaufen und sich anschließend um die Holzlieferung zu kümmern. Wenn Robert Wort gehalten hatte, lagen bereits fünf Ster Brennholz in Henris Garten. Als er Carolles erreichte, türmte sich das näher gerückte Wolkengebirge über dem Ozean. Direkt vor dem kleinen Supermarkt fand er einen Parkplatz. Madame Elodie, die an der Käsetheke mit einer Kundin plauderte, winkte ihm erfreut zu. Dem Kommissar fiel auf, dass sie eine neue Frisur hatte. Als er den Einkaufswagen an ihr vorbeischob, blieb er kurz stehen und machte ihr ein Kompliment. Sie war entzückt, dass er die Veränderung bemerkt hatte. Er bekam das schönste Huhn, den knackigsten Salat, die reifsten Tomaten, das knusprigste Baguette. Eine Schale mit dem köstlichen Ziegenkäse schenkte sie ihm.

Lagarde trug seine Einkäufe in die Küche der Fischerkate. Dann schürte er Feuer im Kamin. Im Garten vor dem Schuppen lag ein Berg Holzscheite, bedeckt mit einer grünen Plastikplane. Die Ecken hatte Robert mit Kieselsteinen beschwert. Windstöße fuhren unter die Abdeckung und wollten sie davontragen. Im Schuppen fand er Arbeitshandschuhe, die er sich überzog. Da er keine Schubkarre entdecken konnte, schlichtete er Scheite in seine Armbeuge und trug sie in den Schuppen. Dort stapelte er das Brennmaterial ordentlich an der Wand. Das Holz – Buche, Fichte und Kiefer – duftete nach Harz und Wald. Er liebte diesen Geruch.

Nachdem er zwei Stunden gearbeitet hatte, stellte er fest, dass der Berg Holz zwar geschrumpft, aber noch lange nicht verschwunden war. Er spürte ein leichtes Ziehen in der Schulter. Die Dämmerung setzte ein, verwischte klare Konturen und verwandelte das Korkeichenwäldchen in eine dunkelgraue undurchdringliche Wand. Lagardes Atem bildete Wölkchen, die in die Luft stiegen. Er entschied, Schluss zu machen, eine heiße Dusche zu nehmen und auf einen Dämmerschoppen in die Dorfkneipe zu gehen. Als er sich zu Fuß auf den Weg machte, lag dichter Nebel über der Küste. Das Meer, der Strand, die Nachbarhäuser waren von der grauen Masse verschluckt worden. Das Rauschen des Ozeans war verstummt. Die Umgebung wirkte wie von Watte umhüllt. Aus der Ferne ertönte in regelmäßigen Abständen das Tuten eines Nebelhorns. Er orientierte sich am schwachen Lichtschein der Straßenlaternen und war froh, als der leuchtend grüne Schriftzug der Kneipe vor ihm auftauchte. Das »Chez Bastien« war wie immer gut besucht. Er fand einen Platz an der Theke und bestellte bei Lou ein Bier vom Fass. Robert konnte er nirgends entdecken. Stattdessen bahnte sich Hubert einen Weg zu ihm. Lagarde freute sich, ein bekanntes Gesicht zu sehen.

»Bonsoir, Hubert. Wie geht es dir? Darf ich dich zu einem Bier einladen?«

»Bonsoir, Philippe.« Grimmig schaute der Mann ihn an.

»Was ist los, Hubert? Sind deine Schafe ausgerissen?«

»Du machst Madame Elodie den Hof«, platzte es aus dem Schäfer heraus. »Das passt mir nicht.«

»Wie kommst du denn darauf?«

»Sie macht dir schöne Augen. Wegen dir war sie beim Friseur und hat sich ein neues Kleid gekauft. Ich mache ihr seit Jahren den Hof, aber wegen mir hat sie so etwas noch nie getan.«

»Aber Hubert, das ist doch Unsinn. Ich kaufe bei ihr ein, das ist alles.«

Hubert war nicht überzeugt. Lagarde versuchte es auf anderem Weg.

»Hast du deiner Angebeteten schon einmal Blumen geschenkt?«

»Blumen?«

»Ja, Blumen. Oder Pralinen. Oder sie ins Kino oder in ein schickes Restaurant eingeladen?«

Hubert war völlig verblüfft. »Nein.«

»Na, siehst du. So geht das nicht. Wenn du eine Frau

begehrst und ihr Herz erobern willst, musst du etwas dafür tun.«

»Aber ich verehre sie doch. Und ich finde sie schön.«

»Und wie soll sie das merken, wenn du es ihr nicht zeigst?«

Hubert zuckte ratlos mit den Schultern.

»Morgen kaufst du einen großen Blumenstrauß, wartest nach Ladenschluss auf sie und fragst, ob du sie am Wochenende in ein Restaurant einladen darfst. In ein Restaurant, Hubert, nicht in eine Dorfkneipe.«

»Meinst du wirklich?«

»Ja, das meine ich wirklich. Sonst wird das nie etwas mit euch beiden. Du musst die Initiative ergreifen, Hubert. Oder bist du nicht Manns genug dafür?«

Der Schafzüchter fuhr empört hoch. »Ich stehe meinen Mann.«

»Na also.«

»Und du willst wirklich nichts von ihr?«

»Aber nein. Mein Ehrenwort.« Lagarde bestellte bei Lou zwei Bier und zwei Calvados. »Jetzt trinken wir auf deinen Erfolg bei Frauen, Hubert. Speziell bei Madame Elodie. Auf dein Wohl.«

Hubert wirkte plötzlich sehr zufrieden. »Auf dein Wohl, Philippe.«

Zurück in Henris Fischerhäuschen, legte Lagarde Buchenscheite auf das Kaminfeuer. Sie erzeugten intensive Wärme und brannten ausdauernd. Er ging in die Küche und bereitete sein Abendessen vor. Das Huhn wurde gewaschen, sorgfältig abgetupft und gewürzt. Anschließend legte er es in einen Bräter und schob es in den vorgeheizten Backofen. Er putzte den Salat und richtete ihn mit den geschnittenen Tomaten in einer Glasschüssel an. In die Vinaigrette rührte er scharfen Senf. Aus den Boxen der Stereoanlage erklang die weiche Stimme von Joe Dassin, der das Chanson »Salut« sang. Lagarde sang mit. Henri und er hatten den gleichen Musikgeschmack. Mit einem Glas Rotwein setzte er sich an den Tisch im Wohnzimmer. Gerade als er anfangen wollte, seine Notizen durchzusehen, klingelte sein Handy. Die Nummer sagte ihm nichts.

»Philippe Lagarde, guten Abend«, meldete er sich.

Die Anruferin war Isabelle de La Fontaine. Die sonst so beherrschte Geschäftsfrau machte einen völlig hysterischen, aufgelösten Eindruck. Der Kommissar verstand zunächst nicht, worum es ging.

»Beruhigen Sie sich, Madame de La Fontaine«, sagte er. »Was ist denn passiert?«

»Sie müssen sofort kommen, Herr Kommissar. Ich habe soeben vor der Eingangstür eine Schachtel gefunden.«

»Was denn für eine Schachtel?«

»Eine goldene Schachtel. Darin liegt eine Christrose. Verstehen Sie? Eine Christrose!« Die Aufregung ließ ihre Stimme kippen. »Der Mörder von Leandro ... Jetzt hat er es auf mich abgesehen. Ich bin das nächste Opfer. Er wird mich auch erstechen. Ich habe Angst. Was soll ich nur tun?« Die letzten Worte hatte sie geflüstert.

»Ist Ihr Mann zu Hause?«

»Nein. Ich bin ganz alleine.«

»Und das Ehepaar Slimani?«

»Sie haben heute ihren freien Abend. Da gehen sie immer in die Moschee.«

»Hören Sie zu, Madame de La Fontaine. Sperren Sie das Eingangsportal ab und warten Sie auf mich. Ich bin in fünfzehn Minuten bei Ihnen. Lassen Sie niemanden in Ihr Haus. Haben Sie verstanden? Niemanden.«

»Niemanden«, wiederholte sie.

Er überlegte, wie viele Terrassentüren, Hinterausgänge und Kellereinlässe das Schloss wohl haben mochte.

»Laufen Sie in den kleinen Salon und verbarrikadieren Sie die Tür. Kontrollieren Sie, ob das Fenster verriegelt ist, und ziehen Sie die Vorhänge zu. Halten Sie sich vom Fenster fern. Schalten Sie kein Licht an. Nehmen Sie Ihr Handy mit. Wenn ich da bin, rufe ich Sie an. Haben Sie keine Angst. Gleich bin ich bei Ihnen. Ich fahre jetzt los.«

Lagarde stürzte in die Küche und schaltete den Herd aus. Beim Hinauslaufen schlüpfte er in eine Jacke. Er sprang in sein Auto und raste durch den lichter werdenden Nebel nach Granville.

Auf der Küstenstraße tauchte plötzlich zwischen Nebelfetzen der Anhänger eines Traktors vor ihm auf, der Holzstämme gestapelt hatte. Die Bäume ragten weit über die Ladefläche hinaus. Das Gefährt fuhr ohne Licht. Lagarde bremste scharf und lenkte den schleudernden Wagen nach links, um zu überholen. Zwei

Scheinwerfer näherten sich schnell. Er riss das Lenkrad nach rechts, rumpelte über den Seitenstreifen auf eine Parkbucht, überholte den Traktor und preschte am Ende des Platzes knapp vor einer Gruppe Eiben auf die Küstenstraße zurück.

Nach zwölf Minuten erreichte er das Manoir der Familie de La Fontaine und fuhr durch das offen stehende Tor auf den Parkplatz. Im Garten waren leuchtende weiße Kugeln platziert, so dass er den Teich und die Hausfassade erkennen konnte. Das Anwesen lag still vor ihm. Niemand war zu sehen. Im kleinen Salon brannte kein Licht. Er hoffte, dass sich die Eigentümerin an seine Anweisungen gehalten hatte. Die Eingangshalle war erleuchtet wie ein Festsaal. Er steckte seine Waffe in den Hosenbund, stieg aus dem Wagen und ging mit schnellen Schritten zum Eingangsportal. Seine Umgebung behielt er genau im Auge. Über die Treppe erreichte er die Plattform vor dem Einlass. Eine goldene Schachtel stand auf den Steinplatten. Daneben lag der dazugehörige Deckel. Das Geschenkband hatte sich aufgerollt. Der Karton war mit silberner Folie ausgeschlagen. Auf dem glänzenden Untergrund erstrahlte eine schneeweiße Christrosenblüte. Er drückte einige Tasten auf seinem Handy und hielt es an sein Ohr. Die Leitung war besetzt. Er wählte erneut, und das Freizeichen ertönte.

»Ja?«, fragte eine ängstliche Stimme.

»Madame de La Fontaine. Ich bin es. Philippe Lagarde. Öffnen Sie bitte das Portal.«

»Gott sei Dank. Sie sind da. Ich komme.«

Lagarde wartete. Er hörte, wie sich der Schlüssel im Schloss des Hauptportales drehte. Dann schwang ein Flügel auf. Isabelle de La Fontaine stand vor ihm. Sie zitterte. Haarsträhnen hatten sich aus dem Knoten gelöst und fielen über ihre Wangen. Sie war kreidebleich. Ihr Make-up war verwischt. Er trat auf sie zu, umfasste ihre Hände und sah ihr fest in die geröteten Augen.

»Es ist gut, Madame de La Fontaine. Ich bin bei Ihnen. Kein Mensch kann Ihnen etwas tun. In Ordnung?«

»In Ordnung, Monsieur le Commissaire.«

Sie wirkte völlig erschöpft.

»Kommen Sie, Madame. Gehen wir in die Küche. Ich koche Tee für uns. Die Gendarmerie und die Spurensicherung werden bald eintreffen. Ich habe die Kollegen unterwegs informiert.«

Violette und Henri hatte er nicht erreichen können.

Die Geschäftsfrau führte ihn in die Küche und sank auf einen Stuhl. Apathisch starrte sie vor sich hin. Lagarde füllte den Wasserkocher, schaltete ihn ein und suchte in den Schränken nach Tassen, Tee und Zucker. Bunte Dosen standen ordentlich aufgereiht und mit Etiketten beklebt auf einer Ablage. Loser schwarzer Tee aus Algerien. Das war genau das Richtige an diesem Abend. Er setzte sich zu Madame de La Fontaine und füllte den aromatisch duftenden Tee in Becher. Mit einer Zange gab er reichlich Kandiszucker dazu.

Er lächelte sie aufmunternd an. »Trinken Sie.«

Sie gehorchte. Dann sah sie ihn an. »Und wenn jetzt jemand in das Haus eindringt?«

»Es dringt niemand ein. Ich glaube auch nicht, dass der Absender dieser Schachtel eindringen wollte. Seine Absicht war, Sie zu erschrecken.«

»Das ist ihm gelungen.« Sie hatte sich wieder gefangen und rang sich ein Lächeln ab. »Danke, dass Sie sofort gekommen sind.«

»Das sollte die Polizei immer tun, wenn man sie ruft.«

»Sind Sie eigentlich bewaffnet?«

»Aber sicher. An mir kommt keiner vorbei.«

Sie trank von dem Tee. »Er schmeckt gut«, sagte sie.

»Möchten Sie mir erzählen, was passiert ist?«

»Ich hatte den ganzen Nachmittag am Schreibtisch verbracht und brauchte frische Luft. Ich beschloss, einen kleinen Spaziergang im Garten zu machen. Am Abend herrscht dort eine friedliche Stimmung. Die Lampen tauchen den Teich und die Pflanzen in ein sanftes Licht. Dort kann ich mich entspannen und meine Gedanken schweifen lassen. Als ich vor das Portal trat, sah ich die Schachtel. Ich hob sie auf. Ich dachte, es handelt sich um ein Geschenk, eine Überraschung, eine Aufmerksamkeit. Ehrlich gesagt, habe ich mir keine großen Gedanken darum gemacht. Ich öffnete den Karton und sah die Christrose. Dann bin ich in Panik geraten und habe Sie angerufen.«

»Wegen der Blume sind Sie in Panik geraten?«

»Ja. Bei Leandro wurde doch eine Christrose gefunden. Ich dachte, sein Mörder würde nun auch mich töten. Außerdem verfolgt mich ein Mönch. Das hatte ich Ihnen erzählt.«

Als sie den Namen ihres Sohnes aussprach, lag eine tiefe Traurigkeit in ihren Augen. Doch irgendetwas an ihrer Aussage irritierte Lagarde. Er grübelte darüber nach, was es sein könnte, als ein heller Glockenton durch das Schloss drang. Er erhob sich.

»Die Kollegen sind eingetroffen. Ruhen Sie sich aus und trinken Sie Ihren Tee. Ich kümmere mich um alles und bin gleich wieder bei Ihnen. Ich lasse Sie nicht alleine, keine Angst.«

Auf dem Rondell parkten drei Dienstfahrzeuge der Gendarmerie, ein Krankenwagen und der Einsatzwagen der Spurensicherung. Vor dem Portal standen Étienne, der Chef der technischen Abteilung, und ein Hundeführer.

»Guten Abend, Kollegen«, begrüßte Lagarde sie.

»Danke, dass ihr so schnell gekommen seid.«

»Kein Problem«, antwortete Étienne. »Was sollen wir tun?«

Lagarde deutete auf die Schachtel. »Sie muss auf Fingerabdrücke untersucht werden. Die Hauseigentümerin hat sie angefasst. Berücksichtigt das bitte.«

»Dann brauchen wir ihre Fingerabdrücke.«

»Die bekommt ihr«, erwiderte Lagarde und fuhr fort: »Sucht bitte das Grundstück und die nähere Umgebung nach auffälligen Personen und Spuren ab. Den Krankenwagen brauchen wir nicht. Isabelle de La Fontaine hat sich psychisch stabilisiert.«

»Alles klar, Philippe. Wir sehen uns später. Bleibst du noch hier?«

»Ja, ihr findet mich in der Küche.«

Lagarde ging zurück zu Madame de La Fontaine. Sie hatte ihnen Tee nachgeschenkt und eine Schale mit Gebäck auf den Tisch gestellt.

Er setzte sich zu ihr. »Polizisten und ein Hundeführer suchen das Gelände ab. Wenn der Eindringling Spuren hinterlassen hat, finden die Kollegen sie.«

»Danke.«

»Wo ist eigentlich Ihr Mann?«

»Er hat eine Sitzung im Kunstverein. Das kann dauern. Aber vor Mitternacht wird er sicherlich zu Hause sein.« Sie lächelte. »Sie können ja nicht die ganze Nacht auf mich aufpassen.«

»Wir lassen zwei Streifenwagen patrouillieren, damit Sie ruhig schlafen können.«

»Das würde mich sehr beruhigen.«

»Als Sie das Hauptportal öffneten, haben Sie da irgendetwas bemerkt?«

»Nein, gar nichts.«

»War das Einfahrtstor geöffnet?«

»Ja, es steht meistens offen.«

»Sie sollten es schließen. Zumindest nachts.«

»Ich werde es veranlassen.«

Lagarde ging mit seiner Tasse zum Fenster und betrachtete nachdenklich die beleuchtete Poollandschaft. Büsche und Stauden bogen sich im Wind, der durch den Garten wirbelte und ein schauerliches Heulen von sich gab. Sturm kam auf. Zudem lagen Erde, Mond und Sonne auf einer Linie, so dass es eine Springtide geben würde. Die Bucht des Mont-Saint-Michel bildete einen tiefen Einschnitt. Durch diese Verengung kam es zu ausgeprägten Gezeiten, die einen Niveauunterschied von fünfzehn Metern erreichen konnten.

Ein Gedanke schoss ihm durch den Kopf. Die Christrose! Woher wusste Madame de La Fontaine von der Christrose? Das war Täterwissen. Nur die ermittelnden Beamten kannten dieses Indiz.

Er setzte sich wieder an den Tisch und griff nach einem von Yamina Slimanis köstlichen Keksen.

»Ich muss Ihnen eine Frage stellen, Madame de La Fontaine.«

»Nur zu.«

»Woher wissen Sie von der Christrose?«

»Ich verstehe Ihre Frage nicht.«

»Von der Blume am Tatort wissen nur die Polizei und der Täter.«

»Aber es stand doch auf der Karte.«

»Auf welcher Karte?«

»In der Schachtel lag eine Nachricht. Haben Sie sie nicht gesehen?«

»Nein. In dem Karton befand sich nur die Rose.«

»Merkwürdig.« Madame de La Fontaine dachte nach. »Ich habe die Schachtel fallen lassen. Aber vielleicht habe ich die Karte in der Hand behalten, als ich in den Salon gelaufen bin.«

Lagarde erhob sich. »Schauen wir nach.«

Auf dem Tisch im Salon lag neben dem Telefon eine weiße Karte. Lagarde zog ein Taschentuch aus der Hosentasche, griff nach einer Ecke und drehte das Papier um. Leise las er die Botschaft vor.

Liebe Isabelle,

hat Dir die Polizei erzählt,
dass bei Deinem toten Sohn
eine Christrose gefunden wurde?

Der Mönch

Der Text war mit dem Computer geschrieben und auf weiß glänzendem Karton ausgedruckt worden.

Lagarde war entsetzt über diese Nachricht. Kein Wunder, dass die Frau in Panik geraten war.

Isabelle starrte ihn an.

»Dann stammt diese Nachricht vom Mörder meines Sohnes?«

»Es liegt zumindest im Bereich des Möglichen, Madame de La Fontaine.«

Oder es gab einen Maulwurf.

»Er will mich töten.«

»Wir wissen noch nicht, was er will. Aber wir finden es heraus. Und wir nehmen die Drohung ernst. Kommen Sie, gehen wir in die Küche.«

Kaum hatten sie wieder am Küchentisch Platz genommen, hörten sie, wie das schwere Eingangsportal mit einem lauten Scheppern zufiel. Isabelle de La Fontaine fuhr erschrocken zusammen. Lagarde sprang auf und zog seine Waffe. Maurice de La Fontaine stürzte in die Küche. Erschrocken nahm er die Pistole wahr.

»Was ist denn hier los? Ist etwas passiert?«

Sein hageres aristokratisches Gesicht wirkte noch blasser als sonst.

Der Kommissar steckte die Waffe weg. »Setzen Sie sich zu uns, Monsieur de La Fontaine. Ihre Frau hat ein Päckchen vor dem Eingang gefunden. Jemand bedroht sie.«

Lagarde fasste die Ereignisse für ihn zusammen und schilderte die polizeilichen Maßnahmen, die er in die Wege geleitet hatte. Maurice da La Fontaine wirkte völlig entsetzt. Er stand auf, legte den Arm um seine Frau und hauchte ihr einen Kuss auf die Stirn.

»Was musst du für eine Angst ausgestanden haben, mein Liebes?« An Lagarde gewandt, sagte er: »Sie müssen diese Person fassen. Die Situation ist unerträglich.«

»Ja, ich weiß, Monsieur de La Fontaine. Wir tun, was wir können. Ich hoffe, dass die Suche der Kollegen etwas ergibt.«

»Polizeiwagen fahren heute Nacht Streife, Maurice«, erklärte ihm seine Frau.

»Das ist gut, danke, Monsieur le Commissaire.«

Jemand klopfte an das Eingangsportal.

»Bleiben Sie ruhig«, bat der Kommissar das Ehepaar. »Das sind sicher die Kollegen.«

Er ging durch die Eingangshalle und öffnete die Tür.

Étienne stand vor ihm. Neben ihm hielt der Hundeführer einen braunen Labrador an der Leine. Das Tier hatte sich gesetzt und hechelte.

»Meine Leute haben nichts gefunden«, berichtete Étienne.

»Der Nebel und die Dunkelheit erschweren die Suche. Ich schlage vor, wir machen morgen früh weiter.«

»Einverstanden«, antwortete Lagarde. »Heute Nacht weiterzusuchen hat keinen Sinn.«

Der Hundeführer zeigte stolz auf den Labrador. »Gretchen hat etwas gefunden. Hinter dem Pool kurz vor dem Waldrand.«

Er hielt einen Druckschlussbeutel hoch, in dem ein Gegenstand verwahrt war.

»Ein Handschuh«, stellte Lagarde fest.

»Ja, ein schwarzer Lederhandschuh.«

»Sehr gute Arbeit. Vielleicht führt uns diese Spur weiter. Er kommt sofort in das Labor. Danke, Männer, ihr könnt jetzt Schluss machen. Gute Nacht.«

Gretchen sah den Kommissar an und winselte. Er kraulte ihren dicken Kopf.

»Gut gemacht, Gretchen.«

Das Tier kläffte voller Freude über das Lob.

Lagarde ging in die Küche zurück.

»Der Spürhund hat am Waldrand einen Handschuh gefunden«, berichtete er. »Es kann gut sein, dass uns diese Spur weiterführt.«

»Sie meinen, derjenige, der die Schachtel vor die Tür gelegt hat, hat ihn verloren?«, fragte die Hausherrin.

»Das ist durchaus denkbar. Wir müssen die labortechnische Untersuchung abwarten.«

»Ich verstehe.«

»Ich werde mich jetzt verabschieden«, verkündete Lagarde. »Wenn Ihnen etwas ungewöhnlich vorkommt, wenden Sie sich an die Besatzung der Streifenwagen. Sie werden Ihr Haus regelmäßig passieren. Ich gehe allerdings davon aus, dass es in dieser Nacht zu keinen Vorfällen mehr kommen wird. Es wäre riskant für den ungebetenen Besucher, hier noch einmal aufzutauchen.«

»Ich bringe Sie zur Tür«, bot sich Maurice de La Fontaine an.

Lagarde verabschiedete sich von Isabelle. »Schlafen Sie gut.«

Als Lagarde und der Hausherr unter dem Portalbogen standen, preschte ein schnittiger silberner Bugatti mit schwarzen Kotflügeln über die Auffahrt. Kieselsteine flogen auf.

»Bekommen Sie noch Besuch?« Lagarde war überrascht.

»Das ist der persönliche Referent meiner Frau«, erklärte Maurice de La Fontaine mit eisiger Miene. »Louis Dardenne. Ihre rechte Hand, sozusagen. Er ist jung und ungestüm.«

Der junge Mann lief voller Elan die Treppe hinauf. »Guten Abend«, grüßte er höflich.

Er trug einen teuren maßgeschneiderten Anzug, ein weißes Hemd und eine dezente Krawatte. Die braunen

Haare waren sehr kurz geschnitten. Das Gesicht war eher unscheinbar, bis auf die Augen. Sie leuchteten in einem intensiven Grün. Er wirkte dynamisch und entschlossen.

Maurice de La Fontaine machte die Herren miteinander bekannt. Lagarde bemerkte, dass die Fingernägel des jungen Mannes manikürt waren.

»Ich bin mit Isabelle verabredet«, sagte Louis Dardenne.

»Geschäftlich.«

»Ja, natürlich. Geschäftlich«, antwortete Maurice de La Fontaine.

»Wir gehen die Buchhaltung des letzten Monats durch. Controlling, wissen Sie.«

Maurice sah dem jungen Mann hinterher, der mit energischen Schritten die Eingangshalle durchquerte. Sein Gesichtsausdruck war unergründlich.

Philippe Lagarde startete sein Auto und fuhr langsam auf das offene Tor zu. Im Rückspiegel sah er Maurice de La Fontaine, der noch immer reglos hinter der Balustrade stand. Einer Eingebung folgend, bog er nicht auf die Küstenstraße ab, sondern überquerte sie und folgte einer schmalen, von Villen gesäumten Gasse. Er wendete, fuhr etwa hundert Meter zurück und parkte auf einem gepflasterten Seitenstreifen, der von Ahornbäumen umgeben war. Dann stellte er den Motor ab und schaltete die Scheinwerfer aus. Von diesem geschützten Platz aus konnte er direkt auf die Einfahrt der de

La Fontaines blicken. Hinter der Mauer erhob sich das dunkle Schloss. Aus einem Dachfenster drang ein Lichtschein. Er wartete.

Ein Streifenwagen der Gendarmerie näherte sich. Vor dem Tor hielt der Wagen an. Nach einigen Minuten fuhr er langsam weiter. Die Kollegen erledigten ihren Auftrag gewissenhaft. Alles schien ruhig. Nur das Rauschen der Blätter in den Baumwipfeln war zu hören.

Das Licht im Dachgeschoss erlosch. Kurze Zeit später rollte ein schwarzer Citroën aus der Einfahrt. Lagarde folgte ihm und achtete auf genügend Abstand. Ein Jeep überholte ihn und schob sich zwischen den Citroën und seinen Renault Express. An einer Kreuzung bog der schwarze Wagen rechts ab und fuhr in Richtung Hafen. Auf dem menschenleeren Kai hielt er neben einer Laterne an. Lagarde verharrte in sicherer Entfernung. Ein Mann stieg aus und blickte auf die Boote, die auf dem unruhigen Wasser schaukelten. Die Flut trieb hohe Wellen auf die Küste zu, die mit archaischer Kraft gegen die Mole klatschten. Wassermassen türmten sich und überspülten die Kaimauer. Sie bäumten sich auf, spritzten meterhoch, formten einen gläsernen Tunnel und brachen sich mit donnerndem Getöse. Weißgelbe Schaumberge erhoben sich brodelnd und ergossen sich in das Hafenbecken. Die Flut verschluckte den nahe gelegenen Strand, gurgelte über Quadersteine und schoss die Klippen hinauf, die von Gischtschleiern verhüllt wurden. Niedrige Holzzäune, die dem Schutz der Dünen dienten, wurden von Strudeln umspült und fortgerissen.

Fasziniert beobachtete Lagarde dieses gewaltige Naturschauspiel. Er fragte sich, was Maurice de La Fontaine am Hafen wollte. Hatte er seine Jacht dort liegen? Wollte er auslaufen? Das war unmöglich bei diesem Sturm.

Der Mann stieg in den Citroën und telefonierte mit seinem Handy. Dann fuhr er weiter. Lagarde wartete einige Sekunden, bis er die Verfolgung aufnahm. Kurz stoppte er auf dem Kai und sah sich die Namen der Boote an. Vor ihm lag die Leyla II. Die Rücklichter des schwarzen Wagens hatten sich bereits weit entfernt. Lagarde gab Gas.

Maurice de La Fontaine folgte der Küstenstraße etwa fünf Kilometer in Richtung Norden. Es herrschte wenig Verkehr zu dieser späten Stunde, aber einige Autofahrer waren doch unterwegs, so dass Lagarde nicht befürchten musste, die Aufmerksamkeit des verfolgten Mannes auf sich zu lenken. Vor dem Ort Bréhal verließ der schwarze Wagen die Küstenstraße und folgte einer einsamen Landstraße in Richtung Osten. Lagarde ließ sich zurückfallen, die Augen auf die Rücklichter des Citroën geheftet. Sie fuhren durch ein größeres Waldgebiet. Dicht stehende Buchen bildeten ein Spalier. Finstere Nacht lag über dem verlassenen Landstrich.

Bremslichter leuchteten auf, der Citroën bog ab und verschwand im Wald. Lagarde fuhr langsam an der Stelle vorbei und prägte sich Besonderheiten ein. Ein knorriger kahler Baum stand am Straßenrand, daneben bildeten Brombeersträucher ein Dickicht. Er wendete den

Renault Express und suchte nach einem Platz, wo er sein Auto parken konnte. Hinter den Brombeeren tat sich eine kleine bemooste Lichtung auf. Dort hinter Gestrüpp versteckte er das Fahrzeug. Er musste dem schwarzen Wagen zu Fuß folgen, ansonsten würde er unweigerlich entdeckt werden.

Er lief einen Pfad entlang und konzentrierte sich auf seine Umgebung. Langsam gewöhnten sich seine Augen an die Dunkelheit. Ein Käuzchen schrie, Blätter raschelten, und Äste knarzten. Das Motorengeräusch war verstummt. Lagarde war ungefähr fünfhundert Meter gelaufen, als ein Tor vor ihm auftauchte. Es war schwarz, hoch und verschlossen. Er konnte kein Schloss, keinen Riegel, keinen Knauf ertasten. Das Tor musste über einen elektronischen Schließmechanismus verfügen. Er schätzte die Höhe der Barriere ab und sah sich nach einem Baum um, auf den er klettern konnte.

Scheinwerfer näherten sich. Rasch verbarg er sich hinter einem Busch. Die Flügel des Tores teilten sich und glitten geräuschlos hinter die Steinmauer, die das Grundstück umgab. Der Wagen fuhr durch die Einfahrt und hielt neben dem Citroën vor einem Haus. Lagarde schlüpfte durch die Spalte des sich schließenden Tores. Bewegungsmelder leuchteten auf, und er sah, wie drei schwarze Dobermänner mit gespitzten Ohren und gefletschten Zähnen auf ihn zustürmten. Bevor die Pforte ihm den Fluchtweg abschnitt, quetschte er sich durch die enge Lücke und befand sich erneut vor dem Hindernis. Stimmen erklangen von jenseits der Mauer.

»Was ist mit den Hunden los? Warum schlagen sie an?«

»Ach, die geraten bei jedem Hasen, der vorbeihoppelt, in helle Aufregung. Es ist alles in Ordnung. Hier findet uns kein Mensch.«

Es war die Stimme von Maurice de La Fontaine.

Lagarde folgte der Ummauerung und entdeckte eine Fichte, die dicht neben ihr wuchs und sie überragte. Er kletterte bis zu der Höhe des Mauerabschlusses und hangelte sich an einem Ast entlang, bis er cirka einen Meter über der breiten Ringmauer schwebte. Er ließ sich fallen, ging federnd in die Hocke und hielt sich an den unebenen Steinen fest. Ein Zweig mit dichten Nadeln, den er über sich zog, bot ihm Schutz. Er spähte auf das Grundstück. Inzwischen waren zwei weitere Fahrzeuge eingetroffen. Es waren keine Menschen mehr zu sehen und zu hören. Anscheinend hatten sie sich in das düstere Gebäude zurückgezogen. Die Dobermänner waren um eine Blechschüssel versammelt und tranken. Aufgrund des stetigen Westwinds konnten sie die Witterung des Eindringlings nicht aufnehmen. Die Lampen der Bewegungsmelder beleuchteten einen Teil des Grundstückes. Es schien groß zu sein. Zwischen hohen Bäumen lag ein Teich. Die Wasseroberfläche schimmerte grün. Durch großflächige Wiesen schlängelte sich ein Fluss. Am Uferrand entdeckte Lagarde eine Bank zwischen Weiden. Hinter einem Sandplatz stand ein altes Haus. Dichter Eichenbestand erhob sich dahinter. Das braungraue Gemäuer hatte ein langgezogenes Dach, kleine, dicht beieinanderstehende Fenster und Läden, die schief in den Angeln hingen. Ein mächtiger Turm schloss sich an die hintere Fassade an. Dazwischen erhob sich ein schmaler Kamin vom Boden bis zum Dachfirst. Der Eingang befand sich auf der linken Seite unter einem runden turmähnlichen Vordach.

Lagarde überlegte, wie er die Hunde ablenken konnte. Er wollte unbedingt wissen, was in diesem einsam gelegenen Haus vor sich ging. Was machte Maurice de La Fontaine dort? Warum traf er sich konspirativ mitten im Wald mit anderen Personen?

Er lief über die Mauer bis zur westlichen Seite der Einfassung. Die Fläche war relativ breit, aber uneben. Glitschige Flechten und feuchtes Moos überwucherten sie. Glasscherben und Stacheldraht behinderten sein Vorwärtskommen. Er brach dürre Zweige mit Nadelfächern von Ästen, die über die Mauer ragten. In einem hoch gewachsenen Gebüsch hatten sich kleinere Strohballen verfangen. Als er an einen Mauervorsprung gelangte, warf er das gesammelte Brennmaterial in eine geschützte Ecke der Innenmauer. Er entzündete das Stroh mit einem Benzinfeuerzeug, wartete, bis es richtig brannte, und ließ es auf das Holz und die Nadeln fallen. Das Feuerzeug folgte und diente als Brandbeschleuniger. Die ersten Flammen züngelten auf. Einige dickere trockene Äste sollten das Feuer für eine Weile am Brennen halten. Die Dobermänner hatten seine Witterung aufgenommen und fegten über die Wiese auf die Mauer zu. Vor den lodernden gelben Flammen verharrten sie.

Fasziniert starrten sie in das Feuer. Jetzt musste er sich beeilen. So schnell er konnte, balancierte der Kommissar über die Mauer bis zum Tor. Dort hatte er einen breiteren Sims entdeckt, geformt wie eine steinerne Bank, der sich ungefähr einen Meter über dem Boden befand. Lagarde setzte sich auf die Mauer, drehte sich auf den Bauch und ließ sich hinabgleiten. Sicher landete er auf dem Gesims und sprang auf die Erde. Geduckt rannte er über die Wiese auf das Haus zu, aus dem kein Lichtschein drang. Düster und abweisend lag es vor ihm. Aus dem Kamin stieg Rauch auf. Die Hunde bewachten noch immer das Feuer. Rasch umrundete er das Gebäude. In der Mauer des dicken Turmes entdeckte er ein helles Rechteck zwei Meter über dem Erdboden. Er rollte einen Hackklotz zu der Stelle und stieg hinauf. Durch das unverglaste vergitterte Fenster blickte er in einen runden Raum. Ein Kaminfeuer brannte. Der Boden war im Schachbrettmuster weiß und schwarz gefliest. In der Mitte des Turmzimmers stand ein schwarz glänzender Quader, auf dem Dutzende weiße Kerzen im Luftzug flackerten.

Lagarde traute seinen Augen nicht. Um den Stein hatten sich neun Männer versammelt. Sie trugen purpurviolette Mönchskutten und Kapuzen und waren in ein Gebet vertieft. Im Feuerschein erkannte er Maurice de La Fontaine. Als sich der Mann zur Seite wandte, um nach einem goldenen Buch zu greifen, heftete sich Lagardes Blick auf seinen Rücken. Eine weiße Christrosenblüte prangte auf dem Umhang.

Durch den Garten drang Hundegebell. Er sprang auf die Erde und rannte los. Er wusste, dass ihm nicht mehr viel Zeit blieb, um das Grundstück zu verlassen. Drei aufgebrachte blutrünstige Dobermänner waren hinter ihm her. Mit einem Satz war er auf dem Sims, ging in die Knie und schnellte nach oben. Seine Hände bekamen den Rand der Mauer zu fassen, und er zog sich hoch. Die Reißzähne eines Wachhundes bohrten sich in seinen Schuh. Dabei knurrte das Tier tief und furchterregend. Er schüttelte den Hund ab und stemmte sich auf die flachen Steine. Die Dobermänner rannten an der Ummauerung auf und ab und bellten wütend. Der Kommissar machte, dass er fortkam.

Lagarde saß im Wohnzimmer der Fischerkate und starrte in die Flammen. Als er über den Waldpfad zu seinem Auto zurückgelaufen war, hatte es angefangen, wie aus Kübeln zu schütten. Der Sturm war durch die Bäume gefahren und hatte morsche Äste zu Boden geschleudert. Das Unwetter tobte noch immer ungehemmt über die Halbinsel.

Er dachte an den Templerdolch und die Christrose, die der Mörder am Tatort zurückgelassen hatte. Waren es Hinweise auf einen Orden gewesen? Auf einen Geheimbund? Auf einen Christrosenorden? Bekannte sich die Bruderschaft zu dem Verbrechen? Oder war es ein Ablenkungsmanöver? Gab es überhaupt einen Christrosenorden? Welche Ziele verfolgte er? Welche Rituale zelebrierte er? Und welche Rolle spielte Maurice de La

Fontaine? Nach seinem Gebaren zu urteilen, war er das Oberhaupt der geheimen Bruderschaft. Warum war er nicht bei seiner verängstigten Frau geblieben?

Lagarde schaltete seinen Laptop ein und begann, im Internet zu recherchieren. Nach zwei Stunden brannten seine Augen. Er war müde. Es war schon nach Mitternacht. Sein Handy piepste. Eine SMS von Odette.

»Gute Nacht, mein Held. Was hast du an meinem Geburtstag geplant?«

»Gute Nacht, meine Schöne. Lass dich überraschen.«

Er klappte den Laptop zu und rieb sich mit den Händen über das Gesicht. Er hatte nichts gefunden, nicht den kleinsten Hinweis auf einen Christrosenorden.

LA MÈRE POULARD

Mutter Poulard

FÜNFTER TAG

Lagarde kam aus der Dusche, als sein Handy klingelte. Er schlang sich ein Handtuch um die Hüften, fand das Telefon auf dem Wohnzimmertisch und meldete sich.

Étienne, der Leiter der Spurensicherung, war am Apparat.

»Guten Morgen, Philippe. Habe ich dich aufgeweckt?«

»Keine Sorge. Ich bin früh aufgestanden.«

»Ich habe Neuigkeiten und dachte, du willst sie sofort erfahren.«

»Was hast du herausgefunden?«

»Auf der goldenen Schachtel und auf der Karte mit der Nachricht befanden sich ausschließlich die Fingerabdrücke von Isabelle de La Fontaine.«

Lagarde nickte. Das war zu erwarten gewesen. Er hatte Étienne ein Glas mitgegeben, aus dem die Geschäftsfrau Wasser getrunken hatte.

»Wir haben ihre Fingerabdrücke in die Datenbank der Polizei eingegeben und keinen Treffer erzielt.«

Diese Information überraschte Lagarde ebenfalls nicht.

»Und jetzt pass auf! Wir haben die Fingerabdrücke auf dem Handschuh mit denen auf dem Dolch verglichen. Sie sind sich ähnlich. Bei Verwandten stimmen zwar die feinen Details nicht überein, aber die Grobmuster ähneln sich.«

»Das ist ja interessant.«

»Es kommt noch besser. Die DNA ist beinahe identisch. Es gibt keinen Zweifel daran, dass der Handschuhträger mit der Person, die den Dolchgriff angefasst hat, verwandt ist. So wie Geschwister beispielsweise oder Verwandte in gerader Linie, Eltern und Kinder oder Eltern und Großeltern.«

Lagarde schwieg verblüfft.

»Bist du noch dran, Philippe?«

»Du und dein Team, ihr habt großartige Arbeit geleistet. Die Ergebnisse eurer Untersuchungen sind spektakulär. Ich frage mich, welche Schlüsse wir daraus ziehen können?«

»Tja, mein lieber Philippe. Das ist euer Job, nicht wahr?«

»Da hast du recht, Étienne. Aber der Fall wird wirklich immer komplizierter.«

»Den Eindruck habe ich auch. Ich wünsche euch viel Erfolg. Und wenn ich helfen kann, melde dich.«

»Danke, Étienne. Das werde ich.«

Gedankenverloren schüttete der Kommissar Milch in den kalten Kaffee. Mit der Schale ging er auf die Terrasse und betrachtete den Mont-Saint-Michel. Die graue Granitburg thronte im Watt. Der Atlantik war tintenblau. Der Sturm hatte eisige Luft mitgebracht. Lagarde versuchte seine Gedanken zu sortieren. Die beiden Personen waren also verwandt. Dass jemand, der es eilig hatte, einen Handschuh verlor, auf dem sich natürlich Spuren befanden, war durchaus vorstellbar. Wenn man aber mit einem Dolch jemanden tötete, würde man doch Handschuhe tragen. Inzwischen wusste jedes Kind, dass DNA und Fingerabdrücke in den meisten Fällen zum Täter führten. Vorausgesetzt jedoch, der Mörder von Leandro de La Fontaine hatte keine Handschuhe getragen, dann war er mit dem Überbringer der Schachtel verwandt, wie Schwester und Bruder zum Beispiel. Eine andere Frage war, ob der Handschuh überhaupt der Person gehörte, die die Schachtel mit der Rose vor die Tür gelegt hatte. Wenn sich jemand an Leandro de La Fontaine rächen wollte, warum erschreckte er dessen Mutter? Wenn es um die Frauen ging, die er belästigt und verletzt hatte, wozu dann dieser ganze Aufwand und dieses Verwirrspiel?

Lagarde trank einen Schluck Kaffee und schüttelte sich. Der Kaffee war kalt geworden. Er kochte frischen und setzte sich mit seinen Notizen und dem Handy an den Küchentisch.

Sie mussten sich um den Christrosenorden kümmern. Julien Perrot hatte gelogen. Und der Bistrobesitzer sollte sich zu der Schlägerei äußern, die er mit Leandro de La Fontaine gehabt hatte.

Lagarde tippte Violettes Handynummer ein. Sie meldete sich sofort.

»Wo steckst du gerade, Violette?«

»Ich bin noch zu Hause und frühstücke. Gestern war ich lange im Büro«, fügte sie entschuldigend hinzu.

»Hast du etwas von Henri gehört?«

»Ja, wir haben gestern Abend telefoniert. Es geht ihm nicht besonders gut. Er bleibt heute zu Hause.«

»Er soll sich schonen. Wir schaffen das.«

»Aber sicher, Philippe.«

»Ich möchte dich gerne auf den neuesten Stand bringen und die Aufgaben für heute besprechen.« Der Kommissar berichtete über die Vorfälle, die sich am vorherigen Abend ereignet hatten.

»Ein Mönch hat Isabelle de La Fontaine eine Christrose und eine Nachricht hinterlassen?« Die Polizistin schien alarmiert zu sein.

»Das ist noch nicht alles. Maurice de La Fontaine hat anschließend das Schloss verlassen. Ich bin ihm gefolgt. Er hat sich mitten im Wald in einem abgelegenen Haus mit anderen Männern getroffen. Ich hatte eigentlich den Eindruck, dass er mit seiner Jacht auslaufen wollte, da er zuerst zum Hafen gefahren ist. Das ging aber nicht bei dem Sturm.«

»Konntest du herausfinden, was die Männer in dem Haus gemacht haben?«

»Sie trugen Mönchskutten und beteten.«

»Was?«

»Ja, und auf die Rückseite der Habite ist eine weiße Christrose gestickt.«

Violette dachte laut nach. »Ein Geheimbund und

eine Christrose. Der Dolch von den Tempelrittern. Ein Orden? Ein Christrosenorden?«

»Solche Überlegungen habe ich auch angestellt, Violette. Ich habe im Internet recherchiert und keine Einträge gefunden.«

»Dann handelt es sich vielleicht um einen sehr geheimen Geheimorden.«

Lagarde lachte. »So sieht es aus, Violette.«

»Weißt du, was ich nicht verstehe, Philippe? Warum hat Maurice de La Fontaine seine Frau nach diesem bedrohlichen Vorfall alleine gelassen? Ich habe ihn für einen absoluten Gentleman gehalten.«

»Das frage ich mich auch.«

Der Kommissar berichtete von den Laborergebnissen.

»Das ist ja unglaublich. Zwischen den beiden Personen besteht ein enges Verwandtschaftsverhältnis?«

»Das Labor ist sich sicher. Ich habe eine Bitte, Violette.«

»Ja?«

»Wir brauchen Informationen, ob ein Christrosenorden existiert und wenn, welche religiöse Anschauung er vertritt. Auf dem Mont-Saint-Michel gibt es ein Archiv. Dort werden Dokumente zur Geschichte der Abtei aufbewahrt. Besucher haben keinen Zutritt. Kannst du versuchen, das Oberhaupt der Brüder und Schwestern von Jerusalem zu überreden, dich dort umsehen zu dürfen? Wahrscheinlich ist es nahezu unmöglich, an diesem Ort Informationen zu finden. Die Suche nach der berühmten Nadel im Heuhaufen dürfte einfacher sein. Aber ich möchte diese Möglichkeit nicht außer Acht lassen.«

»Ich kann es versuchen, Philippe.«

»Danke, Violette.«

»Und was hast du heute vor, Philippe?

»Ich will noch einmal mit Julien Perrot sprechen. Danach suche ich den Bistrobesitzer auf, der sich mit Leandro de La Fontaine geprügelt hat.«

Violette blätterte in ihren Notizen. »Du meinst Stéphane Carrier. Er hat aber für die Mordnacht ein Alibi.«

»Ich will trotzdem mit ihm reden. Wollen wir uns heute Abend treffen und uns besprechen, Violette? Ich würde dich gerne zum Abendessen einladen.«

»Ich habe eine bessere Idee, Philippe. Ich lade dich zum Abendessen ein. Bei mir zu Hause. Man sagt, ich sei eine gute Köchin.«

Sie nannte ihm die Adresse. Lagarde war überrascht. Violette wohnte auf dem heiligen Berg. Die Wohnungen dort waren sehr begehrt. Der Mont-Saint-Michel hatte circa vierundvierzig Einwohner.

Violette Boyer beendete das Frühstück und dachte dabei über ihren Auftrag nach. Er war diffizil und die Aussicht auf Erfolg derart marginal, dass sie beschloss, den Stier bei den Hörnern zu packen und intuitiv vorzugehen. Auf ihr Sportprogramm verzichtete sie heute, es zog sie in die Abtei zu den Schwestern und Brüdern von Jerusalem. Sie entschied sich für eine schwarze Hose und einen schwarzen Rollkragenpullover. Dazu wählte sie braune Wildlederstiefel und einen karamellfarbenen kurzen Wollmantel. Es war kalt geworden. Statt des erdbeerroten Lippenstifts trug sie rosafarbenen Lipgloss auf und betonte die grünen Augen mit rauchgrauem Kajalstift.

Sie ging an der Befestigungsmauer entlang, dann durch eine Gasse und folgte der Grande Rue bis zum Eingangsportal der Abtei. Entschlossen betrat sie das romanische Langhaus mit den hohen Bögen, der steinernen Empore und den halbrunden Oberfenstern. Diffuses weißgelbes Licht erfüllte das Kirchenschiff. Es strahlte eine stille Kraft aus. Zwei Schwestern der Gemeinschaft von Jerusalem standen neben einer Säule und sprachen leise miteinander. Sie bemerkten Violette und grüßten sie mit einem herzlichen Lächeln.

»Entschuldigen Sie bitte«, begann die Polizistin. »Ich suche das Oberhaupt der Brüder und Schwestern von Jerusalem.«

»Sie haben Glück, Bruder Pierre-Marie ist da«, antwortete eine der Schwestern. Sie war jung und hatte ein freundliches Gesicht mit runden Wangen. »Sehen Sie? Er steht vor dem Altar. Warten Sie bitte, bis er sein Gebet beendet hat. Dann ist er gerne für Sie da.«

Bruder Pierre-Marie bekreuzigte sich, schritt bedächtig durch den Chor und über drei breite Stufen. Er kam auf Violette zu.

Der Geistliche sah würdevoll aus in seiner cremefarbenen Soutane und dem Kreuz um den Hals. Sie hatte einen älteren Mann erwartet, doch Pierre-Marie war jung. Seine Augen unter der Kapuze blickten freundlich.

»Guten Tag, meine Schwester. Kann ich etwas für Sie tun?«

»Mein Name ist Violette Boyer von der Kriminalpolizei in Avranches. Ich möchte Sie gerne sprechen.«

Erstaunt hob er die Augenbrauen. »Da hinten ist eine Nische. Wir können uns auf die Bank setzen. Dort sind wir ungestört.«

Sie nahmen Platz.

»Darf ich Sie bitten, sich zu legitimieren?«

»Natürlich, entschuldigen Sie.«

Violette zeigte ihren Dienstausweis. Bruder Pierre-Marie studierte ihn genau, dann gab er ihn zurück.

»Wie kann ich Ihnen helfen, meine Schwester?«

»Wir ermitteln im Mordfall Leandro de La Fontaine.«

Pierre-Marie nickte mit trauriger Miene. »Wir haben davon gehört. Der Orden von Jerusalem lebt nicht hinter dem Mond. Wir sind eine moderne aufgeschlossene Glaubensgemeinschaft. Gott hat den armen jungen Mann viel zu früh zu sich geholt. Die Wege des Herrn sind unergründlich. Wir haben für Leandro gebetet.«

»Wir haben Hinweise am Tatort gefunden«, erklärte die Polizistin, »die auf einen geheimen Orden hindeuten könnten. Über diesen Orden gibt es jedoch keine Informationen. Wir fanden keine Einträge im Internet.«

»Vielleicht existiert er gar nicht«, hielt der Geistliche dagegen.

Violette beschloss, nicht länger um den heißen Brei herumzureden. »Ich möchte Sie bitten, mich im Archiv der Abtei recherchieren zu lassen. Vielleicht finde ich einen Hinweis. Wir müssen alle Spuren prüfen.«

Bruder Pierre-Marie sah sie an, als hätte sie ihm einen Pakt mit dem Teufel vorgeschlagen. Nach einer Weile schien er sich wieder gefangen zu haben.

»Liebe Schwester«, der Geistliche wog seine Worte ab, »das Archiv ist für Besucher nicht zugänglich. Dort lagern unendlich wertvolle heilige Schriften, unschätzbare Dokumente, unersetzbare Bücher, Manuskripte mit einzigartigen Malereien, Unikate, deren Bedeutung unsere Vorstellungskraft übersteigen.« Er seufzte, als er in das entschlossene Gesicht der Polizistin blickte. »Die Dokumente stellen einen unermesslichen ideellen und monetären Wert da. Sie werden besonders geschützt. Die Luftfeuchtigkeit und die Raumtemperatur werden computertechnisch minutiös geregelt. Die Brandschutzmaßnahmen sind die modernsten, die es auf der Welt gibt. Das Beleuchtungssystem wurde von den besten Spezialisten für Belichtungstechnik ausgearbeitet.« Er legte in seine Worte die größtmögliche Überzeugungskraft. »Da kann man nicht einfach hineingehen. Meinen Sie, der Papst würde Sie in das Archiv des Vatikans führen?«

Pierre-Marie sah die Enttäuschung in den Augen der schönen Polizistin. »Kommen Sie mit. Ich zeige Ihnen etwas.«

Er führte Violette zu einem kleinen Gebäude in der nordwestlichen Ecke des Kreuzgangs.

»Das ist das Archiv.«

»Ich habe es mir viel größer vorgestellt.«

»Warten Sie ab.«

Neben der geduckten verriegelten Pforte befand sich knapp über dem gepflasterten Weg eine Luke. Sie wurde mit kleinen Läden und einem massiven Vorhängeschloss versperrt. Pierre-Marie holte einen schweren Schlüsselbund aus den Tiefen seiner Kutte. Er öffnete das Schloss und klappte die Läden zur Seite. Sie knieten nebeneinander auf den kalten Steinen und steckten die Köpfe zusammen. Violette konnte den Duft von Lavendelseife wahrnehmen. Durch ein Gitter und eine Panzerglasscheibe schauten sie in das Archiv, das von einem weichen gelben Licht beleuchtet wurde.

Violette stockte der Atem. Das Gebäude verfügte über mehrere Stockwerke, die bis in die Tiefe des Felsens reichten. Um jede Etage führte eine Galerie, die durch Wendeltreppen und Stege miteinander verbunden waren. An den meterhohen Regalen lehnten Rollenleitern. In den Fächern, auf den Ablagen, Pulten und Studiertischen aus dunklem Holz standen, lagen Tausende und Abertausende von Büchern und Schriften in mehreren Reihen. Auf Podesten stapelten sich unzählige Dokumente. Über die Schätze spannte sich ein prächtiges Tonnengewölbe.

»Das Archiv dient ausschließlich religiösen und wissenschaftlichen Zwecken«, erklärte Pierre-Marie. »Und wie lange wollen Sie suchen, meine Schwester? Ein Jahr oder fünf?«

Violette musste lachen. »In Ordnung. Sie haben mich überzeugt. In diesem Archiv kann man unmöglich schnell etwas finden. Und wir haben es eilig.«

»Ich verstehe Ihre Enttäuschung, aber es ist wirklich unmöglich.« Pierre-Marie half ihr aufzustehen. »Sie haben eiskalte Hände, meine Schwester. Ich würde Sie gerne in mein Studierzimmer einladen, zu Brot, Käse und Wein. Dort können Sie sich aufwärmen. Was sagen Sie zu meinem Vorschlag?

Die Polizistin fröstelte. »Ich würde mich sehr freuen«, sagte sie mit einem Lächeln.

Der Geistliche führte sie durch Gänge, über Treppen und Laubengänge, bis sie die Orientierung verloren hatte. Sein Studierzimmer war warm und behaglich. Der Kamin brannte. Auf dem Steinboden lag ein dicker Teppich. Pierre-Marie zeigte auf eine gemütliche Sitzecke im Lichtkegel einer Stehlampe.

»Nehmen Sie Platz. Ich gehe rasch in die Küche.«

Violette rieb sich die kalten Hände. Sie sah sich um. Gegenüber dem Kamin stand ein Schreibtisch. Darauf lagen ein Buch, ein Stapel Papier und ein Füllfederhalter. Sonst nichts. Der Geistliche schien sehr ordentlich zu sein. An der Wand hinter dem Schreibtisch hing ein großes goldgerahmtes Gemälde. Es zeigte den Erzengel Michael als Drachenbezwinger. Dunkelrote und schwarze Farbtöne beherrschten das Bild. Der Erzengel bekämpfte ein siebenköpfiges Ungeheuer, dessen Schweif die Sterne hinwegfegte.

Violette wurde es warm. Sie zog den Mantel aus.

Pierre-Marie kam zurück und stellte ein Tablett auf den kleinen runden Tisch. Er setzte sich ihr gegenüber in einen Sessel.

»Schauen Sie nur, was auf Gottes Erde alles gedeiht, meine Schwester. Wir backen unser Brot selbst. Wir stellen unseren eigenen Käse her, und wir keltern Wein. Vorzüglichen Wein übrigens.«

Er schenkte Violette und sich ein Glas ein und hielt es gegen das Licht.

»Sehen Sie diese wunderbare Farbe? Granatrot. Riechen Sie! Er duftet nach Kirsche, Zimt, Vanille und Pfeffer.«

Violette schnupperte.

»Und jetzt kosten Sie.«

Sie nahm einen Schluck.

»Ein großer Wein«, sagte sie.

Bruder Pierre-Marie war sichtlich stolz auf das Lob. Er zeigte auf das Tablett. »Greifen Sie zu, meine Schwester.«

Mit einer schlichten Geste segnete er die Speisen. Er nahm sich ein Stück Käse und sah sie aufmerksam an.

»Vielleicht kann ich Ihnen weiterhelfen. Ich habe Kirchengeschichte studiert und mich auch mit Mythen und Sagen des heiligen Klosterberges befasst. Welche Hinweise haben Sie denn gefunden?«

»Ich darf über laufende Ermittlungen leider keine Auskunft geben.«

»Ich bin ein frommer Mann. Meinen Sie, ich gehe mit meinem Wissen hausieren? Alles, was wir hier besprechen, bleibt in diesem Raum. Ich will nur behilflich sein.«

Violette überlegte. Eigentlich hatte er recht. Wahrscheinlich war dieses Angebot die einzige Chance, überhaupt etwas zu erfahren.

»Also gut. Von dem Dolch wissen Sie sicher aus den Medien. Was nicht bekannt wurde, ist das rote Tatzenkreuz auf dem Griff. Und wir haben eine Christrose gefunden.«

Von dem Treffen der Männer in dem Haus im Wald mochte sie ihm nichts erzählen.

Pierre-Marie hörte aufmerksam zu. »Ein Dolch mit einem roten Tatzenkreuz und eine Christrose«, wiederholte er. »Das Tatzenkreuz ist, wie Sie sicher wissen, das Wappen der Tempelritter. Sie waren Kreuzritter. Es gab drei große geistliche Ritterorden, die Johanniter, die Tempelherren und den Deutschen Orden. Im Mittelalter war es üblich, dass diese Männer einen Dolch als Waffe trugen. Im 15. Jahrhundert kam es zu einer Abspaltung. Eine Gruppe um den Herzog Eugène-Émile de Châtillon überwarf sich mit den Templern und gründete den Christrosenorden. Sie hatten das gleiche Wappen wie die Templer.«

Violette lauschte fasziniert. Also doch, ein Christrosenorden. Ihre Schlussfolgerungen waren richtig gewesen.

Der Geistliche fuhr fort. »Ihr Ziel war es, das goldene Schwert des Erzengels Michael zu finden. Sie glaubten, es sei auf dem Mont-Saint-Michel verborgen. Es hieß, wer in den Besitz des Schwertes gelangte, würde auch die Weltherrschaft übernehmen. Das ist ein Sakrileg. Es gibt kein Schwert, das ist eine religiöse Metapher. Wegen dieser Gotteslästerung war der Christrosenorden gezwungen, ein Geheimbund zu werden. Er agierte im Verborgenen.«

»Existiert er heute noch?«

Bruder Pierre-Marie zog die Schultern hoch. »Ich weiß es nicht. Aber es könnte sein. Geheime Bruderschaften existieren, denken Sie nur an die Freimaurer. Es gibt viele Logen und Orden, zum Beispiel die Rosenkreuzer, die Sonnentempler, die Illuminaten, um nur einige zu nennen.«

Violette nickte nachdenklich. Dann schenkte sie ihrem Gastgeber ein Lächeln. »Der Besuch hat sich wahrlich gelohnt.«

»Ich habe mich sehr gefreut, Ihre Bekanntschaft zu machen«, versicherte der Geistliche. »Besuchen Sie doch einmal unseren Gottesdient, dann sehen wir uns wieder.«

»Das werde ich tun. Au revoir, Bruder Pierre-Marie.«

Julien Perrot war nicht zu Hause. Der Kommissar war nach Caen gefahren und stand nun vor seiner Wohnungstür. Auf mehrfaches energisches Klopfen war keine Reaktion erfolgt. Wo konnte der Student stecken? Heute war Samstag, an der Universität fanden keine Vorlesungen statt. Lagarde hatte sich nicht angemeldet. Jetzt hatte er den weiten Weg umsonst gemacht.

Er ärgerte sich. Eine junge Frau kam den Flur entlang. Aus ihrer Einkaufstasche ragten ein Baguette und eine Lauchstange. Sie grüßte ihn freundlich.

»Entschuldigen Sie, ich suche Julien Perrot. Haben Sie eine Ahnung, wo er sein könnte?«

»Joujou ist am Samstag immer beim Rugbytraining.«

»Und wo findet das statt?«

»Auf der Sportanlage der Uni, in der Nähe des Frauenklosters Abbaye aux Dames.« Die junge Frau verschwand mit einem Lächeln in ihrem Apartment.

Die Sportanlage befand sich östlich der Klosterkirche. Auf dem riesigen, von einem Wald umgebenen Gelände gab es Tennisanlagen, Aschenbahnen, Basketballfelder, Fußballplätze und ein Rugbyareal. Leichtathleten übten sich im Stabhochsprung. Auf einem Fußballplatz spielten zwei Schülermannschaften gegeneinander.

Lagarde sah eine Weile zu und amüsierte sich über den Eifer der Mädchen und Jungen. Er entdeckte Julien Perrot auf dem Rugbyfeld. Der Student trainierte mit seiner Mannschaft. Die Männer sprinteten über den Rasen und warfen sich den Lederball scharf zu. Das Ei flog in hohem Bogen in das Tor, das drei Malstangen bildeten. Julien bewegte sich kraftvoll, geschickt und effektiv. Er war ein durchtrainiertes Energiebündel.

Als die jungen Männer um den Platz trabten, winkte Lagarde ihm zu. Der junge Mann lief an den Rand des Spielfeldes. Trotz der Kälte war er verschwitzt. Das grüne Trikot war feucht, die Haare verstrubbelt.

»Salut, Monsieur le Commissaire, was machen Sie denn hier?«, rief er erstaunt.

»Ich möchte mit Ihnen reden, Julien.«

»Gibt es etwas Neues?«

»Ja, durchaus.«

»Wollen wir im Clubhaus einen Kaffee trinken? Ich bin gleich wieder da«, rief der junge Mann seinen Mannschaftskameraden zu.

Im Clubhaus bestellten sie Kaffee. Julien sah den Kommissar neugierig an.

»Sie haben mir bei unserem ersten Gespräch erzählt, dass Sie Leandro nach dem verunglückten Wochenende aus dem Weg gegangen sind. Sie haben sich nur zwangsläufig an der Uni getroffen.«

»Ja, das habe ich gesagt.«

»Das war aber nicht die ganze Wahrheit.«

»Wie meinen Sie das?«

Lagarde musste sich ein Lächeln verkneifen. Angehende Juristen würden nie etwas zugeben, wenn man ihnen nicht einen Beweis vor die Nase hielt.

»Leandro war in der Mordnacht in einer Disco in Jullouville. Und Sie waren gleichfalls da.«

Der Student verschluckte sich an seinem Kaffee. Er hustete. Dann fragte er: »Wie kommen Sie darauf?«

»Eine Zeugin hat Sie erkannt.«

»Vielleicht hat sie sich getäuscht.«

»Vielleicht. Dann machen wir doch eine Gegenüberstellung. Mit der Zeugin, Gästen der Disco und dem Personal. Anschließend reden wir weiter.«

Lagarde stand auf und warf einen Fünfeuroschein auf den Tisch.

»Warten Sie bitte. Wir müssen reden«, bat der Student ihn. Lagarde setzte sich wieder.

»Also gut«, begann Julien. »Ich war in der Disco.«

»In Begleitung?«

»Leider nicht. Ich saß an der Bar und trank ein paar Bier. Irgendwann kam Leandro. Er nickte mir kurz zu und setzte sich einige Meter von mir entfernt an den Tresen. Wir ignorierten uns. Kein einziges Wort haben wir miteinander gesprochen.«

»Warum haben Sie diese Disco aufgesucht? Sie liegt ja nicht gerade um die Ecke Ihrer Studentenwohnung.«

»Wir hatten dort ein Auswärtsspiel. Meine Mannschaftskameraden fuhren zurück nach Caen und wollten unseren Sieg im Clubhaus feiern. Ich hatte keine Lust, den ganzen Abend über das Spiel zu reden. Ich liebe Rugby, aber ich will nicht ständig darüber sprechen.«

»Ich verstehe. Und was passierte dann?«

»Es gab Streit zwischen Leandro und einigen jungen Leuten. Anscheinend hatte er eine junge Frau belästigt. Typisch für ihn. Er konnte sich einfach nicht normal verhalten.«

»Gab es eine Schlägerei?«

»Nein, nur ein kurzes Gerangel. Dann kam die Polizei und griff ein. Die beiden Pärchen verließen die Disco. Leandro saß noch eine Weile an der Bar. Plötzlich war er verschwunden.«

»Und Sie sind ihm gefolgt.«

»Aber nein, warum sollte ich? Ich bestellte mir noch ein Bier. Warum hätte ich ihm folgen sollen?«

Lagarde sah den Studenten scharf an. »Weil dieser Vorfall Sie an Corinne erinnerte. Unbändige Wut kochte in Ihnen hoch. Sie haben wegen Leandro Ihre Freundin verloren. Sie saßen wegen ihm alleine in der Disco. Sie wollten sich an ihm rächen. Sie sind ihm gefolgt, haben gewartet, bis er schlief, und haben ihn getötet.«

Julien raufte sich die Haare. »Nein, so war das nicht. Glauben Sie mir.«

»Wie war es denn dann?«

»Ich bin in der Disco geblieben. Ich habe Bier getrunken und getanzt. Alleine. Irgendwann bin ich zu meinem Auto gelaufen und auf der Rückbank eingeschlafen. Ich konnte nicht mehr fahren.«

»Warum haben Sie mir das nicht erzählt?«

»Ich fand das nicht so wichtig.«

»In einer Mordermittlung ist alles wichtig, das wissen Sie genau.«

»Es tut mir leid, Herr Kommissar. Natürlich war es mir klar, dass Sie mich verdächtigen würden.«

»Sie sind verdächtig.«

»Ich war es aber nicht.«

»Ich hoffe für Sie, dass sich das Personal oder Gäste an Sie erinnern. Sonst sieht es nicht gut für Sie aus. Ich melde mich bei Ihnen.«

Lagarde ließ einen kreidebleichen Julien Perrot am Tisch zurück.

Als Lagarde den Mont-Saint-Michel erreichte, war es bereits später Nachmittag. Das Bistro »La lune de miel« – der Honigmond – lag an einer steilen Nebengasse der Grande Rue. Durch große Glasscheiben konnte man in das Restaurant schauen. Die Einrichtung war im klassischen Stil gehalten. Kleine runde Tische sowie Stühle mit geschwungenen Lehnen in Schwarzweiß. Eine glänzende Mahagonitheke, um den großen Spiegel unzählige Spirituosen auf den Regalen. Der Fußboden war aus dunklem Holz, die Wände zwischen den Balken waren weiß gestrichen. Lampen mit altmodischen gefalteten Schirmen verbreiteten ein weiches Licht.

Neben der Bar stand eine schwarze Schiefertafel. Darauf waren das Tagesgericht, Salate und Kuchen aufgeführt. Einige Tische waren besetzt. Gedämpftes Murmeln war zu hören. Hinter der Theke zapfte ein Mann Bier. Er war klein, schmächtig, und sein Bauch wölbte sich über der Hose. Dunkle Locken fielen ihm in die Stirn. Der Schnauzbart war exakt gestutzt.

Lagarde setzte sich an die Bar und bestellte einen Milchkaffee. Als der Mann das Getränk vor ihm abstellte, zeigte der Kommissar seinen Dienstausweis.

»Sind Sie Stéphane Carrier, der Eigentümer des Bistros?«

»Ja, das bin ich.« Er wirkte verunsichert. »Was will denn die Kripo von mir?«

»Ich ermittle im Mordfall Leandro de La Fontaine.«

»Ach, deshalb sind Sie hier. Kollegen von Ihnen waren schon einmal bei mir und haben nach meinem Alibi in der Mordnacht gefragt.«

»Und haben Sie ein Alibi?«

»Ja, ich habe ein Alibi. Meine Kumpels und ich haben in der fraglichen Nacht Karten gespielt. Bis nachts um zwei Uhr.«

»Was haben Sie denn gespielt?«

»Skat.«

Lagarde runzelte unmerklich die Stirn. »Sie wissen ja, dass Sie nach Ihrem Alibi gefragt wurden, weil Sie Streit mit Leandro de La Fontaine hatten. Sie haben ihn angezeigt.«

»Das ist richtig.«

»Wegen Hausfriedensbruch, Erpressung und Körperverletzung.«

»Genau.«

»Worum ging es denn bei Ihrem Streit?«

»Das habe ich alles schon Ihren Kollegen gesagt. Aber ich erzähle Ihnen die Geschichte gerne noch einmal. Die Familie de La Fontaine ist immer auf der Suche nach Immobilien auf dem Berg. Sie wollen ihr Imperium vergrößern. Wie eine Krake greifen sie nach möglichen Objekten. Sie sind unersättlich und schrecken vor unlauteren Methoden nicht zurück.«

»Was waren das für unlautere Methoden?«

»Nun, der Sohn der Familie handelte nicht nur unehrenhaft, sondern skrupellos und brutal. Er wollte mein Bistro kaufen. Sein Angebot war lächerlich niedrig. Immobilien auf dem Mont-Saint-Michel sind ein

Vermögen wert. Natürlich beabsichtigte ich nicht zu verkaufen. Mein Bistro läuft gut. Gerade ausländische Touristen lieben das französische Flair und die ausgewählten feinen Gerichte von hoher Qualität zu einem fairen Preis. Leandro kam immer wieder. Also erteilte ich ihm Hausverbot. Etwa zwei Wochen vor seinem Tod passte er mich im Hinterhof ab. Der Mistkerl packte mich am Kragen und schleuderte mich zwischen den Mülltonnen gegen die Hauswand.«

»Das war ein regelrechter Überfall«, bemerkte Lagarde. »Was wollte er?«

»Er drohte mir. Mein Bistro könnte Schaden nehmen, wenn ich nicht kooperiere. Bei einer Schlägerei könnte die Einrichtung demoliert werden. Eines Morgens könnte ich vor den zertrümmerten Glasscheiben stehen. Ein Brand könnte ausbrechen. Außerdem könnte er verbreiten, in meiner Küche würden minderwertige Lebensmittel und Gammelfleisch verwendet.«

»Das sind ja Mafiamethoden.«

»Nach diesem Vorfall habe ich ihn angezeigt. Es ist nichts dabei herausgekommen. Es gab ja keine Beweise für sein Verhalten und keine Zeugen. Das heißt, es gab doch einen Zeugen, der jedoch auf seiner Seite stand. Es war der Mann, der ihn begleitete.«

»Sie waren zu zweit?«

»Ja, der zweite Kerl sagte kein Wort, er stand nur dabei. Das war so ein smarter aalglatter Typ in einem Armani-Anzug.«

»Wissen Sie, wie der hieß?«

»Ich meine, Fontaine hat ihn Louis genannt.«

Das war interessant.

Lagarde entschied sich, den Bistrobesitzer zu provozieren.

»Wegen dieser bedrohlichen Vorkommnisse wussten Sie sich nicht anders zu helfen und haben ihn getötet. Aus Zorn über seine Erpressungsversuche und damit er Sie endlich in Ruhe ließ.«

Stéphane Carrier reagierte empört auf diese Behauptung. »Ich bringe niemanden um. Das ist eine infame Unterstellung.«

»Aber Sie waren nicht besonders betroffen, als Sie von seinem gewaltsamen Tod erfuhren?«

Verlegen strich der Wirt über seinen Schnauzer. »Das ist ja nicht verboten, oder? Er wollte meine Existenz ruinieren.«

»Außerdem haben Sie ein Alibi.«

»So ist es.«

Lagarde hatte von seinem Platz an der Bar aus beobachtet, wie zwei Männer im Abstand von zehn Minuten einen Nebenraum verließen, um die Toilette aufzusuchen. Er stieg vom Barhocker, schlenderte durch die Gaststube und betrachtete in aller Ruhe einige der alten gerahmten Schwarzweißfotografien, die den Mont-Saint-Michel zeigten. Stéphane Carrier beobachtete ihn nervös.

Plötzlich riss der Kommissar die Tür auf, die zu dem Nebenzimmer führte. Vier Männer saßen um einen Tisch und spielten Poker. Vor ihnen lag viel Geld. Erschrocken blickten sie auf. Einer der Spieler erhob sich abrupt. Sein Stuhl kippte um.

»Setzen Sie sich wieder hin!«, forderte Lagarde ihn auf.

Der Mann gehorchte.

Der Kommissar zog sich einen fünften Stuhl heran und nahm Platz. »Skat also.« Er betrachtete die zahlreichen Geldscheine. »Sie spielen hier nicht um Cents – habe ich recht?«

Er bekam keine Antwort.

»Illegales Glücksspiel ist strafbar. Man kann dafür sogar ins Gefängnis kommen.«

Einem der Männer brach der Schweiß aus. Panik stand ihm ins Gesicht geschrieben.

»Ich kann nicht ins Gefängnis. Ich muss mich um meine kranke Frau kümmern.«

»Halte den Mund, Michel«, fuhr ihn sein Sitznachbar an.

»Ich will wissen, ob Stéphane Carrier wirklich bis nachts um zwei Uhr mit Ihnen gepokert hat«, sagte Lagarde. »Ich finde die Wahrheit sowieso heraus. Wenn ich eine ehrliche Antwort bekomme, war ich nie in diesem Zimmer.«

»Natürlich war er hier.«

Die Antwort kam von einem bärtigen Mann, der einen selbstbewussten Eindruck machte.

»Seid ihr verrückt?«, schrie Michel. Seine Augen zuckten hin und her. »Wegen Stéphane gehe ich nicht ins Gefängnis. Er war nicht die ganze Zeit hier, Monsieur le Commissaire. Er ist um elf verschwunden und kam gegen zwei Uhr zurück.«

»Du bist der größte Idiot auf dem ganzen Berg, Michel«, schnauzte ihn der Bärtige an.

»Danke, meine Herrn. Einen schönen Abend noch.«

Lagarde verließ das Zimmer. Sprachlos starrten die vier Spieler ihm nach.

Der Kommissar setzte sich wieder an die Bar. Der Wirt schenkte mit hochrotem Kopf zwei Gläser Wein ein.

»Darf ich Sie zu einem Roten einladen, Herr Kommissar? Ich kann alles erklären.«

»Einverstanden. Ich höre.«

Stéphane Carrier trank einen großen Schluck Wein, dann begann er zu erzählen.

»Ich habe wirklich ein Alibi, Herr Kommissar. Ich war bei meiner Geliebten in Saint-Malo. Sie ist verheiratet. Ihr Mann darf nichts von mir wissen, sonst bringt er sie aus Eifersucht um. Er ist Feuerwehrmann und arbeitet im Schichtdienst. Immer wenn er Dienst hat, besuche ich Colette.«

»Ich muss mit ihr sprechen. Geben Sie mir bitte die Adresse.«

»Ich sehe ein, dass Sie mit ihr sprechen müssen, aber ich flehe Sie an, passen Sie auf, dass Colettes Mann nichts mitbekommt.«

»Ich sehe im Moment keine Veranlassung, warum der Ehemann Ihrer Geliebten von dem Verhältnis erfahren sollte. Das ist für die Ermittlungen nicht relevant.«

Stéphane Carrier atmete auf. »Ich danke Ihnen, Herr Kommissar.«

Es blieb noch genügend Zeit bis zum Abendessen bei Violette. Philippe Lagarde beschloss, gleich nach Saint-Malo zu fahren und das Alibi von Stéphane Carrier zu überprüfen. Er fuhr einige Kilometer auf der Nationalstraße und folgte dann der Route die Küste entlang.

Zerklüftete, von Gischt umsprühte Felsen bewachten das Ufer. Im Nordosten lag das Fischerstädtchen Cancale, davor befanden sich weitläufige Austernbänke. Am Hafen reihten sich Restaurants, die die berühmten Meeresfrüchte auftischten.

Nach wenigen Minuten erreichte der Kommissar Saint-Malo. Die alte Korsarenstadt, erbaut auf einer felsigen Halbinsel, mit der massigen Ringmauer und den hohen grauen Granithäusern galt als der schönste Ort der bretonischen Nordküste. Lagarde fand einen Parkplatz am Rand der Altstadt. Über eine steile Treppe erreichte er die Promenade auf den Wällen. Immer wenn er in Saint-Malo war, zog es ihn auf diesen Rundweg. Unzählige Kamine erhoben sich über den Dächern der Stadt. Die Aussicht auf den Strand, die Bucht, das Fort und den Ozean war überwältigend. In der Ferne zogen weiße Wolken wie Schiffe über das dunkle Wasser.

Lagarde trank an einem Imbissstand einen doppelten Espresso und schrieb eine Ansichtskarte für Odette. Die Fotografie war vom Wall aus aufgenommen und zeigte ein Gewirr von roten, grauen, hohen, schlanken, runden und dicken Kaminen.

Colette Meunier wohnte in der Ville Close, der Altstadt von Saint-Malo, im ersten Stock eines Granitsteinhauses. Lagarde klingelte. Ein Summen ertönte, und er gelangte in den Flur. Im ersten Stock erwartete ihn ein Mann, der im Türrahmen stand. Das grobe Gesicht war nicht rasiert, die Statur untersetzt und stämmig. Er trug eine Trainingshose und ein geripptes Unterhemd. Unwirsch empfing er den Besucher.

»Was wollen Sie?«

»Guten Tag, Monsieur. Ich habe vor dem Haus den Führerschein Ihrer Frau gefunden. Ich nehme an, Colette Meunier ist Ihre Frau?«

»Ja, das ist meine Frau. Ständig verliert sie irgendetwas. Geben Sie her.«

»Aber nein, Monsieur. Ich möchte ihr das Dokument selbst übergeben. Damit ich sehe, ob das Foto mit dem Original übereinstimmt. Verstehen Sie? Es muss doch alles seine Richtigkeit haben.«

Dieses Argument verstand Monsieur Meunier, bei der Feuerwehr musste auch alles seine Richtigkeit haben.

»Ich hole Colette. Warten Sie vor der Tür. Ich will die Übertragung des Rugbyspiels weiter schauen.«

Er ließ Lagarde vor der Wohnung stehen. Eine Frau erschien und sah ihn fragend an. Sie war klein, hatte einen üppigen Busen und breite Hüften. Blonde Locken fielen um das hübsche Gesicht mit großen, unschuldigen, blauen Augen.

»Sie müssen sich irren, Monsieur. Ich habe meinen Führerschein nicht verloren. Er steckt in meinem Geldbeutel.«

»Deshalb bin ich auch nicht hier.«

Sie wurde misstrauisch. »Was wollen Sie dann von mir?«

Lagarde zeigte seinen Dienstausweis. Colette Meunier erschrak. Sie riss die Augen auf.

»Ich ermittle in einem Mordfall. Stéphane Carrier ist einer der Verdächtigen. Er hat Sie als Alibi angegeben.«

»Ist er verrückt? Er weiß, dass ich großen Ärger mit meinem Mann bekommen werde, wenn er von unserer Liaison erfährt.« Ängstlich blickte sie über die Schulter.

»Er muss ja nichts erfahren. Ich habe nur eine Frage, dann bin ich wieder weg.«

»Was wollen Sie wissen?«

Lagarde nannte das Datum und den Zeitrahmen des Verbrechens.

»War Stéphane Carrier in dieser Nacht bei Ihnen?«

»Moment, ich muss auf den Dienstplan meines Mannes schauen.«

Sie verschwand und lehnte die Tür an. Sekunden später war sie zurück.

Eine ungeduldige Stimme rief: »Colette, wo bleibst du so lange? Bringst du mir ein Bier mit?«

»Ich komme gleich, Chéri«, flötete sie. Jetzt war sie sehr nervös. »Mein Mann hatte Dienst in dieser Nacht.

Also war Stéphane hier. Er besucht mich immer, wenn mein Mann auf der Wache schläft.«

»Sie sind ganz sicher?«

»Ja.«

»Würden Sie diese Aussage auch vor Gericht beeiden?«

»Ich würde alles machen, um Stéphane zu helfen. Aber mein Mann darf auf keinen Fall davon erfahren.«

»Sie haben mein Wort, Madame Meunier.«

»Vielen Dank. Und jetzt gehen Sie bitte.«

»Wo bleibt mein Bier?«, tönte es aus dem Wohnzimmer.

Bei einem Spaziergang durch die Altstadt entdeckte Lagarde ein Antiquitätengeschäft. Es befand sich im Erdgeschoss eines Granithauses, flankiert von einer Konditorei und einem Souvenirladen. In der Auslage standen zwischen Schiffslaternen, Ölgemälden und antiken Kompassen zwei Leuchter. Schlanke, hohe, elegant geformte Bronzeleuchter. Er sah sie bereits auf dem Sims von Odettes großem, halbmondförmigem Schlafzimmerfenster stehen. Der perfekte Platz. Er trat ein und sah sich um. Der Verkaufsraum war schmal und lang, das Angebot an Antiquitäten vielfältig. Schöne restaurierte Schränke, Sekretäre, Stühle, Bilder, Biedermeiersofas und Stehlampen. Dazu Kerzenständer in großer Auswahl. Aber Lagarde hatte sich bereits entschieden. Er zeigte dem Antiquitätenhändler die Leuchte, die er kaufen wollte.

»Sie sind sehr schön, nicht wahr?«, fragte der freundliche Mann. »Sie stammen aus dem 19. Jahrhundert und sind aus Bronze gefertigt.«

»Meine Lebensgefährtin hat morgen Geburtstag. Ich glaube, sie werden ihr gefallen.«

Der Antiquitätenhändler lächelte ihn an. »Ich habe die passenden Kerzen für die Ständer. Sie bekommen sie gratis dazu, weil es ein Geburtstagsgeschenk ist.« Aus der Schublade einer Kommode holte er zwei weiße, golddurchwirkte Kerzen. »Das Gold und die Bronze harmonieren auf das vortrefflichste und werden im Lichterschein glänzen.«

»Die Kerzen sind wirklich etwas Besonderes«, erklärte Lagarde.

Der Antiquitätenhändler legte die Schätze vorsichtig in einen Karton und schlug ihn in matt schimmerndes indigoblaues Geschenkpapier. Eine weiße Schleife vollendete sein Werk. In einer mit Samt ausgeschlagenen Schatulle entdeckte der Kommissar zwei Dolche. Sie ähnelten der Mordwaffe, nur das rote Tatzenwappen der Templer fehlte. Er deutete auf die Auslage.

»Sind diese Dolche wertvoll?«

»O ja. Sie stammen aus dem 14. Jahrhundert, sie sind aus Eisen geschmiedet und mit Silber verziert. Achten Sie auf die feine Ziselierung und die Einlegearbeiten. Dabei handelt es sich um Halbedelsteine.«

»Gab es viele solcher Dolche im Mittelalter?«

»Ja, durchaus. Es war üblich, dass Ritter solch eine Waffe trugen und mit ihr kämpften.«

»Ich habe auf meinem Handy eine Fotografie von einem Dolch. Das Original habe ich leider nicht dabei.« Es lag sicher verwahrt in der Asservatenkammer der Polizei in Avranches. »Darf ich Ihnen das Bild zeigen und um Ihre Einschätzung bitten?«

Der Antiquitätenhändler setzte seine Lesebrille auf, nahm Lagardes Smartphone und betrachtete interessiert den Dolch.

»Liegt der Dolch schwer in der Hand?«, fragte er.

»Ja, er ist recht schwer.«

»Die Ähnlichkeit mit meinen Waffen ist groß. Das Silber, die Edelsteine, die Perfektion der handwerklichen Ausführung. Das rote Tatzenwappen der Templer stammt aus dem Mittelalter. Sie trugen die Dolche bei den Kreuzzügen. Die Waffe scheint echt zu sein.«

Lagarde nickte. »Wo haben Sie Ihre Waffen her?«

»Normalerweise werden solche Kostbarkeiten in Museen ausgestellt. Meine Dolche stammen aus einer privaten Sammlung, deren Eigentümer verstorben ist. Es ist aber alles völlig legal. Ich mache keine krummen Geschäfte. Sind Sie von der Polizei?«

Lagarde entschuldigte sich und zückte seinen Dienstausweis. »Ich wollte Sie nicht erschrecken. Der Dolch ist ein Indiz in einem ungeklärten Kriminalfall. Über seine Herkunft weiß ich noch nichts. Hatten Sie noch mehr Waffen, die Sie verkauft haben?«

»Nein, nur die beiden. Sie sind ein Vermögen wert, ich werde sie Sammlern anbieten. Die Laufkundschaft kauft solche Stücke nicht.«

Der Antiquitätenhändler verspürte nach dem ersten Schreck Befriedigung darüber, dass ein Polizist sich für seine fachmännische Meinung interessierte.

»Ein Kollege von mir ist absoluter Spezialist für mittelalterliche Waffen. Er hat sein Geschäft in Bayeux. Ich gebe Ihnen seine Visitenkarte.«

»Danke, das ist ein guter Tipp.« Lagarde fiel noch etwas ein. »Ist Ihnen ein Christrosenorden bekannt?«

Dem Antiquitätenhändler schienen plötzlich die Hände zu zittern. Er räusperte sich, dann sagte er: »Tut mir leid. Von diesem Orden habe ich noch nie gehört.«

»Schade, es war einen Versuch wert. Auf Wiedersehen und herzlichen Dank für die Kerzen«.

»Keine Ursache, auf Wiedersehen.«

Als Lagarde das Antiquitätengeschäft verließ, fiel sein Blick auf das Nummernschild eines dunkelblauen Renaults. Das Kennzeichen kam ihm bekannt vor. Das Auto hatte vor dem Haus im Wald gestanden. Er spürte, wie der Antiquitätenhändler ihm durch das Schaufenster nachsah.

Um neunzehn Uhr erreichte Lagarde den großen Parkplatz gegenüber dem Mont-Saint-Michel. Er kämmte sich die Haare und suchte in seinem Handschuhfach nach einem Eau de Toilette. Er besprühte seinen Hals und atmete den herben Sandelholzduft ein. Die gefütterte Wildlederjacke tauschte er gegen ein Jackett und einen Mantel. Da er noch einige Minuten Zeit hatte, wandte er sich auf dem Berg nach links und folgte dem

Pfad am Gabrielsturm vorbei fast bis zur Kapelle des heiligen Aubert. Je mehr er sich von der Eingangspassage und der Grande Rue entfernte, desto dunkler wurde es. Schroffes Felsgestein erstreckte sich bis zum Watt. Dazwischen wuchs dichtes Gesträuch. War da jemand auf dem Plateau der Kapelle? Er kniff die Augen zusammen. Warum sollte dort jemand in der Dunkelheit stehen? Ein Blick auf die Uhr sagte ihm, dass er zurückmusste, wenn er sich Violette gegenüber nicht unhöflich verhalten wollte. Er nahm den Weg unterhalb der angestrahlten Abtei und lief durch enge Gassen und über schiefe Treppen zum Freiheitsturm. Dort in der Nähe wohnte Violette.

Er kam an einem gedrungenen Häuschen vorbei. Über der Eingangstür brannte eine Lampe. Im kleinen ummauerten Vorgarten stand eine schwarzgekleidete alte Frau. Sie sah traurig aus. Und sie kam Lagarde bekannt vor. Es war die Frau, die in der Abtei neben ihm gebetet hatte.

»Guten Abend, Madame«, grüßte er sie.

Sie fuhr erschrocken zusammen und starrte ihn furchtsam an.

»Keine Angst, Madame, wir haben vor einigen Tagen in der Abtei nebeneinandergesessen und gebetet. Erinnern Sie sich?«

Sie schüttelte den Kopf. »Nein, Monsieur.«

»Sie sehen so bekümmert aus. Kann ich etwas für Sie tun?«

Ihr Blick wurde zutraulicher. Ein Lächeln deutete

sich an. »Mein Mann ist vor vier Wochen verstorben. Wir haben immer alles zusammen gemacht. Jetzt bin ich alleine.«

»Das tut mir sehr leid, Madame.«

»Gott hat ihn zu sich geholt, und ich werde ihm bald folgen.«

»So etwas dürfen Sie nicht sagen, Madame. Der Tod ist immer die schlechteste Alternative.«

Milde lächelte sie ihn an und deutete auf ein kleines Beet mit Christrosen. »Mein Mann hat Schneerosen geliebt. Sie wachsen hier, seit ich denken kann. Und jetzt fehlen welche.«

»Jetzt fehlen welche?«

»Ja, das ist schlimm. Meine Schneerosen blühen von Oktober bis Dezember. Das ist ganz außergewöhnlich. Jesus selbst segnet sie und wacht über sie. Sie stehen als Symbol für Christi Geburt und verkörpern die Unberührtheit und die Hoffnung. Die Schneerosen sind eines der vielen Wunder des heiligen Glaubensberges.«

»Und jetzt fehlen welche?«

Die alte Frau nickte traurig.

»Meinen Sie, die Blumen wurden gestohlen?«

»Vielleicht. Das ist noch nie passiert. Sie stellen doch ein Wunder dar. Wer vergreift sich an einem Wunder?«

»Wie viele fehlen denn?«

»Zwei Schneerosen sind nicht mehr da.«

»Können Sie sich erinnern, seit wann sie weg sind?«

»Ja. Die erste Rose fehlt seit etwa zwei Wochen. Die zweite verschwand vorgestern.«

Die Zeitangaben passten. Stahl der Mörder die Rosen aus dem Garten der alten Frau?

Niedergeschlagen sah sie auf das Beet. »Jetzt fehlt noch eine«, stellte sie fest. »Gestern Morgen war sie noch da.«

Diese Information alarmierte Lagarde. Wofür brauchte der Mörder die dritte Schneerose? Eine unheilvolle Ahnung beschlich ihn.

»Ist Ihnen gestern etwas Ungewöhnliches aufgefallen, Madame?«

»Nein. Alles war wie immer.«

»Sind Sie sicher?«

Sie dachte nach. »Vorgestern am Vormittag stand ein Mönch in meinem Garten. Er erschrak, als er mich sah.«

»Wollte er die Rose stehlen?«

»Aber nein, wo denken Sie hin? Ein Glaubensbruder stiehlt doch nicht. Wahrscheinlich war es ein Pilger, der sich verlaufen hatte. Ich habe ihm den Weg zur Abtei gezeigt.«

»Hat der Mönch etwas gesagt?«

»Kein Sterbenswörtchen. Wahrscheinlich gehört er einem Orden mit Schweigegelübde an.«

»Und wie sah er aus?«

»Er trug eine schwarze Kutte und eine Kapuze.«

»Konnten Sie sein Gesicht erkennen?«

»Kaum. Er hatte die Kopfbedeckung tief ins Gesicht gezogen. Der Teint war hell. Der Mund erschien mir weich. Ich bin aber nicht sicher. Er stand einige Meter entfernt von mir.«

»Können Sie sich an die Statur erinnern?«

»Ja, der Mönch war schlank, ziemlich groß, asketisch.«

»Sie sind eine gute Beobachterin, Madame.«

Die alte Frau freute sich über die anerkennenden Worte, die sie anspornten.

»Und jetzt gehen Sie besser ins Haus. Es ist kalt geworden.« Er wollte die Frau in Sicherheit wissen. »Ich gebe Ihnen meine Visitenkarte. Rufen Sie mich an, wenn Sie Hilfe brauchen. Jetzt muss ich leider gehen. Es war ein interessantes Gespräch mit Ihnen. Guten Abend, Madame.«

Philippe Lagarde kaufte in einem Geschäft in der Grande Rue eine Flasche Wein und einen Blumenstrauß für Violette. Kurz nach halb acht stand er vor ihrem Haus. Es lag nur wenige Meter vom Freiheitsturm entfernt. Die Wallmauer bildete die Südfassade des Gebäudes. Es war aus Granitsteinen erbaut, klein und geduckt, wie das Haus der alten Frau. Efeu überwuchs die westliche Außenmauer und ließ nur drei winzige Fenster frei. Der Vorgarten wurde von einer niedrigen Steinmauer umgrenzt. Ein Kiesweg führte von der Gartenpforte zur weißlackierten Eingangstür. Daneben rankten sich Rosenstöcke mit gelborangen Blüten um ein Spalier.

Lagarde betätigte den Klopfer. Kurz darauf öffnete Violette die Tür und strahlte ihn an.

»Guten Abend, Philippe. Schön, dass du da bist.«

Er überreichte ihr die Blumen und den Wein.

»Danke, Philippe. So schöne Blumen.« Sie sah auf das Etikett der Flasche. »Und ein guter Wein.«

Lagarde folgte ihr in den Flur und hängte seinen Mantel an die Garderobe. Violette führte ihn in das Wohnzimmer. Die enge schwarze Stoffhose betonte ihre schlanke Figur. Darüber trug sie eine salbeigrüne Chiffonbluse, die ihre Augenfarbe hervor hob. Die blonden Haare fielen ihr weich auf die Schultern. Der Mund glänzte erdbeerrot.

Lagarde sah sich im Zimmer um. Auf der rechten Seite befand sich eine Sitzecke. An der naturbelassenen Steinmauer stand ein Sofa mit bunten Kissen, gegenüber zwei gemütliche Ohrensessel, in der Mitte ein quadratischer Tisch mit einem mittig eingelegten Schachbrettmuster als Oberfläche. Zwischen zwei Fenstern stand ein antiker Sekretär. Die linke Hälfte des Raumes diente als Esszimmer. Ein massiver Holztisch, umgeben von sechs schwarzen lederbezogenen Stühlen mit hoher Lehne, bildete den einladenden Mittelpunkt. Der Tisch war festlich gedeckt. In einem dreiarmigen Leuchter brannten weiße Kerzen. Ein großes Ölgemälde an der Stirnseite des Zimmers über dem Kamin erweckte seine Aufmerksamkeit. Es zeigte den Mont-Saint-Michel in einem Gewittersturm. Schwarze Wolken stürmten über den Berg. Blitze zuckten am Himmel und tauchten das Kloster in schwefelgelbes Licht. Das Meer schäumte, die Wellen peitschten um ein Boot, das auf einen Fels zutrieb. In dem Kahn saßen Menschen, die um ihr Leben ruderten.

»Dein Wohnzimmer gefällt mir«, sagte er. »Das Ölbild ist sehr beeindruckend. Ein wahres Kunstwerk. Der Betrachter wird augenblicklich in seinen Bann gezogen und fürchtet um das Leben der Bootsinsassen.«

»Es stammt noch von meinem Großvater«, erzählte Violette. »Er hat es auf einer Auktion ersteigert.«

»Wie viele Zimmer hat dein Haus?«

»Es ist recht klein. Auf der anderen Seite des Korridors befinden sich Küche und Bad. Unter dem Dach habe ich mir ein Schlafzimmer und ein Büro eingerichtet. Für mich reicht es. Ich liebe mein Häuschen. Vom ersten Stock aus kann ich auf das Wattenmeer, den Deich und das grüne Hinterland schauen. Wenn die Touristen abends den Berg verlassen haben, ist es ganz still hier.« Mit einem bezaubernden Lächeln sah sie ihn an. »Ich hole jetzt den Aperitif.«

Lagarde fragte sich, wie sie sich ein Haus auf dem Berg leisten konnte. Von einem Polizeigehalt sicher nicht. Wahrscheinlich hatte sie es geerbt. Er mochte sie nicht fragen. Es ging ihn schließlich nichts an.

Violette kam mit zwei langstieligen Kristallgläsern zurück. »Kir Royal«, erklärte sie. »Stoßen wir auf unsere gute Zusammenarbeit an.«

Lagarde probierte einen Schluck. »Sehr gut.«

»Danke. Setz dich doch, Philippe. Schenkst du den Wein ein?« Sie deutete auf einen Kühler, aus dem der Flaschenhals eines Chablis ragte. »Ich serviere die Vorspeise.«

Lagarde tat, wie ihm geheißen. Dann entdeckte er

neben dem Sekretär eine gerahmte Urkunde mit einem Foto, das ihn neugierig machte. Er stand auf und betrachtete es näher. Das Bild zeigte drei junge Sportlerinnen, die auf einem Podest standen. Das Mädchen in der Mitte hatte blonde Haare, um seinen Hals hing eine goldene Medaille. Die Finger fest um die Trophäe gelegt, lachte sie stolz in die Kamera. Schon damals waren Violettes Augen von einem leuchtenden Grün gewesen. »Erster Preis bei der Segelregatta der Junioren in Granville für Violette Gisserot«, stand unter der Fotografie.

Sie kam aus der Küche und sah ihren Gast die Urkunde betrachten. »Ich war ein sportliches Mädchen.« Sie lachte. »Und ehrgeizig ohne Ende. Für diesen Sieg habe ich monatelang trainiert.«

»Segelst du noch?«

»Nein, seit einiger Zeit nicht mehr.«

Für einen winzigen Augenblick sah sie betrübt aus. Lagarde fragte sich, woran sie sich erinnert hatte.

»Der Polizeidienst lässt mir wenig Freizeit«, fuhr sie fort, um Fröhlichkeit bemüht.

Sie genossen gerade den ersten Gang, Crevetten-Cocktail mit Walnüssen und Orangen, als Lagardes Handy klingelte.

»Entschuldige bitte, Violette.«

Er nahm das Gespräch an. Es war die Gendarmerie von Avranches. Sie hatten das Personal der Diskothek befragt, das am Abend des Mordes an Leandro de La Fontaine Dienst gehabt hatte. Keiner konnte sich an

Julien Perrot erinnern. Zu fortgeschrittener Stunde war die Tanzfläche überfüllt gewesen, und an der Bar hatten die Besucher in mehreren Reihen gestanden. Lagarde bedankte sich und beendete das Gespräch.

»Julien Perrot hat kein Alibi für den besagten Abend«, informierte er Violette. »Niemand hat ihn in der Disco gesehen, nachdem Leandro gegangen war.«

»Er könnte trotzdem dort gewesen sein«, entgegnete sie.

»Sicher, aber niemand kann es bezeugen.« Lagarde hob sein Glas und stieß mit ihr an. »Die Crevetten schmecken wunderbar.«

Während des Hauptganges, einem Omelette mit Jakobsmuscheln, berichtete der Kommissar von den Gesprächen mit dem Bistrobesitzer Stéphane Carrier und seiner Geliebten Colette Meunier.

»Sie gibt ihm ein Alibi«, sagte er.

»Glaubst du ihr?«

»Ich weiß nicht. Wir sollten sie auf die Wache bestellen und noch einmal in Ruhe mit ihr reden.«

»Das ist eine gute Idee, Philippe. Sie stand während eures kurzen Gespräches massiv unter Druck.« Violette grinste. »Mit einem misstrauischen gehörnten Ehemann im Hintergrund.«

»Ja, Colette Meunier war sehr nervös, verständlicherweise. Wie war es in der Abtei? Konntest du etwas über den Christrosenorden erfahren?«

Violette erzählte von dem hilfsbereiten Oberhaupt der Glaubensgemeinschaft. »Bruder Pierre-Marie strahlt

Güte und Herzenswärme aus. Er wollte mir helfen und hat mir den Zutritt zum Archiv nicht einfach verboten. Ich durfte einen Blick in die heiligen Hallen werfen. Dort lagern Zehntausende von Büchern, Zeitchroniken, Bildbänden und unzählige wertvolle Schriften. Es ist nahezu aussichtslos, etwas Spezielles zu finden. Es sei denn, man verfügt über viel Zeit.«

»Das habe ich befürchtet«, entgegnete der Kommissar. »Es war mir aber nicht klar, wie riesig dieses Archiv ist.«

»Der Geistliche hat mich zu einem Imbiss eingeladen und gefragt, wonach ich suche.« Violette schwieg einen Moment. »Ich habe es ihm gesagt, Philippe. Ich dachte, es sei vielleicht die einzige Möglichkeit, etwas über diesen geheimen Orden zu erfahren. Ich hoffe, du bist nicht verärgert.« Sie sah ihn ernst an.

»Du hast das Richtige getan, Violette. Einen Versuch war es wert. Gute Ermittler müssen manchmal unkonventionelle Wege gehen.«

»Pierre-Marie hat unsere Vermutung insoweit bestätigt, dass im Mittelalter ein Christrosenorden existiert hat.«

»Nach meinen Beobachtungen auf dem Grundstück im Wald gibt es ihn nach wie vor. Mit Maurice de La Fontaine als Großmeister.«

»Ob sie noch immer das goldene Schwert des Erzengels Michael suchen?«

Lagarde überlegte. »Es wäre schon möglich. Die Vorstellung ist zwar bizarr, aber es jagen ja auch Menschen hinter dem Heiligen Gral her. Am Tatort waren ein Dolch und eine Christrose. Würde der Orden oder ein Mitglied des Geheimbundes diese Indizien hinterlassen? Und damit den Verdacht auf sich lenken?«

»Unwahrscheinlich«, meinte Violette. »Ich denke, es war ein Ablenkungsmanöver.«

»Das denke ich auch«, bestätigte Lagarde. »Außerdem kann ich es nach wie vor nicht glauben, dass Maurice de La Fontaine seinen eigenen Sohn erdolcht haben soll.«

»Und wenn es ein anderer Ordensbruder war?«

»Wir können diese Möglichkeit nicht ausschließen. Aber weshalb? Das Motiv ist mir schleierhaft.«

Violette nickte. »Mir auch.«

»Das ist der Knackpunkt bei diesem Fall«, sagte Lagarde. »Die Gelegenheit zu dem Mord hatten einige Personen. Aber das Motiv ist vollkommen unklar. Vor allem nach dem Vorfall mit dem Paket für Isabelle de La Fontaine.«

»Und wenn Isabelle de La Fontaine selbst für das Paket verantwortlich war?«, fragte Violette.

»Dann ist sie eine begnadete Schauspielerin. Und warum sollte sie so einen Akt inszenieren?«

»Um von sich abzulenken«, erwiderte Violette.

»Isabelle de La Fontaine hätte ihrem Sohn niemals etwas angetan.«

»Da bin ich mir nicht so sicher. Ich halte sie für eine skrupellose Geschäftsfrau, die über Leichen geht.«

»Aber warum Leandro?«

»Vielleicht war er zu weit gegangen? Vielleicht war sein Verhalten geschäftsschädigend?«

»Dann hätte sie ihn aus der Firma geworfen und nicht erdolcht.«

»In Ordnung, Monsieur le Commissaire. Dann kann die Karte nur der Täter geschrieben haben. Der wiederum in einem engen Verwandtschaftsverhältnis mit der Person steht, von der die Fingerabdrücke auf dem Dolch stammen. Was für ein Fall!« Violettes Gesichtsausdruck zeugte von Ratlosigkeit. Dann fragte sie: »Wie schmeckt dir das Omelette?«

Lagarde ließ einen Bissen auf der Zunge zergehen. »Köstlich!«

»Ich habe es nach dem Originalrezept von Mère Poulard zubereitet. Weißt du, wer das war?«

»Ein Restaurant auf dem Mont-Saint-Michel heißt so. Das habe ich gesehen.«

»Genau. Das Restaurant ›Auberge de la Mère Poulard‹ ist in der ganzen Welt bekannt. Im Jahr 1875 übernahm Annette Poulard gemeinsam mit ihrem Mann die Leitung eines Hotels und Restaurants auf dem Mont-Saint-Michel. Zu der Zeit kamen Besucher und Pilger bei Ebbe zu Pferd oder mit dem Pferdewagen. Sie hatten Hunger und wollten nicht lange auf ihr Essen warten. Deshalb schlug Mère Poulard in einem Kupfertopf Eier, Butter, Sahne, Salz und Pfeffer auf und zauberte in kurzer Zeit ein köstliches Omelette. Es wurde in einer gusseisernen Pfanne auf dem offenen Feuer gebacken. Sie war für ihre Gastfreundschaft und ihre Herzlichkeit berühmt und kochte auch traditionelle Gerichte wie Lamm von den Salzwiesen oder Schalentiere aus der Bucht.«

»Also eine berühmte Köchin.«

»Ja, das war sie.«

»Du bist auch eine gute Köchin.«

»Danke für das Kompliment, Philippe. Jetzt gibt es den Nachtisch. Ich hoffe, du magst Crème Brûlée.«

»Das ist eines meiner Lieblingsdesserts.«

Violette servierte die Crème in Glasschalen. Dazu öffnete sie eine Flasche Champagner und goss das perlende Getränk in Kelche. Als sie das Glas vor ihm abstellte, berührte sie wie zufällig seine Hand.

»Du hast schöne Hände«, sagte sie. »Kraftvoll und doch feingliedrig.«

Mit einem intensiven Blick sah sie ihn an. Ihre Augen leuchteten im Schein der Kerzen smaragdgrün. Lagarde war irritiert. Er bemühte sich, das Gespräch in unverfänglichere Bahnen zu lenken.

»Auf der Urkunde steht der Nachname Gisserot. Jetzt heißt du Boyer. Bist du verheiratet?«

»Ich war verheiratet. Mit einem Staatsanwalt aus Avranches. Jetzt bin ich geschieden. Es war eine hässliche Scheidung. Ein Rosenkrieg.«

»Etwa mit Guillaume Boyer?«

»Ganz genau. Kennst du ihn?«

»Ich hatte einmal mit ihm zu tun. Das ist aber schon einige Jahre her.« Lagarde erinnerte sich noch gut an den Mann. Die Zusammenarbeit war schwierig gewesen. Guillaume Boyer war ein unsympathischer Zeitgenosse. Überaus arrogant, selbstherrlich, rechthaberisch und ohne jegliche Empathie.

»Ich habe mich in ihn verliebt«, erzählte Violette. »Er sah gut aus und konnte durchaus charmant sein. Erst nach der Hochzeit begriff ich, dass er kein Herz hat. Er ist eiskalt und selbstgefällig. Und er hat immer recht.« Sie schüttelte den Kopf. »Ich habe es zu spät bemerkt. Aber lassen wir das. Es ist kein schönes Thema. Das ist unser Abend.«

Sie räumte die Glasschalen ab und trug sie in die Küche. Als sie zurückkam, schenkte sie Champagner nach und prostete ihm zu. Dann trat sie hinter ihn, legte die Hände auf seine Brust und streichelte ihn zärtlich. Ihre Wange schmiegte sich an seine. Er konnte ihr Parfüm wahrnehmen. Die Berührung verunsicherte ihn.

»Schlaf doch bei mir, Philippe«, sagte sie leise. »Wir nehmen den Champagner und gehen nach oben.«

Lagarde löste sich sanft aus ihrer Umarmung und stand auf. Sie hatte ihre Bluse aufgeknöpft, und er konnte ihre von Spitze umhüllten vollen Brüste sehen. Entschlossen nahm er ihre Hände und sah sie an. »Violette, es schmeichelt mir sehr, dass du mit mir schlafen willst. Du bist eine wunderschöne begehrenswerte Frau. Es geht aber nicht. Ich habe eine Freundin, die ich sehr liebe und die ich nicht betrügen werde. Verstehst du das?«

In ihren Augen loderte Hass auf. Sie riss sich los, stürmte aus dem Raum und knallte die Badezimmertür hinter sich zu. Er hörte, wie sie den Riegel vorschob.

Lagarde sank auf seinen Stuhl zurück. Das hatte noch gefehlt, verdammt. Er trank sein Glas aus, schlüpfte in den Mantel und verließ das Haus.

Zu dieser späten Stunde war der himmelblaue Renault Express das einzige Auto auf der Küstenstraße. Die Nacht war sternenklar und windstill. Philippe Lagarde versuchte, sich die weitere Arbeitsbeziehung mit Violette vorzustellen. Sie mussten morgen reden. Unbedingt. Sein Handy klingelte. Die Telefonnummer des Anrufers leuchtete grün auf. Inzwischen kannte er sie auswendig.

»Guten Abend, Madame de La Fontaine. Was kann ich für Sie tun?«

»Man kann Sie wirklich immer zuverlässig erreichen.« Sie bemühte sich um eine ruhige Stimme, doch er konnte ihre Anspannung wahrnehmen.

»Ist etwas passiert, Madame? Sie klingen nervös.«

Plötzlich war es mit ihrer Selbstbeherrschung vorbei. Sie schluchzte auf.

»Soll ich vorbeikommen, Madame?«

»Es geht schon wieder, Monsieur le Commissaire. Ich denke, wir können die Sache telefonisch klären.«

»In Ordnung. Dann schildern Sie mir jetzt bitte, was vorgefallen ist.«

»Ich habe vorhin mit meiner Tochter Leyla telefoniert. Übermorgen kommt sie nach Hause. Sie fährt mit dem Zug über Paris und trifft am späten Nachmittag in Granville ein. Wir freuen uns sehr.«

»Es wird Ihnen guttun, Ihre Tochter um sich zu haben, Madame.«

»Ja, natürlich. Aber sie hat am Ende des Telefonats noch zufällig etwas erzählt, das mich in absolute Panik versetzt hat. Es hat mich meine ganze Kraft gekostet, dass Leyla davon nichts gemerkt hat.«

Lagarde dachte an die dritte Schneerose, die aus dem Garten der alten Frau gestohlen worden war.

»Ihre Tochter hat ein Paket mit einer Christrose bekommen.«

»Woher wissen Sie das?«

»Es war nur eine Vermutung.«

»Meine Tochter fand die Sendung witzig, sie denkt, ein Verehrer aus dem Internat steckt dahinter.«

»War eine Nachricht dabei?«

»Ja. Der Text war glücklicherweise nicht so grausam wie bei mir. Er war unverfänglich. Auf der Karte stand nur: *Beste Grüße vom Mönch*. Aber, Monsieur le Commissaire, die Sache gefällt mir überhaupt nicht. Wenn ich auch noch meine Leyla verliere, will ich nicht mehr leben.«

»Ich mache Ihnen einen Vorschlag, Madame de La Fontaine. Rufen Sie morgen Ihre Tochter an und verschieben Sie den Besuch. Denken Sie sich einen Vorwand aus. Sagen Sie Ihrer Tochter nicht, dass sie in Gefahr sein könnte, das würde sie nur ängstigen.«

»Sie wird nicht begeistert sein.«

»Nein, aber der Fall wird bald gelöst sein. Dann kann sie nach Hause kommen. Instruieren Sie das Betreuungspersonal im Internat. Sie sollen ein Auge auf Ihre Tochter haben. Erklären Sie ihnen, dass es zum jetzigen Ermittlungsstand besser ist, wenn Leyla in Lausanne bleibt.«

»In Ordnung. Ich denke, Sie haben recht. Leylas Sicherheit hat absolute Priorität. Vielen Dank für ihre Hilfe.«

»Passen Sie auf sich auf. Gute Nacht, Madame.«

Lagarde legte das Handy auf den Beifahrersitz zurück. Wollte jemand die Familie de La Fontaine zu Tode erschrecken? Oder gar vernichten? Aber aus welchem Grund?

Das Kaminfeuer brannte. Lagarde saß auf dem Sofa im Wohnzimmer und starrte in die Flammen. Der Anblick hatte eine beruhigende Wirkung auf ihn. Wer war der Mönch? Welches Ziel verfolgte er? Was plante er als Nächstes? Der Kommissar hatte sich das Video der Überwachungskamera aus dem Ferienhaus wieder und wieder angesehen. Ihm waren keine neuen Aspekte aufgefallen. Vielleicht wäre es gut, wenn eine unbeteiligte Person den Film anschauen würde. Valérie fiel ihm ein. Die Polizistin aus Barfleur. Sie hatten bei zurückliegenden Ermittlungen gut zusammengearbeitet. Valérie war intelligent, engagiert und sehr gründlich. Er schrieb ihr ein paar Zeilen und erklärte sein Anliegen. Schließlich schickte er die Mail mit dem kleinen Film als Anhang.

Seine Gedanken wanderten zu der missglückten Abendeinladung bei Violette. Was ihn am meisten erschreckt hatte, war der Hass in ihren Augen gewesen. Ärger ja, Zorn über die Zurückweisung, tiefe Kränkung. Das alles hätte er verstehen können. Aber für diesen Hass fand er keine Erklärung.

Er klappte den Laptop zu und stieg müde in den ersten Stock. Odette bekam eine SMS, dass er sich auf ihren Besuch und die Geburtstagsfeier am morgigen Tag sehr freuen würde. Erschöpft fiel er in einen traumlosen Schlaf.

DER VERZAUBERTE BERG

SECHSTER TAG

Am nächsten Morgen war Ebbe. Vor der Küste breitete sich eine weite, wellige, graubraune Fläche aus. Der Mont-Saint-Michel steckte unter einer Dunstglocke. Eine blassgelbe Sonne stand über dem Horizont. Der Wind legte eine Pause ein.

Lagarde hatte schlecht geschlafen und verspürte ein starkes Bedürfnis, sich zu bewegen. Er brauchte dringend frische Luft und musste den Kopf freibekommen. Sein Rennrad hatte er nicht dabei. Sollte er joggen gehen? Ihm fiel ein, dass er in Henris Schuppen ein Fahrrad gesehen hatte. Er lief über die Terrasse, durch den Garten, öffnete die Tür und schob das Rad aus dem Holzhaus. Der vordere Reifen brauchte Luft, der hintere Mantel schleifte am Schutzblech. Die kleinen Mängel waren schnell behoben. Er stellte den Sattel höher und schraubte die lockere Lenkstange fest. Henri war sicher schon lange nicht mehr Fahrrad gefahren. Lagarde würde ihn nachher anrufen und sich nach seinem Befinden erkundigen. Vielleicht reichte die Zeit auch für einen Besuch. Er holte eine Windjacke und eine Mütze aus dem Haus, steckte etwas Kleingeld in die Hosentasche und schwang sich auf den Sattel. Die alte Gangschaltung funktionierte überhaupt nicht. Egal.

Es würde auch so gehen. Er fuhr durch das Zentrum von Carolles, passierte das Rathaus und den Kindergarten und kam am Ferienhaus der Familie de La Fontaine vorbei. Schließlich bog er in den Küstenfahrradweg ein.

Nach ungefähr zehn Kilometern erreichte er Granville. Auf der äußersten Spitze der Oberstadt erhob sich der Leuchtturm mit der tomatenroten Kappe. In der Nähe stand ein Granitdenkmal zur Erinnerung an verschollene Seeleute. Die Chausey-Inseln lagen wie schwarze Walbuckel im Dunstschleier. In einer Bäckerei trank er an einem Stehtisch einen Milchkaffee und ein großes Glas Mineralwasser. Anschließend machte er sich auf den Rückweg.

Als er ein in der Mitte durchgeschnittenes Baguette mit Butter und Marmelade bestrich, klingelte sein Handy.

Der Bugatti fuhr auf der Landstraße, die durch Weiden und Salzwiesen führte, und näherte sich dem Mont-Saint-Michel. Isabelle de La Fontaine und Louis Dardenne machten jeden Morgen die gleiche Tour von Granville zum Klosterberg. Die Geschäftsfrau und ihr persönlicher Referent hatten im Hotelrestaurant »Schwarzer Rabe« ihre Büros. Von dort aus lenkten sie das Imperium. Durch ihre ständige Präsenz hatten sie die absolute Kontrolle über das Personal und den Geschäftsbetrieb. Aus diesem Grund aßen sie auch meistens in einem der Restaurants der Familie zu Mittag. Sie erwarteten, dass jedes Rädchen im Getriebe perfekt funktionierte, sonst wurde es ausgetauscht. Im Gegenzug durfte das Personal die Trinkgelder unter sich aufteilen, kostenlos im Pausenraum essen und übriggebliebene Speisen mit nach Hause nehmen. Außerdem gab es eine Weihnachtsgratifikation, die vom Jahresumsatz abhing. Die Fluktuation des Personals war minimal.

Louis Dardenne saß am Steuer. Mit überhöhter Geschwindigkeit jagte er den Bugatti über die Uferstraße durch Schlaglöcher und Pfützen. Wie immer trug er einen eleganten teuren Anzug, ein weißes Hemd und Krawatte. Isabelle de La Fontaine hatte ein dunkelgraues Kostüm an, dazu farblich passende hochhackige Pumps. Die blonden Haare wurden von einer silbernen Spange zusammengehalten.

Trotz des hohen Tempos lenkte Dardenne den Sportwagen mit einer Hand. Die andere legte er auf den Oberschenkel seiner Chefin und ließ sie aufwärts wandern.

»Lass das, Louis«, sagte sie gereizt. »Ich muss nachdenken.«

Rasch zog er die Hand zurück. »Worüber denkst du nach?«

»Über die Schachtel mit der Christrose und die indirekte Morddrohung. Leyla hat auch so ein Paket bekommen. Kommissar Lagarde meint, sie sollte besser in Lausanne bleiben, bis der Fall gelöst ist.«

»Er hat recht, Isabelle. Dort ist sie in Sicherheit. Hoffentlich wird der Fall bald gelöst. Mach dir keine Sorgen. Ich passe auf dich auf.«

Sie blickte ihn von der Seite an und lächelte ob seiner gutgemeinten Fürsorglichkeit.

Dardenne kam auf geschäftliche Angelegenheiten zu sprechen. Damit konnte man sie am besten von ihren Befürchtungen ablenken. »Mein Informant bei der Bank hat von einem Kunden berichtet, der seinen Kredit nicht mehr abzahlen kann. Das Wasser steht ihm bis zum Hals. Er besitzt ein Haus auf dem Berg. In unserem Portfolio fehlt ein Bistro. Soll ich ihm ein Angebot machen?«

»Nein, nicht nach dieser Katastrophe, Louis. Lass Gras über die Sache wachsen.«

»Das war ein ganz normales Geschäft. Für Konsequenzen sind wir nicht verantwortlich. Wenn Leute sich finanziell übernehmen, ist das nicht unser Problem.«

»Dennoch.« Sie seufzte. »Warte ein wenig.«

»Aber unsere Geschäfte müssen expandieren, Isabelle. Das ist dir doch ganz wichtig.«

»Meine Geschäfte, Louis.«

»Natürlich, entschuldige.« Er gab nicht auf. »Der Besitzer des Hauses wird es für einen Spottpreis verkaufen. Ihm bleibt gar nichts anderes übrig.«

»Also gut, Louis. Aber gehe bitte diskret vor. Ich will keinen Ärger.«

Er lächelte zufrieden. »Du wirst keinen Ärger bekommen. Ich habe alles im Griff. Verlasse dich auf mich.«

Der Mont-Saint-Michel lag vor ihnen im Sonnenschein. Sie näherten sich einer alten steinernen Brücke, die über einen Zufluss des Couesnon verlief. Der Bach führte wenig Wasser, das Flussbett war verschlammt, Schilfgras überwucherte den Grund.

Der Mönch stand auf einer kleinen Anhöhe, etwa sechzig Meter von der Brücke entfernt. Sie wurde im Volksmund Teufelsbrücke genannt. Das passte gut, fand er. Dichtes Gestrüpp verbarg ihn. Er kniete sich hin und streckte sich auf dem weichen Grasboden aus. Äste und Blätter wurden auf die Seite geschoben oder abgerissen, so dass eine Öffnung entstand. Entschlossen legte er das Gewehr an und führte es, bis er den Kopf von Isabelle de La Fontaine im Visier hatte. Seine Hände waren ganz ruhig. Eiskalt lächelnd drückte er ab, als der Bugatti auf die Brücke fuhr.

Im selben Moment lief ein verirrtes Lamm auf den Übergang. Louis Dardenne wollte ihm ausweichen und verriss das Lenkrad. Die Heckscheibe barst mit einem lauten Knall, die Kugel peitschte durch den Innenraum des Wagens, der Bugatti brach durch die Brückenmauer und überschlug sich. Die Beifahrertür sprang auf, und Isabelle, die nicht angeschnallt war, wurde aus dem Wagen geschleudert. Der Bugatti krachte in den Schlick und blieb auf dem Dach liegen.

Der Schütze konnte die entsetzten Schreie von Isabelle hören.

Schließlich verstummten sie. Kein Laut war mehr zu vernehmen, bis auf die schrillen Schreie der Möwen.

Der Mönch starrte gebannt auf die Szenerie. Dann endlich riss er sich von dem Anblick los und ging mit schnellen Schritten davon.

Als der Schäfer die Teufelsbrücke erreichte, entdeckte er den verunglückten Wagen im Flussbett. Schockiert zog er sein Handy aus der Tasche des Umhangs und tippte den Notruf ein. Das Lamm stand im Gras und blökte jämmerlich.

Als Philippe Lagarde die Unfallstelle erreichte, waren Polizei und Rettungsdienst bereits vor Ort. Henri Dugardin, der ihn über den eingegangenen Notruf informiert hatte, stand am Ufer des Baches und sah mit versteinerter Miene zu, wie die Feuerwehr mit einem Kranwagen den Bugatti aus dem Morast hob. Die Rettungskräfte hatten sich entschieden, zunächst den Wagen zu bergen. In Kürze würden sich die Schleusentore des Flusses Couesnon öffnen und den Wasserpegel in Sekundenschnelle bedrohlich steigen lassen.

Der Schäfer hatte bei seinem Anruf das Kennzeichen des Fahrzeuges durchgegeben. Die Gendarmerie fand schnell heraus, dass der Sportwagen auf Isabelle de La Fontaine zugelassen war. Deshalb hatten die Gendarmen die Kripo informiert.

Lagarde trat neben seinen Freund auf die rutschige Böschung. »Hallo, Henri. Was genau ist passiert?«

»Der Schäfer, der den Unfall gemeldet hat, hat einen lauten Knall gehört. Er ist zur Brücke gelaufen und hat den Wagen im Schilfgras entdeckt.« Henri deutete auf die zerborstene Steinmauer. »Der Bugatti hat das Geländer durchbrochen. Aus welchem Grund, wissen wir noch nicht. Der Untergrund ist fest. Jeder Fahranfänger hätte problemlos über diese Brücke fahren können.« Er zuckte mit den Schultern. »Merkwürdig ist das.«

»Wer war im Fahrzeug?«, fragte Lagarde.

»Isabelle de La Fontaine. Sie wurde durch die Beifahrertür aus dem Wagen geschleudert. Der Schäfer hat sie reglos im Schilf entdeckt, den Kopf unter Wasser. Er hat sie aus dem Bach geholt, zum Ufer getragen und in die stabile Seitenlage gebracht. Der Mann hat echt gut reagiert. Ohne ihn wäre sie ertrunken.«

»Sie lebt also noch?«

»Ja. Sie wurde vor Ort notärztlich versorgt und soeben in den Rettungswagen transportiert.«

»Ist sie schwer verletzt?«

»Ich weiß es noch nicht.«

Der Notarzt lief auf sie zu. »Wir bringen die verletzte Frau ins Krankenhaus.«

»Wie geht es ihr?« fragte Henri.

»Sie hat unheimliches Glück gehabt. Ihr Körper weist nur einige Prellungen und Schürfwunden auf. Es gibt keine Anzeichen für innere Verletzungen. Natürlich steht sie unter Schock.« Der Arzt blickte zum Fahrer des Rettungswagens, der ihm ein Zeichen gab. »Wir müssen los.«

Er stieg zu seiner Patientin in das Fahrzeug und verschloss die Türen. Der Rettungswagen setzte sich langsam in Bewegung. Das Blaulicht kreiste auf dem Dach.

»Wenn Isabelle auf dem Beifahrersitz war, wer hat dann am Steuer gesessen?«, fragte Lagarde.

»Das wissen wir noch nicht. Der Mann ist im Wagen

eingeklemmt. Es ist dem Schäfer nicht gelungen, ihn zu befreien.«

Sie schwiegen und beobachteten das Rettungsmanöver der Feuerwehr. Der Bugatti schwebte kurz über dem Erdboden, dann setzte der Führer des Kranwagens den Sportwagen sanft auf der Wiese ab. Feuerwehrmänner brachten Rettungsschere und Spreizer zum Einsatz. Als die Öffnung groß genug war, durchtrennten sie den Sicherheitsgurt und hoben den Mann behutsam aus dem Wagen. Ein weiterer Notarzt und ein Rettungssanitäter standen bereit und begannen sofort damit, ihn zu versorgen.

Lagarde und Dugardin näherten sich dem Wagen.

Der Arzt erhob sich und blieb mit hängenden Armen neben dem Fahrer stehen. Mit bedrückter Miene sah er auf den Mann herab.

»Er ist tot«, erklärte er. »Jemand hat ihn erschossen. Ein glatter Kopfschuss. Ansonsten hätte er den Unfall überlebt. Diese Bugattis sind unglaublich stabil.«

»Er wurde erschossen?« Lagarde war fassungslos.

»Ja, er muss sofort tot gewesen sein. Sehen Sie?« Der Notarzt drehte den Kopf des Mannes vorsichtig auf die linke Seite. »Hier ist das Einschussloch. Am seitlichen rechten Hinterkopf.«

Die Wunde blutete kaum. Lagarde sah sich den Mann genauer an.

»Das ist Louis Dardenne, der persönliche Referent von Isabelle de La Fontaine«, stellte er fest. »Ich habe ihn vorgestern im Schloss der Familie kennengelernt.«

Henri Dugardin sprach bereits in sein Handy. »Der Tatort muss abgesperrt werden. Wir brauchen die Spurensicherung und den Rechtsmediziner. Und ihr müsst den Verkehr umleiten, die Küstenstraße ist derzeit nicht passierbar. Beeilt euch. Danke.«

Lagarde ging langsam um den Sportwagen herum. »Schau, Henri. Die Kugel ist durch die Heckscheibe eingedrungen.«

Sie betrachteten das Einschussloch in der getönten Scheibe, die von einem feinen spinnennetzartigen Glasbruch überzogen war.

»Der Wagen kam aus dieser Richtung«, überlegte Lagarde und zeigte nach Osten. »Er fährt auf die Brücke. Der Schütze drückt ab. Louis Dardenne ist sofort tot, der Wagen kracht durch die Steinbrüstung. Von wo aus hat der Täter geschossen?« Aufmerksam betrachtete er die Landschaft. »Wahrscheinlich von da oben.«

Henri zeigte auf eine bewaldete Hügelkette. »Dort gibt es Bäume, Sträucher, Büsche und Felsbrocken. Man kann sich gut verbergen.«

Lagarde nickte. »Siehst du den Kanal mit dem Wehr, dahinter die Anhöhe mit dem Gestrüpp? Dort befindet sich die äußerste Ecke des neuen Parkplatzes. Diese Stelle kommt auch in Frage.«

»Ein weites Schussfeld«, meinte Henri. »Es wäre aber gut, wenn wir die Patronenhülse finden würden. Vielleicht ist die Waffe registriert und gibt Hinweise auf den Eigentümer.«

»Sag mal, Henri, wo ist eigentlich Violette?«

»Sie müsste schon lange hier sein. Schließlich hat sie den kürzesten Weg zur Unfallstelle.«

»Sie wird schon noch kommen.«

Lagarde betrachtete die Szenerie des Mordschlages. »Jemand müsste doch den Schuss gehört haben«, meinte er.

»Der Schäfer hat nur von einem Knall gesprochen, als das Auto durch die Mauer krachte. Hat der Schütze einen Schalldämpfer benutzt?«

»Durchaus möglich. Oder der Schuss fiel genau in dem Moment, als der Wagen die Begrenzung zerlegte. Dann hätte man ihn nicht hören können.«

»Aus welchem Grund sollte der Fahrer das Lenkrad verrissen haben?«, wollte Henri wissen.

»Keine Ahnung. Vielleicht hat ihn etwas abgelenkt. Ansonsten wäre der Wagen einfach geradeaus weitergefahren.«

In Gedanken versunken starrte Lagarde auf die Teufelsbrücke.

Henri sah ihn fragend an. Er kannte seinen Freund gut genug, um zu wissen, dass ihn etwas intensiv beschäftigte.

»Worauf willst du hinaus, Philippe?«

»Wenn der Bugatti abrupt die Richtung gewechselt hat, warum auch immer, und der Schütze in diesem Moment abgedrückt hat ...« Er verstummte.

»Was ist dann?«, hakte Henri nach.

»Dann hat sich vor das Visier des Schützen Dardennes Kopf geschoben. Und vorher ...«

Jetzt verstand Henri. »Und vorher war der Lauf auf Isabelle de La Fontaine gerichtet.«

»Genau. Es könnte sein, dass der Täter sie töten wollte, nicht Dardenne.«

Sie sahen sich an.

»Wir müssen beide Möglichkeiten in Betracht ziehen, Henri.«

Sein Freund wischte sich mit einem Taschentuch den Schweiß von der Stirn, obwohl ein kalter Wind über die Ebene blies.

»Was hat das alles zu bedeuten?«, fragte er. »Will jemand die ganze Familie de La Fontaine ausrotten?«

Lagarde sah seinen Freund besorgt an. Vorhin am Ufer hatte er in seinem schwarzen langen Mantel und dem eleganten Hut gut ausgesehen und fit gewirkt.

»Geht es dir nicht gut, Henri?«

»Keine Sorge. Die neuen Tabletten sind wahre Wunderpillen. Sieh mal, da kommt Violette«, lenkte er ab.

Die Polizistin parkte den Dienstwagen vor der Brücke am Straßenrand. Sie stieg aus und winkte ihren Kollegen zu.

»Guten Morgen, ihr beiden.«

Lagarde fand, dass sie blass aussah. Blass, ernst und schön. Die anthrazitgraue Strickjacke mit dem breiten Gürtel betonte ihren hellen Teint. Die Haare waren zu einem dicken Zopf geflochten.

»Tut mir leid, dass ich so spät komme. Das Fahrzeug sprang nicht an. Ich musste mit Starterkabeln überbrücken. Ein netter Autofahrer hat mir geholfen.«

»Kein Problem, Violette. Wir warten auf den Rechtsmediziner und die Spurensicherung«, beruhigte Lagarde sie.

Erstaunt sah sie ihn an. »Warum denn das? Ich dachte, Isabelle de La Fontaine hat einen Unfall gehabt.«

»Es war kein Unfall, Violette«, erläuterte er. »Es war ein Anschlag. Isabelle geht es den Umständen entsprechend gut. Sie wurde ins Krankenhaus gebracht. Aber ihr Referent Louis Dardenne ist tot. Er wurde erschossen. Ein Heckenschütze hat ihn aus dem Hinterhalt getötet. Wir haben einen zweiten Mord.«

Jegliche Farbe wich aus Violettes Gesicht. »Ihr Referent ist tot?«

»Die Feuerwehr hat ihn aus dem Wagen geborgen. Er liegt dort drüben. Der Rettungssanitäter hat eine Decke über ihn gebreitet.«

Sie folgte Lagardes Blick und starrte auf den Überwurf, unter dem sich ein Körper abzeichnete. Langsam näherte sie sich dem Bugatti und blieb neben dem toten Mann stehen. Reglos verharrte sie.

»Warum reagiert sie derart betroffen und entsetzt?«, fragte Lagarde seinen Freund leise. »Sie ist doch keine Anfängerin mehr.«

Henri vergewisserte sich, dass Violette ihn nicht hören konnte. »Sie ist in keiner guten Verfassung, Philippe. Ihre Mutter ist vor zwei Monaten gestorben. Ganz plötzlich. Seitdem steht sie manchmal neben sich und reagiert sehr sensibel. Ihre Arbeit macht sie trotzdem gut. Sei nachsichtig mit ihr. Sie hat ihre Mutter sehr geliebt.«

»Ich verstehe, Henri.«

Violette kehrte zu den Männern zurück. Anscheinend hatte sie sich gefangen. Ihr Gesicht hatte wieder Farbe angenommen, der rote Erdbeermund glänzte herausfordernd. Einige Fahrzeuge näherten sich der Teufelsbrücke.

»Die Kollegen kommen«, verkündete Henri.

Der Chef der Rechtsmedizin parkte seinen verbeulten beigefarbenen Peugeot quer auf der Wiese. Er stieg aus und nahm seinen Koffer vom Rücksitz. Claude Bernard war groß und hager. Seine grauen Haare standen wirr vom Kopf ab. Der Bart war zerzaust. Auf der Nasenspitze saß ein schmales schwarzes Drahtgestell. Er sah aus wie ein zerstreuter Professor.

»Hallo, Claude«, begrüßte Henri ihn. »Darf ich dir Philippe Lagarde vorstellen? Er unterstützt uns im Fall Leandro de La Fontaine.«

Der Rechtsmediziner schüttelte Lagarde die Hand.

»Violette kennst du ja.«

Claude Bernard musterte Henri vorwurfsvoll. »Du hast Fieber. Was stehst du hier in der Kälte herum? Du gehörst ins Bett. Geh nach Hause.«

»Wenn der Fall abgeschlossen ist, Claude.«

»Du bist ein unvernünftiger Mann, der sich nichts sagen lässt.«

»Ich bin Polizist, Claude. Außerdem geht es mir blendend.«

Der Rechtsmediziner murmelte etwas Unverständliches. »Wo ist der Tote?«, fragte er dann.

»Neben dem Bugatti«, antwortete Henri.

Claude Bernard machte sich auf den Weg. Der Leiter der Spurensicherung stand mit seinem Team bereit. Die Kommissare begrüßten ihn.

»Hallo, Étienne«, sagte Henri. »Macht bitte Fotos von der Unfallstelle. Der Bugatti muss in die Werkstatt gebracht und untersucht werden. Und nehmt euch das Terrain vor. Wir müssen die Patronenhülse finden. Vielleicht haben wir Glück, und es gibt noch andere Spuren.«

Étienne begann, seine Männer einzuteilen. Gendarmen sperrten den Tatort weitläufig ab. Claude Bernard winkte sie zu sich. Er hatte die Augen des Toten geschlossen und sah ihn nachdenklich an.

»Es ist immer so traurig, wenn ein junger Mensch stirbt«, bemerkte er. »So wie dieser junge Mann in dem Ferienhaus in Carolles, der erdolcht wurde. Er hieß Leandro, nicht wahr? Auch er hatte das Leben noch vor sich.« Mühsam richtete er sich auf. »Das Opfer wurde erschossen. Das Projektil drang seitlich rechts von hinten in sein Gehirn ein, und er war sofort tot. Die Kugel steckt noch im Kopf. Wir nehmen ihn mit in die Rechtsmedizin.«

Sie sahen zu, wie die sterblichen Überreste von Louis Dardenne in einen Leichensack gehüllt und abtransportiert wurden.

»Lasst uns einen Kaffee trinken gehen«, schlug Henri vor. »Die Kollegen machen jetzt ihre Arbeit. Die Berichte kriegen wir frühestens morgen. In Beauvoir gibt es ein nettes kleines Café. Ich kann das Heulen des Windes und das Geschrei der Möwen nicht mehr ertragen.«

Für Lagarde hieß das übersetzt: Ich muss mich ein wenig ausruhen.

Sie fuhren die kurze Strecke nach Beauvoir durch fruchtbare, dem Meer abgerungene Ackerflächen, auf denen besonders süße Karotten und rosa Schalotten gediehen. Der Schäfer stand inmitten seiner Herde und winkte ihnen zu. Weiter führte die Straße durch eine malerische Pappelallee. Die Bäckerei lag in einer belebten Gasse im Ortszentrum von Beauvoir. In einer Nische war ein kleines gemütliches Café eingerichtet. Der Tisch am Fenster war noch frei. Draußen flanierten Touristen vorbei. Manche fotografierten begeistert das schiefe Granithaus, das nostalgische Caféhausschild und den steinernen Torbogen mit den Teufelsfratzen. Andere kauften sich an der Theke Crêpes mit gesalzener Karamellcreme. Sie bestellten Kaffee bei der freundlichen Verkäuferin. Niemand wollte etwas essen.

Violette deutete auf ihren Chef. »Für diesen Herrn bitte koffeinfreien Kaffee.«

Henri funkelte sie an, sagte aber nichts.

»Ihre Tochter ist wirklich sehr fürsorglich«, bemerkte die Bedienung. »Wir haben auch Gebäck für Diabetiker.«

»Jetzt ist es aber gut«, brummte Henri.

Als ihre Bestellung serviert worden war, saßen sie zunächst schweigend um den Tisch und nippten an ihren heißen Getränken.

Henri bekam einen heftigen Hustenanfall und entschuldigte sich bei seinen Kollegen. »Bin gleich wieder da.«

Er verließ das Café und ging von Krämpfen geschüttelt einige Meter außer Sichtweite. Lagarde beobachtete dennoch, wie er sich erschöpft an die Säule des mittelalterlichen Torbogens lehnte und versuchte, Luft zu schöpfen.

Voller Besorgnis wandte er sich an Violette. »Wir müssen ihn überreden, nach Hause zu gehen. Es geht ihm nicht gut. Auf mich hört er aber nicht.«

»Wenn wir unseren Kaffee getrunken haben, fahre ich ihn heim, Philippe. Wir gehen unter dem Vorwand, dass wir im Büro die anstehenden Untersuchungen koordinieren müssen. Ein Gendarm kann mich später zu meinem Auto zurückbringen.«

»Danke, Violette. Der Fall ist zu viel für ihn. Hoffentlich bekommt er bald einen Platz in der Reha.«

Sie lächelte. »Bevor der Fall nicht gelöst ist, wird er nicht gehen.«

Sie schwiegen ein wenig verlegen, dann ergriff der Kommissar erneut das Wort.

»Wegen gestern Abend, Violette. Es tut mir leid, dass der schöne Abend so endete.«

»Ist schon gut, Philippe. Vergessen wir den Vorfall. Es war meine Schuld. Ich habe dich überrumpelt.«

»Niemand ist schuld, Violette. Ich will meine Lebensgefährtin nicht betrügen. Wäre ich Single, hätte mich dein Vorschlag außerordentlich interessiert.«

Sie lachte kurz auf. »Was für ein Kompliment!«

Er reichte ihr die Hand. »Alles wieder gut?«

Sie schlug ein. »Aber ja, Philippe. Konzentrieren wir uns wieder auf den Fall.«

»Was macht ihr denn hier für Spielchen?«, dröhnte Henris Stimme durch den Gastraum.

Gleich mehrere Köpfe drehten sich in ihre Richtung. Schnaufend nahm Henri wieder Platz. »Violette, holst du mir bitte ein Glas Rotwein von der Theke. Und ein Wasser.«.

»Gerne, Chef.«

Violette brachte die Getränke für Henri und noch zwei Kaffee auf einem Tablett. Die Männer bedankten sich. Henri trank einen Schluck Wein, dann sagte er: »Wir müssen in Erfahrung bringen, ob Louis Dardenne nähere Verwandte hatte. Er war ein junger Mann, seine Eltern leben sicher noch.«

»Kannst du gleich auf der Wache anrufen?«, bat ihn Lagarde.

Sein Freund zog das Handy aus der Manteltasche. »Du hast recht. Ich erledige das sofort.«

Er tippte eine Nummer ein, wartete und verlangte nach einem Kollegen. Als er ihn am Telefon hatte, fasste er die Ereignisse an der Teufelsbrücke kurz zusammen und brachte sein Anliegen vor.

»Der Kollege schaut im Melderegister nach«, informierte Henri seine Assistentin und Lagarde. »Habt ihr was zum Schreiben?«

Violette reichte ihm Stift und Notizblock. Henri kritzelte einen Namen und eine Adresse auf das Papier und beendete das Gespräch.

»Louis Dardenne hat eine Mutter, Jeanne Dardenne. Er ist bei ihr gemeldet. Ein Vater existiert nicht. Sie wohnt in Hambye, einem Weiler in der Nähe der Abtei. Hausnummer sieben.«

Der Name des Ortes kam Lagarde bekannt vor. Jetzt erinnerte er sich wieder. An seinem ersten Abend im »Chez Bastien« hatte Robert die Abtei erwähnt. Seine Schwester Heloise hatte behauptet, es spuke dort.

»Ich fahre zu Madame Dardenne«, erklärte Lagarde. »Sie muss vom Tod ihres Sohnes wissen, bevor sie die Nachricht aus den Medien erfährt. Bist du einverstanden, Henri?«

»Eigentlich wäre es meine Aufgabe.«

»Violette und du solltet im Büro die Stellung halten. Die weitere Koordination der Einsatzteams ist erforderlich. Ihre Resultate müssen bearbeitet und an entsprechende Stellen weitergeleitet werden. Für Anfragen muss ein Ansprechpartner zur Verfügung stehen. Der Polizeipräsident wird Auskunft verlangen.«

Henri lächelte ihn an. Er hatte ihn durchschaut. »Du bist wirklich ein Freund.«

»Wir sind ein kleines, aber effektives Team«, antwortete Lagarde. »Jetzt müssen wir vor allem Fakten sammeln. Wir wissen nichts über den persönlichen Hintergrund von Louis Dardenne und über seine berufliche Tätigkeit sehr wenig. Ich habe ihn nur kurz im Anwesen der Familie de La Fontaine in Granville kennengelernt.

Am wichtigsten ist jetzt das Gespräch mit seiner Mutter. Als Nächstes muss Isabelle de La Fontaine befragt werden, wenn es ihr wieder besser geht. Und wir brauchen die Berichte der Rechtsmedizin, der Spurensicherung und der Ballistik.«

»Ich will nicht spekulieren«, sagte Violette. »Ich will nur meine Gedanken ordnen. Der Mord an Louis Dardenne könnte mit dem Verbrechen an Leandro und der Bedrohung von Isabelle de La Fontaine nichts zu tun haben. Es könnte aber andererseits sehr wohl eine Verbindung bestehen. Sehe ich das richtig?«

»Genau«, bestätigte Lagarde. »Und es gibt noch eine dritte Variante.«

Violette sah sie verständnislos an.

»Der Schütze wollte eigentlich Isabelle de La Fontaine töten«, meinte Lagarde. »Daher müssen wir sie im Krankenhaus unter Polizeischutz stellen. Henri, kannst du das bitte veranlassen?«

»Natürlich, Philippe. Ich regle das.«

»Und noch etwas«, fuhr der Kommissar fort. »Leyla de La Fontaine wollte eigentlich morgen Vormittag mit dem Zug von Lausanne nach Granville fahren, um ihre Eltern für einige Tage zu besuchen. Ich hatte vorgeschlagen, dass sie im Internat bleiben soll. Wenn sie erfährt, dass ihre Mutter im Krankenhaus liegt, ändert sie womöglich ihre Pläne. Sie scheint genauso eigenwillig zu sein wie ihre Mutter. Sollte dieser Fall eintreffen, möchte ich dich, Violette, bitten, dass du an der letzten Bahnstation vor Granville zusteigst und sie begleitest.«

»Das ist Caen, denke ich.«

»Ja, ich glaube auch. Aber überprüfe besser den Fahrplan. Pass auf Leyla auf, bis wir eine Lösung gefunden haben.«

Nördlich von Granville bog Philippe Lagarde rechts in die D 13 und folgte ihr bis Hambye. Am östlichen Rand des Ortes stieß er auf einen Schotterweg, der sich einen Hügel hinaufschlängelte. Neben der Zufahrt stand ein Holzpfosten, an den ein Schild genagelt war. Darauf hatte jemand mit grüner Farbe eine 7 gemalt. Der himmelblaue Renault Express holperte den Weg entlang. Rechts und links davon erstreckten sich Apfelgärten und Kartoffeläcker.

Nach einem Kilometer endete die Fahrt in einem Hof. Der Boden war schlammig und aufgewühlt. Traktorräder hatten tiefe Spuren hinterlassen, in denen Regenwasser stand. Kästen aus Eisen, die aussahen wie Käfige, türmten sich vor einem alten Silo. In einigen der Behälter war Holz gestapelt, andere waren leer. Eine verrostete Egge lag neben dem Misthaufen, dahinter ein Stapel alter Autoreifen. Ein rundes Güllebecken mit einem Durchmesser von mindestens sechs Metern befand sich ein wenig abseits. Lagarde schaute über den Rand. In geschätzten fünf Metern Tiefe entdeckte er eine übel riechende zähe Masse. Er schauderte. Hoffentlich lebten hier keine Kinder. Aus dem Stall ertönte das Grunzen von Schweinen. Hühner gackerten im verwilderten Garten. Das Bauernhaus, das vor ihm lag, war einmal schön und stattlich gewesen. Ein normannischer Fachwerkbau mit einem gewaltigen Satteldach und einer Galerie, die sich um das ganze Haus zog. Nun aber brach der Putz von den Mauern, das Gebälk war morsch, der Lack schon lange abgeblättert, die Hauswände waren schmutzig gelb und gefleckt.

Über jahrhundertealte, ausgetretene Steinstufen gelangte der Kommissar in den ersten Stock. Er klopfte gegen die Eingangstür. Niemand ließ sich blicken. Erneut hämmerte er dagegen. Er wartete, schließlich drehte er den Knauf herum. Die Tür war unverschlossen. Er stand in einem dämmrigen, langen, schmalen Korridor. Nur durch ein Hinterfenster drang ein schmaler Lichtstrahl.

»Hallo«, rief er, »ist jemand zu Hause? Mein Name ist Philippe Lagarde. Ich bin von der Polizei in Avranches.«

Niemand antwortete. Langsam ging er den Flur entlang. Dielen knarzten unter seinen Füßen. Hinter einer geschlossenen Tür hörte er Geräusche. Er klopfte.

»Ja?«, rief eine Stimme. »Ist da jemand?«

Ein Schlurfen war zu hören. Die Zimmertür wurde geöffnet. Vor Lagarde stand eine Frau, die einen Kopf kleiner war als er. Sie schien keineswegs erschrocken oder ängstlich.

»Guten Tag«, Monsieur«, sagte sie höflich. »Was wollen Sie von mir?«

»Guten Tag, Madame. Mein Name ist Philippe Lagarde. Von der Polizei. Ich möchte gerne mit Ihnen sprechen. Darf ich eintreten?«

»Kommen Sie doch herein.« Die Frau führte ihn in ihr Wohnzimmer. »Setzen Sie sich doch.«

Sie deutete auf die durchgesessene Couch. Im Raum war es unerträglich heiß. Ein Ölofen bollerte in der Ecke. Die Eisenplatte glühte und vibrierte. Die Sitzgarnitur war alt und verschlissen. Vergilbte Häkeldeckchen zierten die Lehnen. Der Tisch war zerkratzt und fleckig. Jeder freie Platz auf dem fadenscheinigen Teppichboden war zugestellt – mit Zeitschriften, Büchern, Fotoalben, Videokassetten, Körben voller Wolle und Stricknadeln, Kisten mit Bastelmaterial. In einer Vase auf dem Tisch steckten bunte Plastikrosen. Der Fernseher war eingeschaltet. Es lief ein Zeichentrickfilm mit einer Prinzessin, die in einem Schloss aus Eis lebte. Die Frau griff nach der Fernbedienung und schaltete den Fernseher aus.

»Ich habe gerade Tee gekocht. Darf ich Ihnen eine Tasse anbieten? Brennnesseltee. Die Blätter habe ich selbst gepflückt und getrocknet.«

»Gerne, Madame. Das ist sehr nett.«

Als sie aus dem Büfett eine Tasse holte, musterte er sie unauffällig. Ihr Alter schätzte er auf Mitte fünfzig. Sie war übergewichtig, mit ausladenden Hüften und breiten Oberschenkeln. Die dünnen grauen Haare waren zu einem Pagenkopf geschnitten. Das Gesicht war schmal und unscheinbar, bis auf die blitzenden haselnussbraunen Augen. Sie trug eine unförmige flaschengrüne Cordhose, ausgetretene Turnschuhe und einen weiten, sandfarbenen Pullover.

Lagarde beobachtete, wie sie Tee durch ein Sieb in die Tasse goss. Sie setzte sich in einen Sessel ihm schräg gegenüber.

»Kosten Sie.«

Lagarde trank einen Schluck. »Sehr würzig. Der Tee tut gut nach der Kälte draußen.«

»Ja, nicht wahr? Ich freue mich immer über Besuch. Hier verirrt sich selten jemand her.«

»Sie sind Madame Jeanne Dardenne?«

»Ja, das bin ich. Was führt Sie hierher? Es ist doch nichts mit Louis?«

Der Kommissar räusperte sich. Einer Mutter die Nachricht zu überbringen, dass ihr Kind tot war, war die schlimmste Aufgabe für jeden Polizisten. Es hatte jedoch keinen Sinn, lange um den heißen Brei herumzureden. Er sah sie ernst an.

»Ihr Sohn Louis ist tot, Madame Dardenne. Er ist heute Morgen erschossen worden. Es tut mir sehr leid.«

Ihre Hände, mit denen sie die Tasse umklammerte, begannen zu zittern. Tee schwappte auf den Tisch. Sie stellte sie ab. Der Glanz verschwand aus ihren Augen. Zwei Tränen rollten über die Wangen.

»Jetzt habe ich ihn ganz verloren«, sagte sie mit rauer Stimme.

Ihr Gesicht war aschfahl. Falten und Furchen zeichneten sich deutlich ab.

»Können wir reden, Madame Dardenne?«

»Bleiben Sie. Ich möchte gerne über Louis sprechen. Er wurde erschossen, sagen Sie. Wissen Sie, wer es war?«

»Noch nicht, Madame, aber wir werden es herausfinden.«

»Der Mörder muss bestraft werden.«

Madame Dardenne schwieg einen Moment. Lagarde hatte den Eindruck, dass sie ihm etwas erklären wollte. Mit leiser Stimme setzte sie an.

»Sie wundern sich sicher, warum ich nicht zusammenbreche. Aber Louis und ich haben uns schon seit Jahren immer mehr voneinander entfernt. Der Schmerz darüber hat mich immer begleitet. Diese Distanz ging von ihm aus. Ich wollte das nicht.«

»Was meinen Sie damit, Sie haben Louis ganz verloren?«

»Ich habe Louis alleine aufgezogen. Sein Vater, ein Seemann, hat sich schnell aus dem Staub gemacht. Louis war ein wunderbares sonniges Kind. Gesund, liebenswert, hübsch, intelligent. Wir haben hier zusammen gelebt. Als kleine Familie. Es war schön mit ihm. Wir hatten viel Spaß.« Sie deutete auf die Plastikrosen. »Die Blumen hat er für mich geschossen. Auf einem Jahrmarkt. Damals war er acht Jahre alt.«

Sie zeigte auf eine Fotografie, die eingerahmt an der Wand hing. Eine hübsche Frau und ein kleiner Junge mit braunen Locken standen auf einem Anhänger im Stall. Sie luden Heu ab. Beide lachten fröhlich in die Kamera.

»Die Probleme begannen in der Pubertät und setzten sich fort, als er die Oberstufe des Gymnasiums besuchte und anschließend an die Uni ging. Es war nicht genug Geld da, der alte Bauernhof war schäbig, ich war für die Kreise, in denen er verkehrte, nicht fein und gebildet genug.« Sie seufzte. »Er hat sich seiner Herkunft geschämt.«

»Ihr Sohn war der persönliche Referent von Isabelle de La Fontaine«, sagte Lagarde. »Wissen Sie, wie er an diesen Job gekommen ist?«

»Leandro und Louis haben sich an der Uni in Caen kennengelernt. Louis studierte Wirtschaftswissenschaften, Leandro Jura. Mein Sohn hat sein Studium mit Bestnoten abgeschlossen.« Stolz klang aus ihrer Stimme. Sogar ein winziges Lächeln zeichnete sich für Sekunden auf ihrem Gesicht ab. »Isabelle de La Fontaine hat ihm die Stelle angeboten. Ihr Imperium wuchs und wuchs, und sie brauchte Unterstützung.«

»Mochte Ihr Sohn diese Arbeit?«

»O ja, sehr. Sie war vielseitig und wurde gut bezahlt. Ständig war er mit Madame de La Fontaine unterwegs. Geschäfte machen.« Die letzten Worte betonte sie verächtlich.

»Haben Sie sich nicht gefreut, dass Ihr Sohn so eine gute Anstellung hatte?«

Sie sah ihn mit ausdrucksloser Miene an. »Zunächst ja. Ich hoffte sogar, dass wir uns wieder näherkommen würden. Kurz nach seiner Anstellung habe ich Isabelle de La Fontaine einmal getroffen. Sie machte auf mich einen vernünftigen Eindruck. Ich dachte, vielleicht macht sie meinem Sohn klar, dass man seine Mutter nicht einfach so abservieren darf.«

»Und? Hat sie das getan?«

»Nein, natürlich nicht. Ich war naiv und dumm. Ich musste zusehen, wie aus meinem lieben Jungen ein knallharter, brutaler Geschäftsmann wurde.«

»Ich nehme an, Ihr Sohn wohnt nicht mehr bei Ihnen?«

»Nein, hier war es nicht fein genug. Er hat ein wahnsinnig teures Loft in Granville gekauft. Und nach der Katastrophe hätte ich das auch nicht mehr gewollt.«

»Was für eine Katastrophe?«

»Sie sind nicht von hier, nicht wahr? Sie wissen nichts davon.«

»Wovon weiß ich nichts?«

»Die Geschäftspraktiken der de La Fontaines sind skrupellos und unmoralisch. Sie haben das Familienunternehmen der Familie Gisserot ruiniert. Antoine Gisserot und seine Frau besaßen einen Souvenirladen auf dem Mont-Saint-Michel. Die Raten bei der Bank wuchsen ihnen über den Kopf. Sie mussten ihr Geschäft verkaufen. Für einen Schleuderpreis. Den Zuschlag bekamen natürlich die de La Fontaines. Beim Notartermin brach Madame Gisserot zusammen. Kurz darauf verstarb sie im Krankenhaus. Antoine Gisserot wurde depressiv und hat sich in ein Fischerhäuschen auf die Chausey-Inseln zurückgezogen. Man sagt, er würde sich weigern, mit anderen Menschen zu sprechen. Ihr Sohn Emanuel ist auf das Meer hinausgesegelt und nie mehr zurückgekommen. Er gilt als verschollen. Einzig die Tochter hat das Unglück irgendwie verkraftet. Sie soll einen guten Job bei einer Behörde in Avranches haben.« Sie verstummte und starrte auf die Plastikrosen.

»Das ist ja eine furchtbare Geschichte, Madame Dardenne.«

»Ja, das ist es. Und Louis hat seine Chefin bei den Verhandlungen unterstützt. Ist das nicht entsetzlich? Ich habe es nie verstanden, warum mein Sohn so werden konnte.«

Lagarde schwieg. Wo hatte er den Namen Gisserot schon einmal gehört? Er sah die traurige gebrochene Frau an, die verloren im Sessel saß. »Ich danke Ihnen für das Gespräch, Madame Dardenne. Sie haben mir sehr weitergeholfen. Haben Sie jemand, der sich um Sie kümmert?«

»Ich brauche niemanden. Ich war in meinem Kummer schon immer alleine. Wann kann ich meinen Sohn beerdigen?«

»Sie bekommen Bescheid, Madame. In einigen Tagen, denke ich.« Er drückte ihre Hand und legte seine Visitenkarte auf den Tisch. »Zögern Sie nicht, mich anzurufen, wenn Sie Hilfe brauchen.«

Er fiel ihm schwer, die unendlich traurige Frau zurückzulassen.

Als er im Auto saß, fuhr er nicht gleich los.

»Gisserot«, murmelte er. Plötzlich wusste er, woher er den Namen kannte.

Isabelle de La Fontaine lag im ersten Stock des Krankenhauses von Saint-Lô. Sie hatte die Hände auf der

Bettdecke gefaltet und starrte an die Decke. Neben ihrem Bett hing ein Infusionsbeutel an einem Metallgestell. Prellungen und Schürfwunden waren versorgt worden, man hatte sie geröntgt und ein EEG gemacht. Ein junger sympathischer Arzt hatte mit ihr gesprochen und ihr die Untersuchungsergebnisse erklärt. Sie hatte eine leichte Gehirnerschütterung und einen Schock erlitten, ansonsten war sie – bis auf oberflächliche Verletzungen – glücklicherweise unversehrt geblieben. Er hatte Ruhe, Schlaf und leichte Kost verordnet. Außerdem hatte er darauf bestanden, dass sie zur Beobachtung ein paar Tage im Krankenhaus blieb. Zunächst hatte sie sich geweigert. Doch dann war ihr übel geworden, und eine Schwester hatte sie ins Bad begleitet. Inzwischen ging es ihr besser. Sie hatte Beruhigungsmittel und Schmerztabletten bekommen und ein wenig geschlafen. Auf dem Beistelltisch stand ein Tablett mit Tee und Zwieback. Die Beleuchtung im großzügig geschnittenen Einzelzimmer war gedämpft.

Ihr Kopf fühlte sich an, als sei er in Watte gepackt, Geräusche drangen nur gedämpft zu ihr durch, und sie hatte Probleme, ihre Gedanken zu sortieren. Es kam vor, dass sie Gegenstände doppelt sah, bis sie verschwammen und sich auflösten. Auch Erinnerungen machten sich aus dem Staub, sobald sie versuchte, sie einzufangen. Was sie jedoch genau wusste, war, dass sich etwas Schreckliches zugetragen hatte.

Erschöpft nickte sie ein.

Jemand klopfte an der Tür. Unmittelbar darauf wurde sie aufgerissen, und ein schwarzer Mönch betrat entschlossen das Krankenzimmer. Der blutrote Mund war zu einem hämischen Grinsen verzogen, die kalten Augen in den Schlitzen schienen aus grünem Glas zu sein. Er richtete eine Waffe auf Isabelle und schoss ihr eine Kugel in den Kopf.

Isabelle schreckte aus ihrem Albtraum auf und keuchte entsetzt. Das Herz schlug ihr bis zum Hals. Es klopfte tatsächlich. Ängstlich fixierte sie die Tür. Sie öffnete sich, und Philippe Lagarde steckte den Kopf herein.

»Darf ich kurz hallo sagen?«

Mühsam richtete sie sich auf. »Natürlich, kommen Sie rein«, forderte sie ihn mit schwacher Stimme auf.

Er erwiderte ihr Lächeln. »Guten Tag, Madame de La Fontaine.«

Sie streckte eine Hand nach ihm aus. »Sie haben mich aus einem Albtraum befreit. Holen Sie sich einen Stuhl und setzen Sie sich zu mir«, flüsterte sie.

Er setzte sich neben das Bett und stellte ein grünes Töpfchen mit weißen, gelben, rosa und violetten Primeln auf den Beistelltisch. »Die Blumen sollen ein bisschen Farbe in Ihr Krankenzimmer bringen«, erklärte er.

»Das ist nett von Ihnen. Sie sind übrigens der Erste, der mich besucht. Selbst mein Mann war noch nicht da.«

»Das liegt nicht an Ihrem Mann. Niemand darf Sie besuchen. Ich habe von Ihrem Arzt fünf Minuten bekommen, um nach Ihnen zu schauen. Wenn ich Sie aufrege, wirft er mich eigenhändig aus dem Krankenhaus, hat er gesagt.« Lagarde betrachtete sie. Mit offenen Haaren und ungeschminktem Gesicht sah sie jünger aus. Beinahe anrührend verletzlich in dem geblümten Krankenhauskittel.

Ihre grauen mandelförmigen Augen richteten sich auf ihn. »Sie regen mich nicht auf«, sagte sie leise. »Ich denke, ich weiß Bescheid. Louis hat keinen Schutzengel gehabt. Er ist tot, nicht wahr?«

»Ja, Madame de La Fontaine.« Er hielt ihre Hand.

»Ich habe den Schuss gehört. Louis wurde erschossen.« Sie fixierte Lagarde. »Sie wissen es, nicht wahr?«

»Ich denke, ja. Louis Dardenne war Ihr Liebhaber.«

»Ja, er war mein Liebhaber. Ich dachte, die goldene Schachtel sei von ihm. Deshalb habe ich sie so leichtfertig geöffnet.« Ihr Blick wanderte zu einem Punkt in der Zimmerecke.

»Trinken Sie einen Schluck Tee, Madame de La Fontaine.«

Sie nickte, und er hielt ihren Kopf, während sie trank. Schließlich bettete er ihn wieder auf das weiche Kissen. Er merkte, wie sie müde wurde.

»Ich gehe jetzt, Madame de La Fontaine«, flüsterte er. »Schlafen Sie gut, und werden Sie bald gesund.«

»Meinen Sie, der Schütze wollte mich erschießen?«

»Nein, das glaube ich nicht, Madame de La Fontaine.«

Ihre Augen fielen zu, und sie schlief sofort ein.

Lagarde verließ leise das Zimmer und betrat einen Raucherbalkon, wo man telefonieren durfte. Er wählte die Nummer der Gendarmerie von Avranches.

»Wo bleibt der Polizeischutz für Madame de La Fontaine?«, fragte er ungehalten.

»Henri Dugardin hat zwei Kollegen angefordert. Sie müssten schon längst hier sein.«

Als der Polizist etwas von einem schlimmen Unfall auf einer Kreuzung im Ortszentrum stammelte, kamen zwei Gendarmen in ihren blauen Uniformen eilig den Flur entlang.

»Sie sind soeben eingetroffen«, erklärte Lagarde. Er winkte die Gendarmen auf den Balkon und beschrieb genau ihren Auftrag. »Ich erwarte, dass immer mindestens einer von euch die Tür bewacht. Ihr lasst die Patientin keine Sekunde aus den Augen, habt ihr das verstanden?«

Sie salutierten und bezogen mit entschlossener Miene Stellung vor dem Krankenzimmer.

Der Mönch, der unter dem Balkon kauerte, hatte den Auftrag auch verstanden. Ein erneuter Angriff unter diesen Umständen war sinnlos und gefährlich. Isabelle konnte warten. Morgen war der große Tag.

Als Philippe Lagarde am späten Nachmittag von Saint-Lô nach Carolles zurückfuhr, frischte der Wind auf. Dunkelgraue Wolken zogen über den Ozean und ballten sich. Die untergehende Sonne malte einen horizontalen glutroten Strich auf den Himmel. In Carolles parkte er vor dem Supermarkt von Elodie. Am vorherigen Tag hatte er vierzig rote Rosen bei ihr bestellt und hoffnungsvolle Blicke geerntet. Als er in den Laden kam, stand sie vor den Obst- und Gemüsekisten, polierte rotbackige Äpfel mit einem weichen Tuch und hielt ein Schwätzchen mit einem Kunden. Die beiden tauschten sich aus, wie man am besten eine Apfeltarte zubereitete. Sie begrüßte ihn mit einem Lächeln.

»Guten Tag, Monsieur Lagarde.«

»Guten Tag, Madame Elodie. Ich möchte die Rosen abholen. Sie sind doch geliefert worden?«

»Selbstverständlich, Monsieur Lagarde. Bestellungen werden von mir zuverlässig erledigt. Die Rosen sind frisch geschnitten und wunderschön. Sie duften himmlisch. Ich werde die unteren Stiele in nasses Zeitungspapier einschlagen und trockenes Papier darüberwickeln, damit die Blumen beim Transport keinen Schaden nehmen und nicht austrocknen.«

»Das ist eine gute Idee, Madame Elodie. Vielen Dank für Ihre Bemühungen. Ich brauche auch noch zwei Flaschen Champagner. Am liebsten Veuve Clicquot. Haben Sie den in Ihrem Sortiment?«

»Aber sicher, ich finde, es ist der beste Champagner auf der Welt.«

Madame Elodie legte die langstieligen, burgunderroten Rosen auf die Ablage vor der Kasse. Dann lief sie geschäftig zum Weinregal und holte den Champagner.

»Sie müssen ihn kaltstellen, Monsieur Lagarde.«

»Das werde ich tun, Madame Elodie.«

Beim Abkassieren sah sie ihn neugierig an und wünschte ihm einen schönen Abend. Lagarde fragte sich gerade, ob er ihre offensichtliche Neugierde befriedigen sollte, als sie herausplatzte: »Stellen Sie sich vor, Monsieur Lagarde. Hubert, der Schafzüchter, hat mich für das kommende Wochenende in ein Restaurant eingeladen. Ich darf es auswählen.« Sie strahlte.

Lagarde zwinkerte ihr zu. »Das hört sich doch gut an, Madame Elodie. Ein Rendezvous! Es wird bestimmt ein wunderbarer Abend.«

Lagarde verabschiedete sich, verließ den Supermarkt und verstaute seine Einkäufe im Wagen. Madame Elodie beobachtete ihn durch das Schaufenster. Auch in Jeans und Wollpullover fand sie ihn unwiderstehlich. Sie fragte sich, wer die Glückliche war, für die er die Blumen gekauft hatte. Ob der raubeinige Hubert ihr jemals vierzig Rosen schenken würde?

Lagarde sah auf seine Armbanduhr. Odette plante, gegen achtzehn Uhr einzutreffen. Eine illustre Geburtstagsgesellschaft hatte sich angemeldet und wollte in ihrem Restaurant Mirabelle zu Mittag speisen. Deshalb konnte sie sich erst nachmittags auf den Weg machen. So blieb noch Zeit für ein kühles Bier vom Fass im »Chez Bastien«. Er brauchte eine Pause, der Tag war anstrengend und verstörend gewesen. Er bekam das Bild des erschossenen jungen Mannes nicht aus dem Kopf, ebenso wenig wie die traurigen Augen von Jeanne Dardenne, die jeden Hoffnungsschimmer verloren hatten. Es war ihm wichtig, dass er Odette ruhig und entspannt empfing. Er würde ihr eine wunderschöne Geburtstagsfeier bereiten.

Das »Chez Bastien« war wie immer gut besucht. Die Barhocker am Tresen waren alle besetzt. Andere Gäste standen in Grüppchen davor und unterhielten sich lautstark. Lou, die Wirtin, hatte alle Hände voll zu tun und eilte zwischen Theke und Gastraum hin und her. Lagarde entdeckte Robert an der Bar und gesellte sich zu ihm.

Der Landwirt schlug ihm freundschaftlich auf die Schulter. »Hallo, Philippe, wie geht's?«

»Und dir?«

»Alles bestens. Was willst du trinken? Ich gebe einen aus.«

»Ich gebe einen aus, Robert. Für die Holzlieferung.«

Das Bierglas des Landwirts war fast leer.

»Zwei Bier vom Fass, bitte«, rief der Kommissar Lou zu.

»Bist du zufrieden mit meinem Holz?«, wollte Robert wissen.

»Es ist sehr gutes Holz. Ich heize die Kate nur mit dem Kamin und habe bestimmt schon einen Viertel Ster verbrannt.«

Lou stellte zwei Gläser mit Bier auf die Theke vor die beiden Männer.

»Prost, Robert. Wie viel bekommst du für das Holz?«

»Fünfundzwanzig Euro pro Ster.«

Lagarde sah ihn ungläubig an. »Weißt du, wie viel Geld man in Paris für Holz bezahlt?«

»Wir sind hier nicht in Paris«, erwiderte Robert. »Außerdem bist du mein Freund.«

Lagarde zählte ihm den Betrag auf die Hand.

Sie schwiegen eine Weile und genossen das kühle herbe Bier und ihren Feierabend.

»Stell dir vor, Philippe«, nahm Robert das Gespräch wieder auf, »was ein Kumpel von mir erzählt hat. Er ist Wächter auf dem neuen großen Parkplatz gegenüber dem Mont-Saint-Michel. Heute Morgen hatte er Dienst. Gegen neun Uhr hat er am äußersten östlichen Rand des Parkplatzes eine schwarze Gestalt gesehen, die durch Büsche und Sträucher davonrannte. In der Hand hielt sie einen dicken Stock.« Robert schüttelte zweifelnd den Kopf. »Meine Schwester Heloise sieht nachts schwarze Schatten um die Ruinenabtei von Hambye huschen. Und jetzt spinnt mein Kumpel auch noch.«

»Das glaube ich nicht«, murmelte Lagarde. »Entschuldige mich bitte, ich bin gleich wieder da.«

Vor der Dorfgaststätte tippte der Kommissar die Nummer von Étienne, dem Chef der Spurensicherung, ein.

»Étienne, hier spricht Philippe. Immer im Dienst, was?«

»Du redest schon wie meine Frau.« Étienne lachte. »Ich mache jetzt Feierabend. Meine Leute und ich haben den ganzen Tag das Gelände um die Teufelsbrücke weitläufig abgesucht. Wir haben leider nichts gefunden. So eine Patronenhülse ist ein winziger Gegenstand.«

Lagarde berichtete ihm von der Beobachtung des Parkplatzwächters.

»Am östlichen Rand des Parkplatzes«, wiederholte Étienne.

»Ja, genau. Die Stelle müsste an der nordöstlichen Ecke liegen«, erklärte Lagarde. »Von dort aus hat man Sicht auf die Teufelsbrücke.«

»Ich fahre gleich mit einem Metallsuchgerät hin. Wenn dort eine Hülse liegt, finde ich sie.«

»Und was ist mit deiner Frau?«, fragte Lagarde.

»Ich vertröste sie. Sie wird das verstehen. Wenn wir die Waffe finden, brauchen wir einen ballistischen Fingerabdruck. Mit dem Projektil und der Hülse sind wir auf der sicheren Seite.«

»Du hast recht, Étienne. Ich bin dir was schuldig.«

Nachdenklich ging der Kommissar in die Kneipe zurück. Roberts Kumpel hatte eine schwarze Gestalt gesehen. War es der Mönch gewesen? Die entscheidende Frage lautete: Wen hatte er tödlich treffen wollen? Lagarde war davon überzeugt, dass es der unbekannte Schütze auf Isabelle abgesehen hatte. Louis Dardenne war nur ein von Ehrgeiz besessener Gehilfe gewesen.

Kaum hatte der Kommissar seinen Platz neben Robert wieder eingenommen, betrat Hubert das »Chez Bastien«. Die Männer begrüßten sich, und Hubert bestellte ein Glas Rotwein.

»Ich habe es gemacht«, verkündete er mit Blick auf Lagarde stolz. »Ich habe Elodie in ein Restaurant eingeladen. Am nächsten Wochenende. Sie hat die Einladung angenommen.« Seine Augen blitzten triumphierend.

»Gratuliere, Hubert«, entgegnete Lagarde. »Das ist doch ein vielversprechender Anfang.«

Der Schafzüchter freute sich über das Lob.

»Denke daran, dass du ihr Blumen mitbringst, wenn du sie abholst«, instruierte Lagarde ihn.

»Blumen auch noch?«

»Aber ja. Zwanzig rote Rosen. Noch besser fünfundzwanzig.«

Hubert war verblüfft. »Hältst du meine Schafzucht für eine Goldgrube?«

Robert grinste. »Du wirst doch nicht umsonst der Schafbaron genannt.«

»Also gut, wenn ihr meint. Der Abend wird mich ein Vermögen kosten.«

»Du wirst es schon verkraften«, meinte Robert.

»Und du darfst dein Ziel nicht aus den Augen verlieren«, ergänzte Lagarde. »Willst du die Dame nun für dich einnehmen oder nicht?«

»Ja, ja«, brummte der Schafzüchter.

Lagarde warf erneut einen Blick auf seine Uhr. Es war Zeit zu gehen. Er musste auch noch duschen und sich umziehen. Als er nach Lou winken wollte, um die Rechnung zu bezahlen, kam ein Mann in die Wirtschaft und näherte sich zögerlich der Bar. Er trug einen schiefergrauen Kaschmirmantel und einen schwarzen Hut. Der Gast wirkte elegant und aristokratisch. Irgendwie passte er nicht hierher. Der Mann sah sich neugierig um.

Lagarde traute seinen Augen nicht. Es war Maurice de La Fontaine. Er ging auf ihn zu.

»Guten Abend, Monsieur de La Fontaine. Was machen Sie denn hier?«

»Guten Abend, Monsieur Lagarde. Ich wollte auch einmal ein Bier in einer Dorfkneipe trinken. Hübsch ist es hier. Und ich will mit Ihnen reden.«

»Woher wussten Sie denn, dass ich hier bin?«

»Ich wusste es nicht, es war ein Versuch. Ich habe gehört, dass Sie vorübergehend in Carolles wohnen. Und ich dachte, Sie sind bestimmt ein geselliger Mensch, der gerne mal unter Leute geht und einen Dämmerschoppen trinkt.«

Lagarde schmunzelte. »Gut kombiniert, Monsieur de La Fontaine. Darf ich Sie zu einem Bier einladen?«

Der Kommissar wartete, bis Lou die Bestellung brachte, und führte seinen Gast an einen kleinen Ecktisch.

Sie setzten sich, und Maurice begann zu erzählen.

»Ich habe Isabelle im Krankenhaus besucht. Was für ein schrecklicher Anschlag! Ein Heckenschütze, wie im Krieg. Erst wird Leandro getötet und jetzt Louis.« Er sah Lagarde verzweifelt an. »Nimmt das Grauen denn kein Ende?«

»Es nimmt ein Ende, Monsieur de La Fontaine«, versuchte Lagarde ihn zu beruhigen. »Es wird nicht mehr lange dauern, dann ist der Fall gelöst. Wir haben vielversprechende Hinweise, denen wir mit Hochdruck nachgehen.«

Maurice nickte nachdenklich und trank einen großen Schluck Bier. »Ich möchte mich bedanken, dass Sie nach Isabelle gesehen haben. Ihr Besuch hat sie ein wenig beruhigt.«

»Keine Ursache, Monsieur de La Fontaine. Sie sagten, dass Sie mich sprechen wollen. Worum geht es?«

Maurice sah ihn mit ernster Miene an. »Ich habe Louis Dardenne nicht erschossen, das wollte ich Ihnen sagen.« Lagarde setzte zu einer Antwort an, doch Maurice hob die Hand. »Louis war der Liebhaber von Isabelle. Ich habe das schon lange gewusst, obwohl es mir meine Frau nicht gesagt hat. Aber ich war nicht eifersüchtig. Wir haben uns auseinandergelebt. Jeder führt sein Leben. Ein bisschen wehgetan hat es schon. Wir haben uns einmal sehr geliebt.« Er lächelte wehmütig. »Aber das ist schon lange her.«

»Danke für Ihre Offenheit, Monsieur de La Fontaine.«

»Das wollte ich gerne loswerden. Isabelle hat unsere Kinder verzogen. Sie sollten etwas Besonderes sein. Alleine schon die Vornamen, die meine Frau für sie ausgesucht hat. Ich konnte mich nicht durchsetzen. Von Leandro war ich maßlos enttäuscht. Ich hasste seine Brutalität Frauen gegenüber. Ich habe sogar mein Boot umbenannt. Früher hieß es Leandro.«

Lagarde schwieg. Er wollte den Mann nicht unterbrechen.

»Leyla ist ganz anders als Isabelle und Leandro«, fuhr Maurice fort. »Sie ist ein wunderbares Mädchen.

Ich möchte sie am liebsten immer um mich haben. Aber Isabelle besteht darauf, dass sie dieses Eliteinternat besucht.« Maurice starrte gedankenverloren in sein Glas. »Was ist nur aus uns geworden!«, meinte er niedergeschlagen. »Und jetzt noch diese entsetzlichen Verbrechen.«

Lagarde fragte sich, ob Maurice dem Geheimbund beigetreten war, weil er unglücklich und mit seinem Leben unzufrieden war. Wollte er seinem Dasein einen neuen Sinn geben, suchte er eine Herausforderung? Er wollte ihn jetzt nicht auf den Christrosenorden ansprechen. Er musste aufbrechen.

»Monsieur de La Fontaine«, begann er, »ich muss mich jetzt leider entschuldigen. Ich habe eine Verabredung.«

»Sie müssen sich nicht entschuldigen. Schließlich bin ich einfach hier hereingeschneit und beanspruche Ihre Zeit.«

»Danke für Ihr Verständnis. Auf Wiedersehen, Monsieur de La Fontaine.«

»Auf Wiedersehen, Monsieur Lagarde.« Er lächelte. »Ich bleibe noch. Es gefällt mir hier.«

Lagarde verließ eilig die Dorfgaststätte und lief zu seinem Auto. Er stieg ein und raste durch das Dorf zur Fischerkate. Es war schon kurz nach achtzehn Uhr. Hoffentlich war Odette noch nicht eingetroffen. Er war sich nicht sicher, ob sie auf ihn warten würde. Geduld war nicht ihre Stärke. Vielleicht war sie enttäuscht und war, schäumend vor Wut, weil er nicht da war, sofort wieder abgefahren. Vielleicht wartete sie vor dem Haus und würde ihm eine Szene machen. Er musste sich eingestehen, dass er angespannt und nervös war.

Als er seine Unterkunft erreichte, war das Erdgeschoss hell erleuchtet. Was hatte das zu bedeuten? Er stellte seinen Wagen ab und lief zur Eingangstür. Sie war unverschlossen. Hatte er vergessen abzuschließen? Das war kaum vorstellbar. War jemand in die Kate eingedrungen? Wer? Etwa der Mönch?

Er schlich durch den Korridor und spähte in das Wohnzimmer, die Hand am Griff seiner Pistole. Das Feuer im Kamin brannte. Flammen loderten gelborange vor den Granitsteinen. Im Lichtkegel der Stehlampe stand Odette und blickte verträumt auf die fackelnden Scheite. Auf dem Couchtisch warteten zwei Champagnerkelche und ein Sektkübel, gefüllt mit Eis und einer Flasche Veuve Clicquot.

Erleichtert und voller Freude betrat Lagarde das Wohnzimmer. Sie schenkte ihm ihr bezauberndstes Lächeln.

»Guten Abend, mein Held«, sagte sie. »Hast du über deinen Ermittlungen den Geburtstag deiner Freundin vergessen?«

»Guten Abend, meine Schöne. Niemals würde ich deinen Geburtstag vergessen. Ich hatte noch ein ungeplantes, aber wichtiges Gespräch. Entschuldige bitte.«

»Ich bin erst vor einer halben Stunde gekommen und

habe Feuer im Kamin gemacht. Es war kalt hier. Hauptsache, du bist jetzt da.«

Froh über diese ungewöhnlich gelassene Reaktion nahm er sie in die Arme und küsste sie. »Die besten Wünsche zu deinem Geburtstag.«

Sie strahlte ihn an. »Danke, Philippe. Und jetzt öffne bitte den Champagner. Wir stoßen auf meinen Geburtstag an.«

Lagarde entkorkte die Flasche und füllte die Gläser. »Komm, wir gehen auf die Terrasse«, forderte er sie auf. »Zieh dir eine Jacke über.«

»Auf die Terrasse? Was machen wir da?«

»Überraschung.«

Er öffnete die Glastür, trat auf den Aussichtsplatz und stellte die Kelche auf den Bistrotisch. Mit einem Kaminfeuerzeug entzündete er weiße Kerzen, die auf der Balustrade aufgereiht waren, Fackeln, die am Rand der Steinplatten in der Erde steckten, sowie Eierkohlen, die in einem Becken aufgehäuft und mit Grillanzünder übergossen waren. Der Feuerschein tauchte die Terrasse und den Garten in ein weiches Licht. Ringsum herrschte Dunkelheit. Schatten huschten über die Hauswand. Der Wind wisperte in den Bäumen. Das Meer kam zurück. Ein leises Rauschen war zu hören. Lagarde reichte Odette ein Glas. Verliebt sahen sie sich in die Augen und ließen die Gläser klingen.

»Auf dich und deinen Geburtstag, mein Schatz.«

»Und auf uns und unser Glück«, antwortete sie feierlich. Begeistert betrachtete sie die unwirkliche Szenerie. »Was für ein romantischer Platz und welch eine schöne Überraschung!«

Lagarde fiel etwas ein. »Sag mal, Odette, wie bist du eigentlich ins Haus gekommen?«

»Ganz einfach. Auf dem Fensterbrett neben der Eingangstür steht ein Blumentopf. Darunter fand ich den Hausschlüssel. Ein riesiges altmodisches Eisenteil. Zu Hause habe ich das auch so arrangiert, falls ich mich mal aussperre.«

»Und ich Idiot habe jedes Mal beim Verlassen der Kate sorgfältig abgeschlossen.«

Sie lachten.

»Warte, Odette. Ich bin gleich wieder da.«

Sie stand alleine auf der Terrasse und sah auf den nachtblauen Ozean. Seine Oberfläche glitzerte im Mondschein. Wie ein Ungeheuer, lauernd, bedächtig und unaufhaltsam kroch das Wasser auf die Küste zu und verschlang das Watt.

Lagarde kam zurück, wickelte das Papier von den Stielen und überreichte ihr den Strauß.

»Geburtstagsrosen für Madame«, erklärte er. »Und noch eine Kleinigkeit.« Er reichte ihr zwei Schachteln. »Du darfst sie aufmachen.«

Als Odette den lupenreinen Brillantring, gebettet auf ein Samtkissen, sah, verschlug es ihr für einen Moment die Sprache.

»Ist der schön!«, hauchte sie. Sie streifte das Schmuckstück über ihren Ringfinger und hielt es ins Kerzenlicht. »Schau mal, wie der Stein funkelt, Philippe.«

Über die antiken Leuchter freute sie sich wie ein Kind. Vor Begeisterung klatschte sie in die Hände.

»Ich stelle sie im Schlafzimmer auf den Fenstersims. Dort ist der perfekte Platz.« Ungestüm fiel sie ihm um den Hals. »Ich danke dir, Philippe.«

»Ich habe noch ein Geschenk für dich«, bemerkte er. »Es steht zu Hause im Gästezimmer. Ich hätte es mitnehmen sollen.«

»Dann gibt es in Barfleur noch eine Überraschung«, jubelte Odette.

Eng umschlungen gingen sie ins Wohnzimmer zurück. Auf der Terrasse zerrte der Wind an den Flammen. Odette wärmte ihre kalten Hände über dem Kaminfeuer.

»Und was machen wir jetzt?«, fragte sie.

Sie schmiegte sich an ihn. Ihre Finger schoben sich unter seinen Pullover und liebkosten seine behaarte Brust.

»Ich gehe jetzt duschen und dann führe ich dich zum Abendessen aus. Wir feiern.«

»Ich komme mit.«

Im Bad zogen sie sich gegenseitig aus, küssten und streichelten sich. In der engen Duschkabine standen sie dicht beisammen und ließen heißes Wasser auf ihre Körper prasseln. Odette seifte ihn liebevoll ein, küsste ihn zärtlich, dann immer fordernder und verführte ihn schließlich mit hemmungsloser Leidenschaft.

Nach einer Stunde waren sie ausgehbereit. Lagarde trug einen dunklen Anzug, ein weißes Hemd und eine Krawatte. Odette hatte für die Geburtstagfeier ein schwarzes Cocktailkleid gewählt. Sie schlüpfte in elegante Lederstiefeletten und zog sich ein Pelzjäckchen über. Die seidig glänzenden Haare trug sie offen, die Lippen waren rubinrot geschminkt.

Sie fuhren mit Lagardes Renault Express über die Küstenstraße zum Mont-Saint-Michel. Lagarde hatte im Restaurant »Schwarzer Rabe« einen Tisch reserviert. Sie stellten das Auto auf dem neuen Parkplatz ab. Er wollte bei Nacht über den Damm wandern und gemeinsam mit Odette das magische Bild des heiligen Klosterberges aufnehmen. Das mystisch illuminierte Baudenkmal türmte sich aus dem Meer auf. Über mächtigen Wehrmauern, trutzigen Festungstürmen, verwinkelten Gassen, historischen Fachwerkhäusern und steilen Schieferdächern erstrahlte die Abtei in berückender Schönheit. Auf der Turmspitze berührte das goldene Schwert des heiligen Michaels den Himmel. Das Licht des Mondes, das Spiel der Wolken, die Lichtinszenierungen und die magische Stille übten einen unvergleichlichen Zauber aus. Odette war zutiefst berührt. Sie blieb mitten auf dem Deich stehen, verharrte und nahm den Anblick der geheimnisvollen erleuchteten Pyramide in sich auf.

»Ist das schön«, flüsterte sie. »Sieh doch nur, Philippe. Ein Zauberberg. Zwischen Himmel und Meer.«

»Ein Ausdruck reiner Schöpfungskraft für die Ewigkeit«, sagte er leise. »Den Naturgewalten trotzend und zu früheren Kriegszeiten uneinnehmbar.« Langsam gingen sie weiter und erreichten den durch die beiden runden Türme umrahmten Zugang. Arm in Arm schlenderten sie die Grande Rue hinauf und folgten dem steilen Aufstieg zur Abtei. Auf ihrem Weg bewunderten sie die vielfältigen Perspektiven des sakralen Bauwerks. Zwischen der Kirche und dem Abteigebäude stiegen sie die Stufen hinauf, bis sie an einen beleuchteten Vorplatz gelangten.

Odette sah ihn verwundert an. »Hier ist kein Restaurant«, stellte sie fest. »Wir befinden uns vor dem Eingangsportal der Abtei.«

»Ich weiß, meine Liebste.«

Lagarde wurde von einem Mann in Jeans und Parka begrüßt, der sich an Projektoren, Mischpulten, Steuerungsgeräten und Lautsprechern zu schaffen machte. Die Verstärker für die Ton- und Lichtschau waren auf hohe Stative geschraubt.

Der Techniker deutete auf zwei Stühle, die nebeneinander unter einem steinernen Vordach standen. »Nehmen Sie Platz. Gleich geht es los.«

Sie setzten sich, und Odette fragte neugierig: »Was passiert jetzt?«

»Warte es ab.«

Das Licht auf dem Platz erlosch. Schwarz und düster erhoben sich die Mauern der Abtei vor ihnen. Plötzlich wurde es hell. Scheinwerfer ließen die Ostfassade in goldenem Licht erstrahlen. Sie blickten auf die vier Fenster der Belle-Chaise, auf die drei Etagen der Merveille, flankiert vom Turm der Raben, und auf die beiden Türmchen der Barbakane. Über den Kirchenchor legte sich ein Kettenhemd aus filigranen silbernen Ringen.

Während die farblich variierenden kunstvollen Illuminationen eine mystische Stimmung verbreiteten, erhob sich aus dem Hintergrund eine tiefe sonore Stimme, welche die Geschichte des heiligen Klosterberges erzählte. Wenn die Stimme innehielt, erklang mittelalterliche Musik. Zu den Klängen von Harfen, Lauten, Fideln und Drehleiern tanzten festlich gekleidete Adelige mit Reifröcken, weiß gepuderten Gesichtern und Perücken auf dem Mauerwerk. Konversation und Gelächter der Paare waren zu hören. Kutschen zogen über die steinerne Leinwand, Hufe klackerten auf Kopfsteinpflaster. Pilgerströme überquerten das Wattenmeer. Äbte wurden geweiht. Bei atmosphärischen Beleuchtungen und dem Spiel der Schalmei wurden bösartige Intrigen gesponnen, tödliche Hinterhalte gelegt, vernichtende Kreuzritterzüge organisiert und heimliche Liebschaften eingegangen. Als krönender Abschluss des Spektakels explodierte ein Feuerwerk auf der Wand. Rosetten in Gold, Rot und Grün erblühten zwischen den schwarzen Schatten der Bäume.

Schließlich senkte sich Dunkelheit über den Vorplatz.

Lagarde küsste Odette auf die Wange. »Wie hat dir das kleine Geburtstagsspektakel gefallen?«

»Es war sensationell, Philippe. Ich habe noch nie eine Ton- und Lichtschau gesehen.«

»Es war nur eine kleine Variante für dich. Eine Privatvorstellung sozusagen. Die große Show findet nur in den Sommermonaten statt.«

»Es war wunderschön. Besonders gut haben mir die mittelalterliche Musik und die Pferdekutschen gefallen. Am liebsten wäre ich gleich eingestiegen und mitgefahren.«

Lagarde lachte. »Zum Glück bist du ja noch da.«

Er bedankte sich bei dem Projektionskünstler für die private Vorstellung, bezahlte ihn und drückte ihm ein großzügiges Trinkgeld in die Hand. Diese Sonderschau zu organisieren war nicht ganz einfach gewesen.

Er legte den Arm um Odette. »Komm, jetzt gehen wir essen. Hast du Hunger?«

Sie gingen durch das Torhaus und stiegen die Stufen der Grand Degré hinab, die früher die armen Pilger benutzen mussten. Die repräsentative Abteitreppe war den Angehörigen der begüterten Klassen vorbehalten gewesen.

Nach wenigen Minuten Fußweg erreichten sie das Restaurant »Schwarzer Rabe«.

Odette betrachtete die historische Fassade. »Ein schönes Haus«, stellte sie fest. »Es sieht ganz anders aus als meine Schäferei.«

Der Tisch, den Lagarde reserviert hatte, grenzte an die steinerne Balustrade mit der verglasten Fensterfront. Der Blick ging auf die erleuchteten Wehrmauern der Bastion und den Turm Bukle. Dahinter, in der Dunkelheit, erahnte man das Meer.

Sie nahmen an dem Zweiertisch Platz. Sofort brachte ein Kellner die Wein- und die Speisekarte. Odette studierte beide edlen ledergebundenen Mappen mit fachmännischem Interesse.

»Die Weinauswahl ist hervorragend«, meinte sie anerkennend. »Die Menüs sind durchdacht und kreativ.«

»Wenn jetzt noch das Essen schmeckt«, frotzelte er.

»Wir werden sehen«, erwiderte sie. »Ich werte neutral und sachlich.«

Lagarde bemühte sich, ernst zu bleiben. »Natürlich, mein Engel. Hast du dich entschieden?«

»Ja, Philippe. Ich nehme das klassische Meeresfrüchtemenü. Wenn ich schon mal hier bin, möchte ich Austern aus Cancale essen. Als zweiten Gang Thunfischcarpaccio. Ich bin gespannt, wie es hier zubereitet wird. Als Hauptgang nehme ich Hummer.«

»Ich schließe mich an. Wollen wir Weißwein aus dem Burgund dazu trinken?«

Sie überlegte kurz. »Einverstanden. Eine gute Wahl.«

Während sie den Hummer aßen, Scheren knackten und das weiße Fleisch aus den Schalen zogen, dozierte Odette über den rauen Meeresbewohner, der auch vor der Küste der Normandie anzutreffen war.

»Der blauschwarze Atlantikhummer versteckt sich am Tag zwischen Felsriffen und in Bodenkerben. Nachts geht er auf die Jagd. Er ist ein Einzelgänger. Wichtig ist, dass der Hummer beim Kauf noch lebt. Man muss seine Reflexe prüfen, besonders an den Fühlern. Er muss schwer sein, sonst ist er nicht vollfleischig. Bevorzugt wird das Fleisch der Weibchen verzehrt. Es ist zarter und fester. Das köstliche Meerestier muss fünfzehn Minuten in kochendem Wasser gegart werden.«

»Barbarin.«

»Na hör mal«, empörte sie sich. »Ansonsten sterben die Hummer nach dreißig Jahren irgendwo auf dem Meeresgrund.«

Als sie kurz vor Mitternacht in die Fischerkate zurückkehrten, legte Lagarde Zeitungspapier und dicke Buchenscheite auf die Glut. Im Weinkühler stand die angebrochene Flasche Champagner. Odette füllte Eis in den Behälter und verteilte Kissen auf dem Teppich vor dem Kamin. Sie machten es sich am Feuer gemütlich.

»Danke für den schönen Abend, Philippe.«

Er küsste ihren Hals und begann, den Reißverschluss des Kleides zu öffnen. Odette knöpfte sein Hemd auf. Sie ließen sich Zeit und liebten sich schließlich zärtlich.

Als sie auf dem Boden vor dem Kamin eingeschlafen war, holte Lagarde eine Decke und breitete sie über ihren nackten, alabasterweißen Körper. Liebevoll betrachtete er ihr entspanntes schönes Gesicht, das halb von einem Haarschleier bedeckt war. Er schlüpfte zu ihr unter die Decke, legte den Arm um sie und schlief glücklich ein.

Die Hochflut kam, und mächtige Wellen rollten in die Bucht des Mont-Saint-Michel. Die Brüder des Christrosenordens hatten sich im Hafen von Granville versammelt. Sie stiegen die Stufen zur Marina hinab und gelangten über eine schmale Metallbrücke auf die Leyla II. Maurice de La Fontaine steuerte die Jacht durch die Hafenausfahrt auf das offene Meer. Er nahm Kurs auf den Klosterberg. Die aufgewühlte See, gefährliche Strömungen und scharfkantige Unterwasserriffe erforderten sein ganzes seemännisches Können.

Bruder André stand mit bleichem Gesicht neben ihm im Steuerstand und sah angstvoll auf den hohen Wellengang. »Ist diese Fahrt nicht gefährlich, Bruder Maurice?«, fragte er. »Was ist, wenn ein Sturm aufkommt, so wie gestern?«

»Beruhige dich, Bruder André. Es kommt kein Sturm auf. Die Springtide war vorgestern. Es ist Flut, sonst nichts.«

Die anderen Brüder saßen unter Deck in der luxuriösen Mittelkabine, sprachen leise miteinander, tranken Tee und spürten die aufkommende Anspannung. Jedem ging die Frage durch den Kopf, ob ihre ungeheuerliche, die Welt aus den Angeln hebende Mission heute Nacht von Erfolg gekrönt sein würde.

Maurice steuerte die Jacht sicher in südwestlicher Richtung durch schwarze Wellentäler und schäumende Wogen. Einen Kilometer vom Mont-Saint-Michel entfernt ankerte er. Es wäre ein halsbrecherisches Abenteuer gewesen, sich mit dem tief liegenden Schiff dem Berg weiter zu nähern. Die Jacht könnte auf eine Sandbank auflaufen oder gegen einen Felsen prallen.

Die Mönche versammelten sich an Deck. Der Großmeister ließ mit Hilfe von Bruder Sylvestre ein Boot mit einem Außenbordmotor zu Wasser. Es tanzte wie eine Nussschale auf den Wellen. Über eine Leiter stieg ein Bruder nach dem anderen in das Boot. Für die neun Männer war gerade genug Platz. Sie saßen auf den einfachen Bänken eng zusammen.

Maurice startete den starken Motor und Sylvestre löste die Leine. Der Großmeister gab Gas, und das Boot pflügte durch die raue unruhige See. Wasser spritzte auf, Wellen klatschten gegen den Rumpf, größere Pfützen bildeten sich auf den Planken, der Wind blies ihnen unbarmherzig ins Gesicht.

Bruder André war totenblass. Ihm war schrecklich übel. Er hatte panische Angst, über Bord zu gehen, und krallte sich an einer Holzplanke fest. Der dicke Mann konnte nicht schwimmen.

Unbeschadet erreichte die geheime Bruderschaft das Ufer unterhalb der Kapelle des heiligen Aubert im Nordwesten des Berges. Dunkel und geheimnisvoll thronte sie auf einem Felsen. Dahinter verloren sich aufstrebende Flanken in der tintenblauen Nacht. Maurice hatte den Motor abgestellt und ließ das Boot in das seichte Wasser treiben. Die Mönche stiegen aus und zogen das Boot auf einen schmalen Sandstreifen neben einen alten ausgemusterten Kahn. Über die Steintreppe des Kirchleins liefen sie zum Eingangsportal. Der Großmeister sperrte auf. Wieder wurden die Holzbänke an der Wand gestapelt. Sie entzündeten Gaslampen, die sie im Raum verteilten. Die Leuchten, Taschenlampen, Batterien, Seile, eine Winde, Handwerkszeug und weitere notwendige Ausrüstung für ihr Vorhaben hatte André vorher in die Kapelle bringen und verstecken müssen. Mehrere Male war er mit klopfendem Herzen, einen großen Rucksack auf dem Rücken, zur Kapelle gewandert.

Die Männer gruppierten sich um die eiserne Platte im Steinboden der Kapelle und beteten. Anschließend berührte der Großmeister das Amulett der Mutter Gottes. Die schwere Tür ächzte und bebte, dann glitt sie auf. Die Ordensbrüder starrten in das eckige schwarze Loch und auf die verrosteten Tritte. Bruder Benoît hatte sich bereit erklärt, gesichert durch ein Seil, ihre Stabilität zu prüfen.

Das Seil glitt über die Winde, und der Mönch verschwand im Schacht. Als er auf den ersten Steig trat, barst das Eisen, und sein Fuß rutschte ins Nichts. Gellend schrie er auf. Ohne die Seilvorrichtung wäre er in die Tiefe gestürzt. Die Mönche waren auf dieses Problem vorbereitet. Meter für Meter glitt Benoît weiter in den Schacht und hieb in regelmäßigen Abständen Klettertritte in die Wand. Er war von den Brüdern derjenige, der handwerklich am geschicktesten war. Schweiß stand ihm auf der Stirn, obwohl es in diesem enger werdenden Tunnel bitterkalt war. Seine Stirnlampe strahlte auf den feuchten, mit giftig grünen Flechten überzogenen Fels.

Ihn schauderte. Was mochte ihn am Grund des Schachtes erwarten? Er atmete schwer. Die Gesteinswände, die ihn umfingen, verursachten ein beklemmendes Gefühl.

Endlich erreichte er den Boden des Schachtes. Vor ihm öffnete sich eine Höhle. Er leuchtete hinein und stellte fest, dass sie nicht besonders groß und auch nicht hoch war. In der hinteren abschließenden Wand konnte er keinen Durchgang entdecken. Ein kleiner See lag vor ihm. Das Wasser war glasklar und schimmerte opalgrün. Er zuckte zurück. Auf dem Grund des Teiches hatte er eine Bewegung wahrgenommen.

Benoît unterdrückte einen Fluchtimpuls. Vorsichtig spähte in das Wasser. Winzige, weiße, durchscheinende Krebse krabbelten in Zeitlupentempo über den Kies. Sie sahen aus wie Urzeittiere. Am schrecklichsten fand er ihre Augen. Sie waren von einem glühenden Signalrot. Benoît bekreuzigte sich. Er betete, dass diese sonderbaren hässlichen Albinogeschöpfe den Teich nie verlassen mochten.

Eine Stimme ertönte von weit oben.

»Ist alles in Ordnung mit dir, Benoît?« Es war die Stimme des Großmeisters.

»Ja«, antwortete er. »Ihr könnt kommen. Achtet genau auf die Tritte. Zur Sicherheit haltet ihr euch am Seil fest.«

Ein Mönch nach dem anderen stieg in den Schacht, suchte Halt auf den Steigen und kletterte mit Hilfe des Seils hinab in das labyrinthische Tunnelsystem des Mont-Saint-Michel. Bruder André war fest davon überzeugt, dass der Hauch, den er verspürte, nach Schwefel roch und direkt aus der Hölle kam.

Die neun Mönche des Christrosenordens standen

in ihren purpurvioletten Kutten auf dem kleinen Plateau vor dem unterirdischen See. Dass sie inzwischen zu zehnt waren, bemerkten sie in ihrer Aufregung nicht.

»Nun, meine Brüder«, begann der Großmeister mit feierlich bebender Stimme. »Wir sind unserem Ziel sehr nahe. Ich spüre die göttliche Verheißung. Lasst uns auskundschaften, wohin der Weg uns führt.«

»Ich kann in der Höhle keinen Durchgang entdecken«, erklärte Benoît.

»Aber seht, dort drüben scheinen zwei Tunnel in den Berg zu führen.«

Die Brüder besahen sich im Schein ihrer Taschenlampen die Eingänge. Der rechte Zugang war schmal und mannshoch. Das Loch, das in den zweiten Tunnel führte, war so niedrig, dass man auf allen vieren hineinkriechen musste. Sie entschieden sich für den rechten Schacht. Die Mönche schoben sich hintereinander durch die Öffnung. Der Weg war an manchen Stellen so schmal, dass sie sich seitlich durch die glitschigen Felswände zwängen mussten. Ebenso war es erforderlich, die unebene Decke im Auge zu behalten und immer wieder den Kopf einzuziehen.

Der Weg führte stetig bergab. Nach hundert beschwerlichen Metern endete der Tunnel an einer zugemauerten roten Ziegelwand. Frustriert traten sie den Rückweg an. Als Bruder André den Vorplatz der Höhle erreichte, taumelte er und lehnte sich keuchend gegen die Wand. Das Abenteuer überforderte ihn. Er schloss die Augen und flehte Gott an, aus diesem Albtraum so schnell wie möglich fliehen zu dürfen. Seine Brüder bemerkten nichts von seiner Verzweiflung. Sie waren besessen von der Idee, das goldene Schwert des heiligen Michaels zu finden.

Die Brüder krochen in den linken Tunnel. Salzwasser tropfte auf ihre Kapuzen, messerscharfe Felskanten rissen an ihren Kutten, spitze Steine ritzten die Haut an den Händen auf. Ein seltsames Geräusch dröhnte in ihren Ohren, der Sauerstoff wurde knapp. André stand kurz davor, die Nerven zu verlieren.

Endlich erreichten sie eine tiefer liegende Höhle. Erleichtert richteten sie sich auf und atmeten tief durch. Hier war die Luft frischer. Die Strahlen ihrer Taschenlampen richteten sich auf die hohe gewölbte Decke. Tropfsteine in Perlweiß, Pastellgrün, Hellrosa und Violett schimmerten über ihren Köpfen. Sie sahen sich um und entdeckten einen bogenförmigen Durchgang. Einer nach dem anderen schritten sie hindurch. Sie befanden sich am Eingang zu einem Labyrinth. Mehrere Wege führten zu weiteren Verzweigungen. Höhlungen, Verschläge und kleine Räume gingen von dem Tunnelsystem ab. Die Räume waren einmal von grob gezimmerten Holztüren verschlossen gewesen, die nun morsch und schief in den Angeln hingen. Dahinter türmte sich Geröll.

»Wie sollen wir hier den Schatz finden?«, fragte André ratlos.

»Ich glaube nicht, dass dies der Platz ist, den wir suchen«, antwortete Maurice.

Er ließ seine Blicke durch die Höhle schweifen. Ein glatter senkrechter Fels erregte seine Aufmerksamkeit. Er ging darauf zu und entdeckte eine Spalte. Sie war gerade breit genug, um sich hindurchzuquetschen.

»Hier befindet sich ein Paralleltunnel«, erklärte er mit erregter Stimme.

»Mein Gefühl sagt mir, dass wir hier richtig sind.«

Sie passierten die Spalte und gelangten in einen quadratischen Raum. Aus der glatten schwarzen Wand war ein Altar gemeißelt worden. Er war niedrig und etwa drei Meter breit. Darüber formte sich ein Kreuz aus dem Fels. Die schwarze Madonna war von begnadeten Künstlerhänden filigran, anmutig und betörend schön herausgearbeitet worden.

Die Mönche starrten fasziniert auf ihr zartes Antlitz. Die zitternden Finger von Maurice berührten ihr Amulett und verharrten in dessen Mitte. Vor den Augen der Bruderschaft verschwand die Oberfläche des Altars lautlos im Gestein. Keiner sagte ein Wort. André war so eingenommen von dem mystischen Augenblick, dass er seine Angst vergaß.

»Ich glaube, wir sind am Ziel, meine lieben Brüder«, flüsterte Maurice. »Ich werde, als euer Großmeister, als Erster schauen, was sich im Inneren des Altars verbirgt.«

Die Brüder murmelten ihr Einverständnis. Das Herz schlug rasend in seiner Brust, als Maurice in die Höhlung blickte. Ihm stockte der Atem.

»Der Altar beherbergt ein längliches, mit Blattgold beschlagenes Behältnis«, berichtete er. »Ein Behältnis, wie geschaffen für das Schwert des Führers der himmlischen Heerscharen.« Mit weit aufgerissenen fiebrigen Augen stand er vor dem schwarzen Altar. »Schaut euch das an, meine Brüder. Wir haben das Schwert gefunden. Unser Geheimbund, der auserwählte Christrosenorden, sollte es finden. So ist es bestimmt.«

Andächtig standen sie zusammen, unfähig zu ermessen, was dieser Fund bedeutete.

»Sylvestre, hilfst du mir, die Kiste herauszuheben? Wir wollen sie öffnen. Hier und jetzt.«

Die beiden Mönche packten das Behältnis, jeder an einem Ende. Sie hoben es an und stellten es auf die Erde. Es war sehr schwer. Maurice hatte den Eindruck, dass sich der Goldbeschlag erwärmte. Als er den Deckel der Kiste entfernen wollte, schrie er auf. Das Gold war glühend heiß. Gleichzeitig war ein anschwellendes Plätschern, Gurgeln und Rauschen zu vernehmen. Das Geräusch steigerte sich zu einem wüsten, unerträglich lauten Brausen. Wasser spritzte in den Raum. Aus Furchen, Spalten, Ritzen, Höhlungen und Nischen schossen Fontänen mit ungeheurer Wucht. Das Wasser in der Höhle stieg mit atemberaubender Geschwindigkeit.

»Wir müssen hier raus«, brüllte Sylvestre. »Beeilt euch! Wir müssen durch den Tunnel zurückkriechen. Das ist unsere einzige Chance.«

Die Brüder zwängten sich durch die Spalte, rannten durch die Tropfsteinhöhle und verschwanden kriechend, einer nach dem anderen, im Schacht. Allein der Großmeister nicht. Er wollte das Tunnelsystem nur mit dem Schwert verlassen. Die Hände durch den Stoff seiner Kutte geschützt, packte er die Kiste und versuchte, sie aus dem Altarraum zu schleifen. Obwohl sie inzwischen von eiskaltem Salzwasser bedeckt war, glühte sie nach wie vor, dampfte und zischte. Das Wasser reichte dem Großmeister inzwischen bis an die Hüften.

»Bist du verrückt, Maurice?«, schrie Sylvestre ihn an. »Lass die verdammte Kiste los und komm endlich. Sonst ersaufen wir hier.«

Maurice fixierte ihn mit irrem Blick und zerrte weiter an dem Behältnis. Sylvestre packte ihn am Arm und zog ihn gewaltsam aus der tödlichen Falle. Unsanft stieß er ihn in den Tunnel.

»Denk an Leyla«, brüllte er. »Bewege dich endlich.«

Die Bruderschaft hatte den Schacht erreicht und stieg über die Tritte zur Kapelle hinauf. Sie waren nass bis auf die Haut, durchgefroren und völlig erschüttert. Maurice hüllte sich in Schweigen. Sylvestre übernahm das Kommando. Er ließ die Brüder sämtliche Spuren ihres Eindringens beseitigen. Dann scheuchte er sie aus der Kapelle zum Sandstreifen, wo das Boot lag. Als er seinen Brüdern Mut zusprechen wollte, fiel ihm unter den bleichen erschöpften Gesichtern ein junges, knabenhaftes, von Erde verschmiertes Konterfei auf. Er hatte es noch nie gesehen. Voller Zorn riss er dem Jungen die Kapuze vom Kopf.

»Wer bist du, und was willst du hier?«, schrie er ihn an.

Der junge Mann sah ihm trotzig ins Gesicht. »Ich bin der Novize Mathieu. Ihr begeht ein Sakrileg. Niemand darf das Schwert des heiligen Michael suchen. Es ist ein Geschenk Gottes. Eine Legende. Es ist heilig. Ich werde Bruder Pierre-Marie über eure lästerlichen Pläne informieren.«

Der Novize drehte sich um und wollte davonrennen.

Sylvestre hielt ihn grob zurück. »Gar nichts wirst du tun«, kreischte er. Seine Stimme überschlug sich vor unbändiger Wut. Niemand durfte vom Christrosenorden erfahren. Er holte aus und verpasste dem Jungen einen Schlag ins Gesicht. Der Novize sank zu Boden.

»Benoît, André!«, herrschte er seine Brüder an. »Legt ihn in den Kahn und schiebt ihn aufs Meer hinaus.«

Maurice ging auf Sylvestre zu und packte seine Kutte. »Das kannst du nicht machen. Wir sind ein friedfertiger Orden. Das bedeutet den sicheren Tod für den Novizen.«

Sylvestre schüttelte ihn ab. »Nun macht schon! Ich habe als Einziger die Nerven behalten. Ich habe euch vor dem Ertrinken gerettet. Jetzt habe ich das Kommando. Oder wollt ihr, dass unser Geheimbund verraten wird?«

Maurice kauerte im Sand. Seine Hände waren rot und schmerzten, die Haut warf Blasen. Sämtliche Kräfte hatten ihn verlassen. Benoît und André taten, wie ihnen geheißen. Sie trugen den bewusstlosen Novizen zum Kahn und legten ihn hinein. Gemeinsam schoben sie das Boot ins Wasser, bis es von einer Strömung erfasst wurde. Bald war es in den hohen schäumenden Wellen nicht mehr zu sehen.

»Steigt in das Motorboot«, ordnete Sylvestre an. »Wir müssen zur Jacht zurück.«

DIE ABTEI VON HAMBYE

SIEBTER TAG

Der Novize Mathieu erwachte aus seiner Bewusstlosigkeit. Er stöhnte. Sein Gesicht schmerzte. Vorsichtig öffnete er die Augen und blinzelte. Er sah den graphitgrauen Nachthimmel, golden glitzernde Sterne und den silberweißen Vollmond. Wo war er? Erinnerungsfetzen kehrten zurück. Der stickige Tunnel, die glühende Kiste, der Faustschlag ins Gesicht. Er war entdeckt worden. Seine Neugier auf die geheimen Aktivitäten des Christrosenordens war zu groß gewesen und hatte ihn unvorsichtig werden lassen. Er hatte nicht damit gerechnet, aufzufliegen. Nicht nach den dramatischen Ereignissen im Labyrinth des Berges.

Er hörte ein Rauschen. Der Untergrund, auf dem er lag, bewegte sich. Er schaukelte. Mathieu setzte sich auf. Er befand sich in einem Kahn. Um ihn herum war Wasser. Nur Wasser. Wellen, die gemächlich rollten. Er war in einem Boot, das auf dem Meer trieb. Die Brüder des geheimen Christrosenordens hatten ihn in den Kahn gelegt und ins Meer geschoben. Sie wollten seinen Tod. Damit er sie nicht verraten konnte. Doch er würde nicht sterben. Gott war bei ihm. Irgendwo würde der Kahn an Land treiben, oder ein Schiff würde ihn entdecken. Mathieu hatte keine Angst.

Die Hände des Novizen tasteten das Innere des Kahns ab. Er fand ein Tau, sonst nichts. Nachdenklich betrachtete er das ausgefranste Seil. Gott hatte es ihm geschickt. Was konnte er damit tun? Mathieu lächelte.

»Danke, Herr«, flüsterte er.

Er zog das Seil durch die Ruderdolle und machte einen Knoten. Dann schlang er es fest um seinen Leib. Das andere Ende des Taus knotete er an der zweiten Halterung fest, nachdem er es stramm gezogen hatte. Mathieu war zufrieden mit seinem Werk. Jetzt konnte er nicht mehr über Bord gehen. Im Moment war die See relativ ruhig, doch das Wetter konnte rasch umschlagen.

Mathieu legte sich zurück auf die harten Holzplanken. Er hatte Hunger und Durst, und er fror entsetzlich. Der Novize faltete die Hände zum Gebet. Nach einer Weile schlief er ein.

In der Bucht des Mont-Saint-Michel gab es eine seltene starke Strömung, die von den Chausey-Inseln zum Berg floss. In dieser Nacht änderte sie die Richtung und bewegte sich genau entgegengesetzt. Nach fünf Stunden, als die Morgendämmerung den Archipel in erstes weiches Licht tauchte, wurde der Kahn mit dem schlafenden Novizen auf der Hauptinsel an den Strand gespült. Kurze Zeit später entdeckte ihn ein Angler.

Sonnenlicht drang in den Salon der Fischerkate. Als Lagarde aufwachte, hielt er Odette noch immer im Arm. Behutsam löste er sich von ihr. Sie schlief tief und fest. Er ging in die Küche und setzte Kaffee auf. Dann schichtete er Papier und Holz in den Kamin und zündete es mit einem Streichholz an. Im Bad lagen Jeans und Pullover auf einem Stuhl. Er duschte, zog sich an und trank eine Tasse Milchkaffee. Auf dem Couchtisch fand er einen Zettel und einen Stift. Er schrieb eine Notiz für Odette. »Ich hole frisches Baguette, bin gleich wieder da. Ich liebe dich, Philippe.«

Nach einem letzten Blick auf seine schlafende Freundin holte er das Fahrrad aus dem Schuppen und fuhr in den Ort. Das Meer hatte sich weit entfernt, der Himmel war azurblau, das Dünengras leuchtete in frischem Grün, eine sanfte Brise wehte von Westen.

Als er mit Weißbrot, selbstgemachtem Quittengelee von Madame Elodie und frischen Eiern im Rucksack wieder zurückkam, schlief Odette noch immer. Er deckte den Frühstückstisch und kochte die Eier. Dabei sang er mit leiser Stimme einen seiner Lieblingschansons.

»Joe Dassin könnte es nicht besser«, erklang eine Stimme. Odette stand lächelnd im Türrahmen. Sie hatte sich sein weißes Hemd übergezogen. Ihre Haare waren zerzaust.

»Guten Morgen, Philippe.« Sie gab ihm einen Kuss.

»Guten Morgen, mein Schatz. Frühstück ist gleich fertig. Magst du einen Kaffee?«

Odette setzte sich und genoss den ersten Schluck des duftenden Getränks.

Lagarde nahm ebenfalls Platz. »Ein weich gekochtes Ei für Madame, exakt viereinhalb Minuten gekocht.«

»Perfekt.«

Sie ließen sich Zeit mit dem Frühstück. Während er sich Quittengelee auf das gebutterte Baguette häufte, fragte Lagarde: »Wie lange kannst du noch bleiben?«

»Ich muss nach dem Frühstück los. Im Restaurant wartet viel Arbeit auf mich. Heute Abend habe ich sechs größere Reservierungen.«

»Schade. Es ist schön hier mit dir.«

»Wann, meinst du, wird der Fall geklärt sein?«

»In ein bis zwei Tagen. Dann komme ich nach Hause. Was hältst du davon, wenn wir am Ruhetag des Mirabelle nach Cherbourg fahren und mal wieder ins Kino gehen?«

»Das hört sich großartig an, Philippe.« Sie nahm ihm das Brot aus der Hand und biss hinein. »Das Quittengelee ist ein Traum. Meinst du, Madame Elodie verkauft mir ein paar Gläser?«

»Das ist eine gute Idee.«

Sie sah ihn fragend an. »Sag mal, Philippe, hast du schon einen Verdacht?«

»Ja, ich habe zwei Personen im Verdacht. Wenn du abgereist bist, fahre ich auf die Chausey-Inseln. Dort will ich mit einem Mann sprechen, um mir Gewissheit zu verschaffen.«

»Sei vorsichtig, Philippe.«

»Mach dir keine Gedanken. Ich kann gut auf mich aufpassen.«

»Nimm deine Pistole mit.« Odette fiel noch etwas ein. »Du hast doch erzählt, dass eine Polizistin dich bei den Ermittlungen unterstützt.«

»Ja. Alleine würde ich es nicht schaffen.«

»Wie ist sie denn so?«

»Nett und sehr tüchtig.«

»Ist sie hübsch?«

»Nein, eher durchschnittlich.«

Odette stand auf, trat hinter ihn und umarmte ihn. Durch den dünnen Stoff des Hemdes drückten sich ihre Brüste gegen seinen Rücken. Sie küsste seinen Hals, dann flüsterte sie in sein Ohr: »Das war schöner kuschliger Blümchensex heute Nacht.«

Lächelnd packte er sie, hob sie hoch und setzte sie auf die Arbeitsfläche der Küchenzeile. Ihre dunklen Augen funkelten.

Lagarde hatte seine Freundin zu ihrem Auto begleitet, ihr Gepäck im Kofferraum verstaut und sie zum Abschied zärtlich geküsst. Er ging ins Haus zurück und räumte die Küche auf. Sein Handy klingelte. Es war Étienne, der Chef der Spurensicherung.

»Guten Morgen, Philippe. Es gibt einige Neuigkeiten. Ich habe die Patronenhülse gestern Abend gefunden. Sie lag im Gras unter einem Strauch an der nordöstlichen Ecke des Parkplatzes, wie du vermutet hattest. Von dort wurde der Schuss abgefeuert. Die Hülse und das Projektil wurden untersucht. Der ballistische Bericht liegt vor. Bei der verwendeten Waffe handelt es sich um eine FN P90. Sie wurde von einer belgischen Firma entwickelt. Dabei wurden die Vorteile einer Maschinenpistole mit der großen Durchschlagskraft verbunden, die fast an ein Sturmgewehr herankommt. Das Gewehr ist handlich und nicht allzu schwer. Kaliber 5,7 x 28 mm.«

»Eine Infanteriewaffe für Truppenteile, die nicht direkt an Kampfhandlungen teilnehmen«, sagte Lagarde.

»Genau. Die FN P90 ist ein aufschießender Rückstoßlader, der Schütze kann bei Einzelfeuer die Waffe besser im Ziel halten. Durch die größere Lauflänge wird eine bessere Genauigkeit und Durchschlagskraft erreicht. Ein Schalldämpfer kann aufgesetzt werden, die Reichweite ist enorm.«

»Das Gewehr ist auch bei der französischen Polizei im Einsatz.«

»Das ist korrekt, Philippe. Und es gibt mir zu denken.«

»Mir auch, Étienne. Das gefällt mir gar nicht.«

Beide Männer schwiegen kurz und überlegten, welche Rückschlüsse sie aus dieser Information ziehen sollten.

»Jetzt müssen wir nur noch die Tatwaffe finden«, erklärte Étienne. »Mit Vergleichsmunition können wir beweisen, ob aus ihr geschossen wurde.«

»Keine leichte Aufgabe, Étienne.«

Der Spurensicherer fuhr fort: »Der Obduktionsbericht liegt ebenfalls vor. Henri lässt ihn dir per Mail zukommen.«

»Hat Claude Bernard bei der Autopsie noch etwas Interessantes herausgefunden?«

»Ja, in der Tat. Louis Dardenne war kokainsüchtig.

Claude konnte Schäden an der Nasenschleimhaut feststellen, auch Leber und Nieren waren bereits in Mitleidenschaft gezogen.«

Der Kommissar bedankte sich bei Étienne, und die beiden Männer beendeten das Telefonat.

Nachdenklich schenkte Lagarde sich den restlichen Kaffee ein. Louis Dardenne hatte einen hohen Preis für seine steile Karriere und den Aufstieg in betuchte einflussreiche Kreise bezahlt.

Henris Boot lag im kleinen Hafen von Carolles. Am Morgen hatten die Schiffe auf der Seite im Schlick gelegen. Jetzt war die Flut zurückgekommen, und die Fischer konnten auslaufen. Lagarde erreichte den Hafen über einen schmalen Damm. Die Caroline II schaukelte leicht auf den Wellen zwischen anderen bunten Fischerbooten. Es war ein Dreikieler, etwas größer und neuer als sein eigenes Boot und für Rauwasser besonders gut geeignet.

Er sprang vom Kai auf das blanke Deck und löste das Tau von einem Pfosten aus Holz. Im Steuerstand startete er den Motor. Der Benzintank war voll. Seekarten befanden sich auf der Ablage neben dem Steuerrad. Lagarde tuckerte aus dem Hafenbecken und nahm Kurs auf die Hauptinsel des Chausey-Archipels.

Die Inselgruppe lag als grauer Schemen vor ihm. Die Sonne stand hoch am wolkenlosen Himmel. Der Ärmelkanal erstreckte sich kobaltblau. Die Wellen kräuselten sich leicht im Wind. Es war ein idealer Tag, um auf das Meer hinauszufahren. Zu seiner Freude entdeckte Lagarde Delphine. Ihre schlanken, glänzenden Körper glitten elegant durch das Wasser. Einige der Tiere vollführten übermütige Sprünge, drehten Pirouetten und tauchten wieder ein. Für eine Weile begleiteten sie das Fischerboot.

Die ruhige Überfahrt dauerte eine knappe Stunde. Die felsige grüne Insel lag vor ihm. Etwa ein Dutzend Fischerhäuser, der Leuchtturm, Strände mit feinem weißem Sand. Eine kleine Kapelle, um 1850 erbaut, thronte auf einem Grashügel. Unterhalb war das Haus von Marin Marie, dem berühmten Marinemaler und Seefahrer. Lagarde wusste, dass sich an der rauen Westküste das 1559 erbaute Schloss befand. Der Industrielle Louis Renault hatte sich in die Chausey-Inseln verliebt und ließ das Gebäude 1923 renovieren.

Als Lagarde sich der Inselmole näherte, drosselte er den Motor. Er warf die Fender aus, suchte sich einen freien Platz an der Kaimauer und legte an. Das Tau verknotete er an einem Eisenring. Über einen erhöhten breiten Mauersims und eine steile Treppe gelangte er an Land. Unweit der Anlegestelle saßen zwei Angler auf Klappstühlen und warteten geduldig, dass ein Fisch anbiss. In ihren Eimern schillerten Goldbrassen und Heringe. Lagarde schlenderte zu den Männern und grüßte sie freundlich. Sie musterten ihn neugierig.

»Ich suche einen Mann namens Antoine Gisserot. Können Sie mir sagen, wo sich sein Haus befindet?«

Ein bärtiger alter Seebär mit tiefen Furchen im Gesicht zeigte in die Richtung, wo der Leuchtturm auf einer Anhöhe stand.

»Dort drüben, unterhalb des Leuchtfeuers steht das Haus von Antoine. Das Gebäude mit den grünen Fensterläden.«

»Wissen Sie, ob er zu Hause ist?«

»Nein, keine Ahnung. Er fährt oft mit seinem Boot hinaus.«

Lagarde bedankte sich und machte sich auf den Weg. Das Haus befand sich außerhalb des Fischerdorfes. Es stand einsam auf einem Felssockel. Eine Treppe führte zu einem Vorplatz und zur Eingangstür, die ebenfalls grün lackiert war. An der moosgrauen Granitmauer lehnte eine Bank zwischen verblühten Stockrosen. Von der Plattform aus hatte man einen herrlichen Ausblick auf unzählige kleine Inseln, den tiefblauen Ozean und das Festland, das sich in der Ferne als braungrüner Streifen abzeichnete.

Lagarde klopfte an die Tür. Ein Mann öffnete. Er war mittelgroß, schlank und trug Jeans, einen schwarzen Rollkragenpullover und grüne Gummistiefel. Sein dichtes kurzes Haar war weiß, ebenso sein gepflegter Schnurrbart. Falten durchzogen sein vom Wetter gegerbtes Gesicht. Seine Augen, vom selben Grün wie die seiner Tochter, waren von einem Schleier getrübt.

»Was wollen Sie?«, fragte er barsch.

»Mein Name ist Philippe Lagarde. Ich bin von der Polizei und möchte mit Antoine Gisserot sprechen. Sind Sie das?«

»Ja, kommen Sie herein. Ich habe Essen auf dem Herd stehen.«

Er führte Lagarde in die Küche. Mit einem Kochlöffel rührte er in einem großen Topf. Dann stellte er ihn auf die Seite. Der kleine Raum mit unverputzten Mauern aus Granitsteinen war spartanisch eingerichtet. Ein einfacher Tisch mit vier Stühlen, ein altmodisches Küchenbüfett, ein Herd, der mit Holz befeuert wurde. An den Fenstern waren weiße Scheibengardinen angebracht. Es war warm im Zimmer und roch nach Rauch und Fisch.

Antoine Gisserot wiederholte seine Frage: »Was wollen Sie von mir?«

»Ich ermittle im Mordfall Leandro de La Fontaine. Sagt Ihnen der Name etwas?«

Der Mann sah durch das Fenster auf das Meer.

»Allerdings«, antwortete er mit belegter Stimme. »Ich habe mich schon gewundert, warum die Polizei nicht zu mir kommt. Leandro und Isabelle de La Fontaine haben meine Familie zerstört. Mein Leben. Nicht mehr und nicht weniger.«

»Erzählen Sie mir, was passiert ist?«

Er zuckte mit den Schultern. »Warum nicht?« Sein Blick glitt wieder zum Fenster, und er begann zu erzählen.

Die Familie hatte einen Souvenirladen auf dem Mont-Saint-Michel besessen. Viele Jahre lang. Es war ein altmodisches Geschäft gewesen. Die Touristen liebten seinen nostalgischen Charme. Plötzlich waren unerwartet Dachreparaturen vonnöten. Die Gasse, an der ihr Geschäft lag, wurde für Wochen komplett gesperrt. Kurz darauf wurden Kanalarbeiten durchgeführt. Über Nacht wurde die Pflasterung aufgerissen. Touristen konnten den Laden nicht mehr aufsuchen. Für seine Frau Mathilde hatte der Laden alles bedeutet. Er war ihr Leben gewesen. Wegen der Umsatzeinbrüche konnten sie die Raten nicht mehr bezahlen. Schließlich mussten sie das Geschäft verkaufen. Sie waren ruiniert. Leandro und Isabelle de La Fontaine erwarben das Geschäft zu einem Spottpreis. Beim Notartermin brach Mathilde zusammen. Kurze Zeit später war sie tot. Sie war an gebrochenem Herzen gestorben.

Sein Sohn Emanuel hatte seine Mutter über alles geliebt. Nach ihrem plötzlichen Tod war er untröstlich. Eines Tages machte er sich auf, um eine Segeltour zu unternehmen. Er war nie zurückgekehrt. Man hatte das Schiff zerschellt an der Nordspitze der Halbinsel Cotentin beim Kap de la Hague entdeckt. Dort gab es eine gewaltige, sehr gefährliche Meeresströmung, »Raz Blanchard« genannt. Kein vernünftiger Mensch wäre bei einem Unwetter dort gesegelt. Selbst bei ruhiger See war es riskant. Antoine Gisserot nahm an, dass sein Sohn den Freitod gewählt hatte. Seine Leiche war nie gefunden worden.

Als er von seiner Tochter berichtete, wurden seine Augen feucht. Violette war vor Kummer über den Tod ihrer Mutter krank geworden. Sie verlor ihr Baby in der achten Schwangerschaftswoche. Nach der Trennung von diesem sadistischen Staatsanwalt aus Avranches war sie so glücklich gewesen und wollte ihr Kind alleine aufziehen. Nach diesen traumatischen Geschehnissen zog sie sich immer mehr zurück. Auch von ihrem Vater.

»Ich wollte ihr helfen«, beteuerte Antoine Gisserot. »Sie trösten, ihr beistehen, aber ich bin nicht mehr an sie herangekommen.« Er rieb sich verzweifelt das Gesicht. »Ich konnte dieses abweisende Verhalten nicht ertragen. Violette war immer mein Liebling gewesen. Ich war traurig, nur noch traurig. Ich bin in eine Depression geglitten, wollte nicht mehr unter Menschen sein. Deshalb habe ich mich auf die Insel zurückgezogen. Die alte Kate haben sie mir gelassen. Niemand hatte daran Interesse.« Der Mann verstummte.

Lagarde sah ihn ernst an. »Es tut mir aufrichtig leid, was mit ihrer Familie passiert ist, Monsieur Gisserot. Ich muss Ihnen die Frage trotzdem stellen. Haben Sie Leandro de La Fontaine getötet? Sie haben ein starkes Motiv.«

Der Mann lächelte traurig. »In Gedanken schon tausend Mal. Nein, Monsieur le Commissaire, ich war es nicht. Das hätte mir meine Familie auch nicht mehr zurückgebracht. Ein brutaler Racheakt ist doch völlig sinnlos.«

»Haben Sie ein Alibi?«

»Nein. Ich bin immer alleine. Nur ab und zu unterhalte ich mich mit den wenigen Menschen, die zu dieser Jahreszeit auf der Insel leben.«

»Ist es nicht sehr einsam hier?«

»Ich bin nicht einsam. Mathilde ist bei mir. Neben der Kapelle ist ein kleiner Friedhof. Dort habe ich sie begraben.« Unvermittelt stand er auf. »Ich habe Hunger. Wollen Sie einen Teller Suppe mit mir essen?«

»Gerne«, antwortete der Kommissar.

Antoine Gisserot füllte zwei tiefe Teller und stellte sie auf den Tisch. Dazu gab es aufgeschnittenes Baguette, das er in einem Körbchen reichte, und roten Landwein aus Wassergläsern.

Schweigend löffelten die beiden Männer die heiße Suppe. Es war eine der besten Fischsuppen, die Lagarde jemals gegessen hatte. Er lobte ihren würzigen Geschmack. Sein Gastgeber freute sich darüber.

»Darf ich fragen, was Sie hier den ganzen Tag so machen?«

Antoine Gisserot lächelte zum ersten Mal. »Man kann sich auf den Inseln gut beschäftigen. Hier ist es wunderbar still. Ich besuche Mathilde jeden Tag auf dem Friedhof. Wir reden miteinander. Ich angle und fahre mit meinem Boot zum Fischen auf das Meer. Manchmal besuche ich unbewohnte Inseln, gehe spazieren und beobachte Vögel. Es macht mir Freude, Skizzen von ihnen anzufertigen.« Er nahm sich ein Stück Baguette. »Außerdem lese ich gerne, am liebsten französische Klassiker. Zola, Hugo, Maupassant, Proust.«

»Kommt Ihre Tochter manchmal zu Besuch? War sie in letzter Zeit auf der Insel?«

»Violette war das letzte Mal vor zwei, drei Wochen hier. Sie kommt mit ihrem Segelboot, wir essen zusammen und reden ein bisschen. Ich habe in letzter Zeit den Eindruck, dass sie wieder mehr den Kontakt zu mir sucht. Das würde mich sehr glücklich machen.«

Lagarde nickte. »Das kann ich gut verstehen. Sie können ihre Trauer teilen.«

»Ja, wie sagt man so schön: Geteiltes Leid ist halbes Leid.« Gisserot räumte den Tisch ab. »Möchten Sie einen Mokka?«, fragte er.

»Ja, sehr gerne.« Jetzt erst bemerkte Lagarde die Fotografie, die hinter der Glasscheibe des Büfetts an einer Karaffe lehnte. Ein junger blonder Mann in Shorts und Fischerhemd stand auf dem Deck einer Jolle, setzte das Großsegel und lachte über das ganze Gesicht. Selbst aus der Entfernung fielen die leuchtenden grünen Augen auf. Er sah aus, als sei er der Zwillingsbruder von Violette.

»Das ist Ihr Sohn auf dem Bild, nicht wahr?«

Antoine Gisserot nickte. »Ja, er liebte es zu segeln. Violette und Emanuel sahen sich sehr ähnlich.«

Lagarde trank den Mokka aus und erhob sich. »Monsieur Gisserot, vielen Dank für die Bewirtung und für das offene Gespräch.«

»Ich hoffe, dass Sie den Mörder bald finden«, meinte Gisserot. »Ich bringe Sie noch zur Tür.«

Die Männer standen im engen Flur. Die Tür zum Salon stand offen. Antoine Gisserot zeigte auf ein Bücherregal aus dunklem Holz, das eine ganze Wand bedeckte. Hunderte von Büchern standen ordentlich aufgereiht in den Fächern.

»Schauen Sie, das ist meine Bibliothek. Es ist besonders in den Wintermonaten schön, am Feuer zu sitzen und zu lesen.«

Lagarde blickte interessiert in den Salon. Eine Vitrine hatte seine Aufmerksamkeit erregt. Auf einer samtenen Ablage waren mehrere Dolche aufgereiht.

»Sie sammeln Dolche?«, fragte er.

Fünf prächtig verzierte, mittelalterliche Dolche steckten in ihren Scheiden. Die sechste Scheide, filigran, silbern, mit einem roten Tatzenkreuz und einer Spitze aus Obsidian, war leer. Die Ähnlichkeit mit dem Dolch in der Asservatenkammer war offensichtlich.

»Wo haben Sie die Waffen her?«, erkundigte sich Lagarde.

»Ich habe sie früher einmal gesammelt. Es war eine Passion von mir. Ich war auf vielen Auktionen in ganz Frankreich.«

»Sie sind sicher sehr wertvoll.«

»Das ist richtig.«

»Warum haben Sie die Waffen nicht verkauft, um Ihr Geschäft zu retten?«

»Es hätte nicht gereicht.«

»Ein Dolch fehlt.«

»Ja, ich weiß.«

»Wissen Sie auch, wo er ist?«

»Nein.«

»Machen Sie sich keine Gedanken, wo er sein könnte? Er ist doch wertvoll. Vielleicht hat ihn jemand gestohlen.«

»Seit dem Tod meiner Frau sind mir die Dolche völlig gleichgültig«, erwiderte Gisserot mit müder Stimme.

»Gut, Monsieur Gisserot. Dann gehe ich jetzt. Sie müssen damit rechnen, dass Sie auf die Polizeiwache in Avranches vorgeladen werden. Wir brauchen Ihre Fingerabdrücke.«

»Ich habe nichts zu verbergen.«

»Haben Sie etwas dagegen, dass ich die Dolchscheide mitnehme? Natürlich bestätige ich Ihnen das. Und Sie bekommen sie von mir selbstverständlich wieder zurück.«

Gisserot nahm das glänzende Futteral aus der Vitrine und reichte es Lagarde, der es in ein Taschentuch einschlug und in die Jackentasche steckte. Er verabschiedete sich und verließ das Haus. Antoine Gisserot sah ihm nach, bis er hinter dem Leuchtturm verschwunden war.

Lagarde lief die Treppe beim Leuchtturm hinunter. Nahe der alten Bastion lag ein kleines Haus geduckt am Hang inmitten von Stechpalmen. Im Vorgarten stand eine Frau und hängte Wäsche auf. Er grüßte sie freundlich. »Sie waren bei Antoine«, sprach sie ihn an. »Ich habe Sie aus dem Haus kommen sehen.«

»Ja, Madame«, erwiderte Lagarde.

Wahrscheinlich blieb auf dem kleinen Eiland nichts unbemerkt.

»Es ist schön, dass Antoine wieder öfter Besuch bekommt«, fuhr die Frau fort. »Er hat ja fast wie ein Einsiedler gelebt. Völlig zurückgezogen.«

»Wer war denn noch zu Besuch?«, fragte der Kommissar.

Die Frau kam näher an den Zaun.

Die Frage schien sie nicht zu wundern.

»Seine Tochter kommt ab und zu und sieht nach ihm. Und kürzlich war ein junger Mann bei ihm.«

»Kannten Sie den Mann?«

»Nein, ich habe ihn vorher noch nie gesehen.«

»Wie sah er aus, können Sie ihn beschreiben?«

»Es war schon dämmrig. Ein Sturm fegte über die Inseln und den Ozean. Ich habe mich noch gewundert, dass jemand die Überfahrt gewagt hat. Der Mann war groß, schlank und blond.«

»Danke Madame, Sie haben das sehr gut beobachtet.«

Auf dem Weg zum Hafen, der eher ein größerer Anlegeplatz war, rasten seine Gedanken. Die Fotografie in der Küche kam ihm in den Sinn. War Emanuel Gisserot der Besucher gewesen? Hatte er den Dolch mitgenommen?

War er gar nicht tot?

Hatte sein Vater die Tragödie erfunden oder ausgeschmückt?

Machten die beiden Männer gemeinsame Sache, um Mathilde Gisserot zu rächen?

Oder steckte der Sohn alleine hinter den Morden. Seine Leiche war nie gefunden worden.

Hatten sie Violette in ihre Pläne eingeweiht?

Wohl kaum, schließlich war sie Polizistin. Kurz überlegte er, ob er zurücklaufen und Antoine Gisserot zur Rede stellen sollte. Er verwarf den Gedanken. Der Mann würde bei seiner Geschichte bleiben und die alte Frau als Tratscherin abtun.

Aber er beschloss, genauere Erkundigungen über den Segelunfall anzustellen. Gleich morgen.

Es musste ein Bericht der Küstenwache existieren. Wenn Emanuel noch lebte, musste er ihn finden, bevor ein weiteres Verbrechen geschah.

Auf der Rückfahrt nach Carolles tauchten die Delphine wieder auf und schwammen neben dem Boot her. In einem Schränkchen im Steuerstand entdeckte Lagarde einen Gaskocher, Tassen, kleine Wasserflaschen und ein Glas Instantkaffee. Zufrieden stand er an der Reling, trank Kaffee und beobachtete die Säugetiere. Das Schiff wurde vom Autopiloten gesteuert. Ein Möwenschwarm zog über den Himmel. Die Vögel kreischten laut.

Plötzlich klingelte in der friedlichen Abgeschiedenheit sein Handy. Es war Isabelle de La Fontaine.

»Wie geht es Ihnen, Madame de La Fontaine? Sind Sie noch im Krankenhaus?«

»Mir geht es gut. Ich habe mich heute Vormittag selbst entlassen.«

»Und was kann ich für Sie tun?«

»Es geht um Leyla, Monsieur le Commissaire. Sie will jetzt doch kommen.«

»Sie sollte doch in Lausanne bleiben. Zu ihrer eigenen Sicherheit.«

»Ja, ich weiß. Das habe ich auch so mit ihr abgesprochen. Sie hat sich jedoch nicht daran gehalten. Die Leiterin des Internats hat mich angerufen und darüber informiert, dass meine Tochter nach Hause unterwegs ist. Die Frau meinte, Leyla habe etwas von einem anonymen Anruf erzählt. Der Anrufer hatte ihr mitgeteilt, dass ich schwer verletzt im Krankenhaus liege.«

Lagarde war alarmiert. Jemand hatte versucht, das Mädchen von Lausanne nach Granville zu locken. Und es hatte funktioniert.

»Machen Sie sich keine Sorgen, Madame de La Fontaine«, sagte Lagarde. »Eine Polizistin wird in Caen in den Zug steigen und Leyla bis Granville begleiten. Sie wird auf Ihre Tochter aufpassen.«

»Das beruhigt mich sehr, Monsieur le Commissaire. Dann können mein Mann und ich Leyla am Bahnhof von Granville abholen.«

»Genau. Und meine Kollegin soll sie nach Hause begleiten. Dann sehen wir weiter.«

»Danke.« Ihre Stimme klang nicht mehr so angespannt.

»Wann trifft der Zug in Granville ein?«, wollte er wissen.

»Am frühen Abend.«

»Die Polizistin heißt Violette Boyer. Sie ist kompetent und zuverlässig.«

Sie beendeten das Gespräch.

Lagarde starrte in Gedanken versunken auf die Delphinflossen, die im Zickzack durch das Wasser schossen. Er war lange nicht so zuversichtlich, wie er es gegenüber Madame de La Fontaine hatte verlauten lassen. Unruhe erfüllte ihn. Was hatte der Mönch vor? Warum war es wichtig, dass Leyla nach Hause fuhr? Er wählte die Handynummer von Violette.

»Salut, Violette. Wo steckst du?«

»Salut, Philippe. Ich bin auf dem Weg nach Caen. So wie wir es besprochen haben. Falls Leyla doch mit dem Zug kommt.«

»Das Mädchen sitzt im Zug. Du begleitest sie bis nach Granville. Ihre Eltern holen sie am Bahnhof ab. Ich möchte, dass du mit ihnen zum Schloss fährst. Am besten übernachtest du dort. Ich werde veranlassen, dass die Gendarmerie das Gebäude im Auge behält. Vielleicht können wir die Familie überreden, für ein paar Tage an ein unbekanntes Ziel zu verreisen.«

»In Ordnung, Philippe. Ich habe verstanden. Das Mädchen ist bei mir in guten Händen.«

Das Telefonat war beendet. Lagarde überlegte. Irgendetwas stimmte nicht. Überhaupt nicht.

Nach einer Stunde Überfahrt erreichte die Caroline II den Miniaturhafen von Carolles. Lagarde legte an Henris Platz an, schaltete den Motor aus und verschloss den Steuerstand. Über den Damm lief er zum Strand. Von dort gelangte er über eine breite Treppe auf die Uferstraße. Nach einigen hundert Metern war er im Ortskern von Carolles und betrat das Bistro »Chez Bastien«. Die Gaststätte war leer bis auf drei Rentner, die Karten spielten. Normalerweise herrschte um diese Zeit Hochbetrieb. Die Wirtin polierte den Tresen.

»Hallo, Lou«, begrüßte Lagarde sie. »Wo sind denn deine Gäste?«

Sie lachte ihn an. »Hallo, Philippe. Sie sind alle auf dem Kirchfest auf der großen Wiese hinter dem Rathaus. Du solltest auch hingehen, sonst verpasst du was.«

»Das glaube ich nicht, Lou. Ich will nur eine Kleinigkeit essen.«

»Ich habe Muscheln auf normannische Art, mit Speck und Sahne.«

»Großartig. Und ein Glas Weißwein, bitte.«

»Kommt sofort, Philippe. Setz dich doch auf die Terrasse. Es ist so ein schöner sonniger Tag. Ganz ungewöhnlich für Anfang November.«

Die Terrasse der Gaststätte lag in einem Hinterhof. Ziegelmauern, überwuchert von wildem Hopfen, umgrenzten ihn. Zarte Goldbecher und violette Herbstzeitlose blühten in Tontöpfen. Lagarde wählte einen Tisch, der in der Sonne stand. Die Wirtin brachte den Wein, eine Karaffe mit Wasser und ein Schälchen mit Oliven, getrockneten Tomaten und Mandeln. Der Kommissar hielt das Gesicht in die Sonne und schloss für einen Moment die Augen. Er dachte an Leyla, die im Zug nach Granville saß. Das Mädchen war in Gefahr, das spürte er. Er beschloss, nach dem Essen zum Bahnhof von Granville zu fahren und sich selbst davon zu überzeugen, dass Leyla und Violette wohlbehalten angekommen waren.

Sein Handy klingelte. Es war Valérie, die Polizistin aus Barfleur.

»Entschuldige, dass ich mich erst heute bei dir melde. Wir hatten viel zu tun. Ich war fast die ganze Nacht unterwegs.«

»Was ist denn los in dem beschaulichen Städtchen?«

»Jugendliche haben eine Strandparty gefeiert. Sie haben im Suff die Blockhütte des Fischereivereins abgefackelt. Mit deren zwei Traktoren haben sie am Strand eine Rallye veranstaltet. Dabei wurde ein Fahnenmast umgefahren, der auf ein Auto gestürzt ist. Totalschaden. Und jetzt streiten sich die Eltern, die Angler, der Wagenbesitzer und mehrere Rechtsanwälte.«

Lagarde lachte. »Bei euch geht es ja drunter und drüber.«

»Das kann man wohl sagen. Doch nun zu dem Video, das du mir gesendet hast.«

»Ist dir etwas aufgefallen?«

»Ich habe es wieder und wieder angesehen, Philippe. Ich finde den Gang des Mönches federnd und leicht. Habt ihr schon mal überlegt, dass es sich bei der Person auch um eine Frau handeln könnte?«

»Eigentlich nicht.«

»Außerdem macht der Mönch eine bestimmte Bewegung. Nur ganz kurz und kaum wahrnehmbar.«

»Was für eine Bewegung?«

»Er zuckt mit der Schulter. Ich habe eine Freundin,

die macht das auch. Sie zuckt unbewusst mit der Schulter, wenn sie nervös ist.«

Lagarde schwieg völlig überrascht, schließlich meinte er: »Ich bin beeindruckt, Valérie. Deine Beobachtungen sind sehr wichtig für die Ermittlungen. Sie lenken den Fall in eine weitere mögliche Richtung. Du warst uns eine große Hilfe.«

»Das freut mich, Philippe.«

Sie verabschiedeten sich.

Lagarde trommelte beunruhigt mit den Fingern auf die Tischplatte. Ein Gedanke formte sich in seinem Kopf. War das möglich? Er sprang auf und legte einen Zwanzigeuroschein auf den Tisch. Lou kam mit den Muscheln.

»Entschuldige, Lou, ich muss dringend weg. Spendiere mein Essen den Rentnern, wenn sie es mögen.«

Eilig verließ er das Bistro.

Der schwarze Citroën parkte vor dem Bahnhof in Granville. Isabelle und Maurice de La Fontaine stiegen aus. Das graue, im klassizistischen Stil errichtete Gebäude erhob sich vor ihnen. Neben dem Eingang standen hohe Palmen, deren Wedel im Wind flatterten. Das Ehepaar betrat die Halle, durchquerte sie und setzte sich am Bahnsteig auf eine Bank. Außer ihnen befand sich kein Mensch auf der Plattform. Der Zug sollte in zehn Minuten eintreffen.

Maurice sah seine Frau von der Seite an und lächelte. »Ich freue mich sehr auf Leyla.«

»Ich auch, Maurice. Hoffentlich passt die Polizistin gut auf sie auf.«

Schüchtern griff er nach ihrer Hand. »Wir könnten doch mit Leyla für ein paar Tage auf einen Reiterhof fahren. So wie früher.«

»Früher war Leandro dabei, Maurice.«

»Ich weiß, Isabelle. Dennoch, Leyla zuliebe. Wir könnten ausreiten, wandern, um Knöpfe pokern. Ich brutzle für uns leckere Gerichte in der Pfanne, und wir trinken einfachen Landwein. Ein ruhiges Leben. Eine Auszeit. Nur wir drei. Wäre das nicht schön?«

Sie drückte seine Hand. Vielleicht hatte er recht. Nur sie beide mit ihrer Tochter. Leyla trauerte genauso um Leandro wie sie.

»Deine Idee gefällt mir, Maurice. Warum eigentlich nicht? Erinnerst du dich an diesen kleinen bezaubernden Reiterhof, am Cap de la Hague gelegen? Einsam, wild und ursprünglich. Wenn Leyla es möchte, könnten wir dort hinfahren.«

Er hauchte einen Kuss auf ihre Finger. »Das machen wir, Isabelle.«

Der Zug fuhr in den Bahnhof ein, drosselte mit kreischenden Bremsen das Tempo und hielt schließlich an. Die Türen öffneten sich automatisch. Geschäftsleute mit Aktentaschen, junge Touristen mit Rucksäcken, eine Gruppe von Frauen mit Rollkoffern stiegen aus. Nach einigen Minuten gab der Schaffner das Signal, die Türen schlossen sich, und der Zug rollte davon. Isabelle sprang auf. Ihr Gesicht war kalkweiß.

»Wo ist Leyla?« Außer sich vor Aufregung lief sie zu einem Mann in Uniform. »Meine Tochter ist noch im Zug. Halten Sie ihn an! Wir müssen nach ihr suchen.« Sie packte ihn am Ärmel.

»Der Zug ist leer, Madame«, erwiderte er höflich und befreite seinen Arm. »In Granville ist Endstation. Erst heute Nacht verlässt er den Bahnhof und fährt zurück nach Paris. Jetzt werden die Abteile gereinigt.«

Der Bahnbeamte ging weiter. Mit verwirrtem Blick sah Madame de La Fontaine dem Zug nach. Maurice trat zu ihr und legte tröstend den Arm um ihre Schulter.

»Sie kommt sicher mit dem nächsten Zug.«

»Du hast doch gehört, dass heute keiner mehr kommt. Leyla ist etwas zugestoßen«, flüsterte Isabelle heiser. »Ich spüre es genau.«

»Es gibt bestimmt eine vernünftige Erklärung«, erwiderte er.

»Nein, Maurice. Etwas Schreckliches ist passiert.«

Verloren und verzweifelt stand das Ehepaar auf dem leeren Bahnsteig. Erst als die Durchsage zum vierten Mal wiederholt wurde, erfasste Isabelle den Inhalt.

»Das Ehepaar de La Fontaine wird gebeten, den Informationsschalter aufzusuchen.«

Hand in Hand liefen sie über den schwarzweißen Fliesenboden der Halle zur Infotheke. Eine junge Frau sah sie fragend an.

»Maurice und Isabelle de La Fontaine?«

Sie nickten.

»Für Sie wurde etwas abgegeben.«

Als die Angestellte die goldene Schachtel mit dem silbernen Band über den Tresen reichte, fühlte Isabelle Übelkeit in sich aufsteigen. Mühsam rang sie nach Luft. Maurice stand wie versteinert neben ihr. Schließlich griff er doch nach dem Behältnis und bedankte sich. Er führte seine Frau zu einer Sitzecke. Sie sanken auf die Polster und starrten die Schachtel an. Maurice raffte sich endlich auf, zog die Schleife auf und nahm den Deckel ab. In der Schachtel befanden sich eine weiße Christrosenblüte, ein gefaltetes Blatt Papier und ein glänzendes Amulett an einer Goldkette.

»Das ist Leylas Amulett«, stellte Isabelle tonlos fest. »Von ihrer Großmutter. Sie trug es immer um den Hals.«

Sie begann zu zittern. Ihr Mann entfaltete das Blatt und las.

Liebe Isabelle,

ich habe Ihre Tochter Leyla. Dafür fordere ich eine Million Euro. Maurice soll heute um Mitternacht das Lösegeld auf dem Hauptaltar der Abtei von Hambye deponieren. Keine Polizei. Wenn Sie meinen Anweisungen folgen, wird Ihrer Tochter nichts geschehen. Sie bekommen sie unversehrt zurück. Wenn nicht, töte ich sie.

Der Mönch

Isabelle legte ihr Gesicht in die Handflächen und begann lautlos zu weinen. Maurice saß hilflos neben ihr.

Philippe Lagarde betrat die Bahnhofshalle und entdeckte das Ehepaar in der Sitzecke. Nach den Angaben auf der Leuchttafel an der Wand war der Zug bereits vor fünfzehn Minuten eingetroffen. Keine Leyla, keine Violette. Eilig lief er zu ihnen und sah sofort die goldene Schachtel auf dem Tisch stehen. Er nahm Maurice die Notiz aus der Hand und las sie. Seine schlimmsten Befürchtungen hatten sich bewahrheitet. Er zog sein Handy aus der Tasche und wählte die Nummer von Violette. Ihr Telefon war ausgeschaltet. Wo steckte sie?

Ernst sah er das Ehepaar an und sagte mit eindringlicher fester Stimme: »Sie bekommen Ihre Tochter wieder. Ich werde alles dafür tun. Der Erpresser will das Geld, nicht Leyla.«

Keiner von beiden war zu einer Entgegnung fähig.

»Kommen Sie. Ich bringe Sie nach Hause. Zuvor verständige ich die Kollegen, und wir leiten die nötigen Schritte ein.«

Lagarde packte Isabelle de La Fontaine am Arm, zwang sie, ihn anzusehen, und versicherte ihr: »Ich hole Leyla zurück. Aber Sie müssen tun, was ich Ihnen sage.«

Sie nickte ihm zu. »In Ordnung. Komm, Maurice. Der Kommissar wird uns helfen.«

Lagarde wies sie an: »Gehen Sie bitte schon vor. Ich muss telefonieren. Anschließend will ich noch mit der Schalterbeamtin sprechen.«

Der Kommissar ignorierte die Warteschlange, trat direkt vor den Tresen und zeigte seinen Dienstausweis.

»Ich muss Sie sprechen«, informierte er die junge Frau. »Es geht um die goldene Schachtel. Wer hat sie bei Ihnen abgegeben?«

»Oh, es war ein Mönch. Er trug eine schwarze Kutte und eine Kapuze, das übliche Habit eben.«

»Können Sie sein Gesicht beschreiben?«

»Nein, darauf habe ich gar nicht geachtet. Es war viel Betrieb.«

»Wann hat er die Schachtel abgegeben?«

»Vor ungefähr zwei Stunden.«

»Was hat er zu Ihnen gesagt?«

»Er hat gesagt, dass es sich um eine Überraschung handelt. Nachdem der Zug aus Paris eingetroffen war, sollte ich das Ehepaar de La Fontaine ausrufen und ihnen die Schachtel aushändigen. Normalerweise mache ich solche Sachen nicht, aber er hat fünfzig Euro für die Kaffeekasse spendiert.«

»Können Sie sich an seine Stimme erinnern?«

»Leider nein, Monsieur. Sie sehen ja, was hier los ist.«

»Danke, Madame.«

Er wandte sich zum Gehen.

»Monsieur le Commissaire«, rief die junge Frau hinter ihm her. »Warten Sie. Mir ist noch etwas eingefallen. Der Mönch hatte grüne Augen. So ein besonderes Grün, wie mein Kater.«

Lagarde bedankte sich und lief zum Parkplatz. Verloren stand das Ehepaar de La Fontaine neben dem Palmenrondell.

Sie hatten sich im kleinen Salon der Familie de La Fontaine versammelt. Henri Dugardin, Philippe Lagarde, Étienne Lenoir, der Cheftechniker der Spurensicherung, Isabelle und Maurice de La Fontaine. Die Polizisten waren in einem Zivilfahrzeug gekommen. Der Polizeiapparat war informiert und stand bereit, hielt sich aber aufgrund der Forderung des Entführers unauffällig zurück. Yamina hatte Kaffee, Wasser und Gebäck serviert und sich dann zurückgezogen.

Als Henri eingetroffen war, hatten er und Lagarde sich unter vier Augen ausgetauscht. Sie waren in großer Sorge um Violette. Die Polizistin hatte sich nach wie vor nicht gemeldet und war auch nicht zu erreichen. Es stand zu befürchten, dass der Kidnapper sie ebenfalls in seine Gewalt gebracht hatte.

Maurice de La Fontaine hatte mit dem Direktor der Bank von Granville telefoniert. Es war nicht einfach gewesen, ihn zu erreichen. Er hatte sich mit seiner Frau auf dem Weg nach Caen befunden, um eine Opernaufführung in der Kunsthalle der Stadt zu besuchen. Vor einer halben Stunde war er mit einem Aktenkoffer eingetroffen, in dem eine Million Euro in großen und kleinen Scheinen, ordentlich in Banderolen verpackt, gestapelt waren. Étienne hatte sie mit unsichtbarem Silbernitrat präpariert. Wer sie in die Hand nahm, bekam schwarze Finger. Die Verfärbung konnte nur mit einem Spezialpräparat entfernt werden und hielt tagelang.

Die Polizisten besprachen den Ablauf der Geldübergabe.

»Ich werde fahren und den Koffer in der Abtei deponieren«, erklärte Lagarde entschlossen. Er wandte sich an Maurice. »Sie sind verständlicherweise zu angespannt und nervös für diese Aktion. Es könnten unerwartete Umstände eintreten, die eine professionelle Reaktion erforderlich machen.«

Maurice sah ihn an. »Der Entführer hat ausdrücklich verlangt, dass ich das Lösegeld übergeben soll.«

»Er wird es nicht merken, dass wir die Rollen getauscht haben. Ich nehme Ihren Wagen, ziehe Ihren Mantel an und setze Ihren Hut auf. Es ist dunkel. Außerdem wird der Kidnapper nicht nahe an mich herankommen. Er beobachtet, wie der Koffer am vereinbarten Ort abgestellt wird, wartet, bis ich verschwunden bin, und holt sich die Beute.«

Henri Dugardin überdachte die Argumentation und meinte: »Philippe hat recht. Eigentlich wäre es meine Aufgabe. Aber erstens wird der Entführer aufgrund meiner Statur sofort merken, dass ich nicht Maurice bin. Und zweitens muss ich gestehen, dass meine desolate gesundheitliche Verfassung mich für diese gefährliche Aufgabe nicht gerade prädestiniert.«

Isabelles Blick ruhte auf ihrem Mann. Er versuchte, einen ruhigen Eindruck zu machen. Doch seine Hände zitterten. Er würde der Belastung nicht standhalten.

»Wir sind einverstanden«, erklärte sie. »Ich glaube, es ist die einzige Chance, die wir haben. Es geht einzig und allein darum, dass der Entführer überzeugt davon ist, dass wir die Polizei nicht eingeschaltet haben, dass er das Geld bekommt und dass er Leyla freilässt.« Ihre Stimme versagte, die Augen wurden feucht. »Unversehrt«, flüsterte sie.

»Er wird Ihre Tochter unversehrt freilassen, Madame de La Fontaine«, beschwor Lagarde sie. »Der Entführer will das Geld. Er hat keine Veranlassung, Leyla etwas anzutun.«

Henri ergriff das Wort. »Wir ziehen das so durch. Es ist die beste Lösung. Und sobald wir Leyla haben, schnappen wir uns den Erpresser und den Geldkoffer.«

»Gut«, sagte Lagarde und schaute auf seine Armbanduhr. »Étienne soll mich verkabeln. Um dreiundzwanzig Uhr starte ich. So habe ich genug Spielraum und kann das Lösegeld pünktlich um Mitternacht hinterlegen.«

Étienne machte sich an die Arbeit. »Das Mikrofon steckt fest unter dem Hemdkragen«, erklärte er. »Du bist ständig mit uns verbunden und hältst uns auf dem Laufenden.«

»Du meldest dich, wenn du Verstärkung brauchst«, instruierte Henri ihn. »Und wenn etwas aus dem Ruder läuft.« Eindringlich sah er seinen Freund an. »Bitte keine Alleingänge. Wir sind in deiner Nähe und können sofort eingreifen.«

»In Ordnung«, antwortete Lagarde. »Ich hätte mir die Örtlichkeiten vorher lieber einmal angeschaut. Aber vielleicht wartet der Entführer bereits bei der Abtei und wird misstrauisch.«

»Hals- und Beinbruch«, wünschte Henri.

»Holen Sie meine Leyla zurück«, beschwor Maurice ihn.

»Pass auf, dass der Funkkontakt nicht abreißt.« Étienne klopfte ihm auf die Schulter.

Isabelle stand auf, umarmte ihn kurz und gab ihm ein Küsschen auf jede Wange. »Sie schaffen das«, sagte sie mit fester Stimme.

Lagarde war in den Mantel von Maurice geschlüpft und hatte seinen Hut aufgesetzt. Die dunklen Sportschuhe, die er trug, waren für sein Vorhaben ideal. Er setzte sich hinter das Steuer des Citroën, legte den Geldkoffer auf den Beifahrersitz, startete den Motor und verließ das Grundstück. Sofort testete er die Funkverbindung.

»Hörst du mich, Étienne?«

»Klar und deutlich, Philippe.«

Er fuhr über Landstraßen zur Abtei von Hambye, die ungefähr dreißig Kilometer nordöstlich von Granville lag. Zwanzig Minuten vor Mitternacht hatte er sein Ziel erreicht. In sicherer Entfernung parkte er den Wagen auf einem Feldweg, schaltete den Motor und die Scheinwerfer aus und wartete.

Fünf Minuten vor Mitternacht machte er sich auf den Weg. Er ließ das Fahrzeug gut sichtbar vor dem Baumonument stehen und stieg aus, den Koffer in der Hand. Vom gelben Mond beschienen, erhoben sich die Ruinen der mittelalterlichen Klostersiedlung majestätisch vor ihm. Die Abtei war neben dem Mont-Saint-Michel die am besten erhaltene klösterliche Anlage in der Normandie. Sie war im Jahr 1145 von Guillaume Paynel, dem Herren zu Hambye, gegründet worden. Das historische Denkmal lag, eingebettet zwischen Hainen, Wäldern und Tälern, am malerischen Ufer des Flusses Sienne.

Aufmerksam studierte Lagarde seine Umgebung. Er schien alleine auf dem Gelände zu sein, war sich jedoch sicher, dass der Entführer ihn beobachtete. Entschlossen durchschritt er das Torhaus und die Kreuzung zwischen Langhaus und Querhaus der Kirche. Über der Vierung waren noch Grundelemente des imposanten Glockenturmes zu erkennen. Er gelangte in den zweischiffigen Kapitelsaal mit der Apsis. Am Abschluss des halbkreisförmigen Chors befand sich der ornamentierte Hauptaltar. Durch die von Säulen getragenen spitzen Steinbögen sickerte weiches Mondlicht. Im Turm, in den unzähligen Ecken und Nischen der Ruine verfing sich der Wind und heulte schauerlich. Die Granitsteinplatte auf dem Altar schimmerte.

Lagarde legte den Koffer dort ab. Gleichzeitig achtete er auf jede Bewegung in der Säulenhalle. Er glaubte einen flüchtigen Schatten auszumachen, der so schnell im Querschiff verschwand, wie er aufgetaucht war.

Ein letztes Mal sah er sich um, dann verließ er das düstere Kirchengemäuer. Als er aus dem Torhaus trat, hörte er den Schrei eines Nachtvogels. Wolken zogen auf, und ein leichter Nieselregen setzte ein.

Er stieg in den Citroën und fuhr auf die Hauptstraße zurück. Schnell entfernte er sich von dem ehemaligen Benediktinerkloster. Nach einer Kurve wendete er den

Wagen, schaltete die Scheinwerfer aus und fuhr zurück auf den Feldweg. Hastig zog er den Mantel aus, setzte den Hut ab und rannte los. Der Weg führte ihn in einem Bogen zum Kloster zurück. Büsche und Apfelbäume boten ihm ausreichend Sichtschutz. Regenwasser drang durch seine Kleidung. Gegenüber dem Eingangsportal der Abtei kauerte er sich hinter den Stamm einer Eiche, verharrte dort und wartete. Es dauerte nicht lange und ein Geräusch war zu vernehmen. Ein schweres Motorrad näherte sich. Darauf saß eine dunkle Gestalt. Sie hielt an, stieg ab und bockte die Maschine auf. Es war eine schwarze Kawasaki. Zielstrebig eilte der Erpresser auf die Ruinen zu und verschwand im Torhaus. Dabei hatte er eine unbewusste Bewegung gemacht, die bereits auf dem Video festgehalten worden war und Valéries Aufmerksamkeit erregt hatte.

Jetzt wusste Lagarde, wer der Mönch war. Und er ahnte auch, wo er Leyla versteckt hielt. Er rannte zu seinem Fahrzeug zurück. Er musste sich einen Vorsprung verschaffen. Für seinen Zeitplan war es auch günstig, dass der Entführer wegen des heftigen Regens mit seinem Motorrad nicht so schnell fahren konnte. Lagarde sprang in den Citroën und raste über die Landstraße.

»Wo fährst du hin?«

Henris tiefe Stimme erklang aus dem Mikro. Er saß in einem Zivilfahrzeug und hatte die Vorgänge bei den Ruinen von einer Anhöhe aus mit einem Spezialfernglas beobachtet. »Der Mönch befindet sich doch noch in der Kirche.«

»Ich glaube, ich weiß, wo er Leyla versteckt«, erklärte Lagarde. »Ich fahre jetzt dorthin. Folgt dem Motorrad unauffällig, falls ich mich irre. Vielleicht bringt er das Geld auch an einen anderen Ort.«

»Ich habe verstanden, Philippe«, antwortete Henri.

Er gab seine Befehle durch und folgte dem Citroën. Er wollte wissen, wohin Lagarde fuhr. Der kranke Kommissar war zwar schlecht zu Fuß, aber Auto fahren konnte er. Das Zivilfahrzeug schleuderte in eine Kurve. Henri raste unbeirrt weiter.

Lagarde knackte das Schloss in Sekunden und ging in den Flur des alten Granitsteinhauses. Er schloss die Tür und knipste das Licht an. Über eine enge Wendeltreppe gelangte er in den ersten Stock. Die Tür zum Schlafzimmer war geschlossen. Leise öffnete er sie und trat an das breite französische Bett. Unter dem Laken war eine schmale Gestalt auszumachen. Sie lag zusammengekrümmt auf der Seite und rührte sich nicht. Im Halbdunkel betrachtete er ihr Antlitz. Sie war ihrer Mutter wie aus dem Gesicht geschnitten. Blonde Haare, feine Gesichtszüge, dichte helle Wimpern. Das Laken war bis zur Brust hochgezogen. Auf der weißen Bluse konnte man das Emblem des Internates erkennen. Leyla schlief. Lagarde nahm an, dass der Entführer ihr ein starkes Schlafmittel verabreicht hatte. Er griff nach der Hand des Mädchens und prüfte ihren Puls. Danach zog er behutsam ihre Lider hoch. Die Vitalfunktionen schienen in Ordnung zu sein. Sie atmete leise und regelmäßig.

Kurz nahm er die Decke hoch und sah auf ihren Körper. Er konnte keine offensichtlichen äußeren Verletzungen feststellen. Vorsichtig deckte er sie wieder zu, schloss die Schlafzimmertür ab und steckte den Schlüssel in die Hosentasche. Während er nach unten lief, informierte er Henri per Handy über seine Entdeckung. Anschließend drückte er die Nummer von Isabelle de La Fontaine. Sie war sofort am Apparat.

»Ich habe Leyla gefunden«, berichtete er. »Es geht ihr gut. Machen Sie sich keine Sorgen. In ungefähr einer Stunde bringe ich sie zu Ihnen. Näheres später.«

Madame de La Fontaine brachte vor Erleichterung kein Wort heraus.

Lagarde unterbrach die Verbindung und schaltete das Licht aus. Im Salon zündete er die Kerzen im Leuchter an, setzte sich in den Ohrensessel und wartete. Keine zwei Minuten später ging die Haustür auf. Jemand betrat den Flur und stellte einen Gegenstand ab. Der Mönch kam in den Salon und wollte die Lampe einschalten.

Dann bemerkte er das flackernde Kerzenlicht und den Kommissar im Ohrensessel. Blitzschnell drehte er sich um und versuchte zu fliehen. An der Haustür prallte er gegen den dicken Bauch von Henri. Der Polizist packte den Mönch am Arm und zerrte ihn unsanft in den Salon zurück. Wütend riss er ihm die Kapuze vom Kopf. Er starrte entsetzt in das bleiche Gesicht seiner Assistentin. Fassungslos schüttelte er sie.

»Du, Violette?«, schrie er.

BARFLEUR, ZWEI WOCHEN SPÄTER

Der Wildkater Alexandre, der Lagarde zugelaufen war, saß auf der Terrasse und putzte sich ausgiebig. Das Schälchen mit der Katzenmilch hatte er ausgeschleckt. Alexandre liebte Katzenmilch. Der Kommissar beobachtete ihn vom Salon aus, als sein Laptop ein Geräusch von sich gab. Eine Mail war eingetroffen.

Monsieur le Commissaire,

Sie haben mich beeindruckt. Deshalb habe ich beschlossen, ein sehr gutes Examen abzulegen und mich bei der Kripo zu bewerben. Ich denke, dort kann man einen sportlichen Juristen gut gebrauchen.

Beste Grüße von Julien Perrot

Am Schreibtisch sah er die Post durch. Ein Brief war von Augustine Brunel, der Großmutter von Julie, dem Zimmermädchen.

Mein lieber Herr Kommissar,

Sie hatten recht, was die Entscheidungsfähigkeit meiner Enkelin Julie betrifft. Sie hat sich von diesem ungehobelten Proleten Gil getrennt. Ich bin sehr erleichtert. Wenn Sie mal wieder in der Nähe sind, kommen Sie doch auf einen Kaffee vorbei. Ich würde mich sehr freuen.

Alles Gute für Sie!
Augustine Brunel

Im nächsten Umschlag steckte eine glänzende weiße Karte mit goldener Schrift.

Lieber Philippe,

wir möchten Dich zu unserer Hochzeit am 12. Februar einladen. Die Trauung findet um 10:00 Uhr in der Kirche Saint-Vigor in Carolles statt. Anschließend feiern wir im »Chez Bastien«. Wir freuen uns sehr auf Dein Kommen.

Die glücklichen Verlobten
Elodie und Hubert

Isabelle de La Fontaine hatte einen Brief und ein Foto geschickt. Das Bild zeigte das Ehepaar mit ihrer Tochter Leyla, hoch zu Ross und in die Kamera lächelnd.

Lieber Monsieur le Commissaire,

wir erholen uns derzeit ein wenig auf einem Reiterhof. Ich denke darüber nach, die Geschäfte auf dem Berg zu verkaufen. Vielleicht erwerbe ich dieses bezaubernde kleine Gehöft an der stürmischen Nordküste des Cotentin.
Wir danken Ihnen für alles, was Sie für uns getan haben.

Herzlichst
Isabelle de La Fontaine

Die letzte Nachricht im Stapel war ein Brief mit einer Postkarte, die eine futuristische Reha-Klinik in Bordeaux zeigte.

Lieber Philippe,

die Kur tut mir gut, ich erhole mich prächtig. Danach gehe ich in Rente. Colette hat mich schon zweimal besucht. In meinem kranken Herzen keimt Hoffnung auf. Vor meiner Reha habe ich Violette im Untersuchungsgefängnis besucht. Es geht ihr sehr schlecht. So, wie es aussieht, wird sie nicht ins Gefängnis kommen, sondern in die Psychiatrie eingewiesen werden. Violette gibt der Familie de La Fontaine, vor allem Isabelle und Leandro, die alleinige Schuld am Schicksal ihrer Familie. Nach dem Verlust des Geschäftes starb ihre Mutter an gebrochenem Herzen. Ihr Vater wurde depressiv und zog sich vollkommen zurück. Dann kam ihr Bruder Emanuel von einer Segeltour nicht mehr zu-

rück und gilt seitdem als verschollen. Als sie schließlich auch noch ihr Baby verlor, entwickelten sich in ihr abgrundtiefer Hass und Rachegelüste. Mit dem Lösegeld wollte sie über einen Strohmann den Souvenirladen ihrer Eltern zurückkaufen. Nach der Übergabe hätte sie Leyla freigelassen, behauptet sie.

Danke für alles, mein Freund. Ich hoffe, wir sehen uns bald wieder.

Dein alter Weggefährte
Henri

Alexandre saß auf dem Fenstersims. Gelbe Augen richteten sich auf Lagarde. Ein empörtes Maunzen ertönte. Der Kommissar ging auf die Terrasse und goss Katzenmilch in den Napf. Anschließend holte er das Aquarell mit der Kapelle des heiligen Aubert aus dem Gästezimmer und fuhr zu Odette. Sie wollten gemeinsam mittagessen und einen schönen Platz für das Bild suchen.